W0217939

C'est la mort à la plage

Éditions Eyrolles
61, bd Saint-Germain
75005 Paris
www.editions-eyrolles.com

Collection « Pop'Littérature »

Éditrice externe : Nolwenn Tréhondart

Depuis 1925, les éditions Eyrolles s'engagent en proposant des livres pour comprendre le monde, transmettre les savoirs et cultiver ses passions !

Pour continuer à accompagner toutes les générations à venir, nous travaillons de manière responsable, dans le respect de l'environnement. Nos imprimeurs sont ainsi choisis avec la plus grande attention, afin que nos ouvrages soient imprimés sur du papier issu de forêts gérées durablement. Nous veillons également à limiter le transport en privilégiant des imprimeurs locaux. Ainsi, 89 % de nos impressions se font en Europe, dont plus de la moitié en France.

En application de la loi du 11 mars 1957, il est interdit de reproduire intégralement ou partiellement le présent ouvrage, sur quelque support que ce soit, sans autorisation de l'éditeur ou du Centre français d'exploitation du droit de copie, 20, rue des Grands-Augustins, 75006 Paris.

© Éditions Eyrolles, 2024
Composé par Soft Office
ISBN : 978-2-416-01623-3

Coralie Caujolle

C'est la mort à la plage

EYROLLES
Romans

À ma sœur, qui a attendu tant d'années
que j'achève enfin ce roman.

Je reviens
Je reviens encore
Tu n'as même pas vu que j'étais partie, alors
Je suis revenue
Comme on rentrerait au port
Fatiguée de passer par-dessus bord

Je reviens
Je reviens et j'ignore
Ce qui nous ramène
Ce qui nous ramène au bord
On a déjà vu la mer rendre certains corps
Qu'on avait dit portés disparus

Autour de Lucie, *Je reviens.*

AZIZ. — Cela s'annonce comme une sale journée.
MATHILDE. — Et pourquoi ce serait une sale journée ?
AZIZ. — Parce que, si la sœur est aussi conne que le frère, cela promet.
MATHILDE. — La sœur n'est pas aussi conne que le frère.
AZIZ. — Et comment tu le sais, toi ?
MATHILDE. — Parce que la sœur, c'est moi.

Bernard-Marie Koltès, *Le Retour au désert.*

Prologue

Ce n'était pas du tout comme cela qu'elle s'était imaginé mourir.

Pas qu'elle ait prévu un truc en particulier, mais une crise cardiaque, un accident de la route, ou simplement la vieillesse, lui paraissaient jusqu'alors des options plus probables et surtout plus acceptables qu'être menacée par quelqu'un qui avait déjà assassiné deux personnes. Quand on dit qu'on ne choisit pas !

Est-ce que les autres avaient ressenti la même terreur à la fin, lorsqu'ils avaient compris que personne ne viendrait les sauver, que rien ne suspendrait son geste, ou avaient-ils accepté l'inéluctable avec fatalisme ?

Elle, en tout cas, refusait de se résigner. Car s'il y avait bien une chose dans la vie qu'elle n'avait pas envisagée et qui lui faisait horreur, c'était l'idée même de crever à Dorville.

12 juillet

1

VICTOIRE SENTIT UNE MAIN se poser sur son épaule et ouvrit les paupières en sursautant.

— Excusez-moi, mademoiselle ! Je ne voulais pas vous faire peur.

Elle toisa l'homme avec incompréhension. Il lui fallut quelques secondes pour se souvenir de l'endroit où elle était. Son regard s'arrêta sur le badge qu'il portait à la poitrine. Un contrôleur. Un train. Elle avait pris le train plus tôt dans la matinée.

— Nous sommes arrivés au terminus. Il vous faut descendre.

Elle passa sa main dans ses cheveux qu'elle trouvait beaucoup trop courts. Elle ne s'habituait pas à cette nouvelle coiffure qui lui donnait l'air d'un hobbit. Elle avait demandé une coupe à la Jean Seberg, et ressemblait désormais à Frodon Sacquet. Ne lui manquaient que les pieds poilus et elle pourrait fonder sa propre Communauté de l'anneau.

— Pardon. Je pensais fermer les yeux quelques instants et je me suis endormie comme un bébé, dit-elle en s'étirant pour tenter de faire circuler un peu d'énergie, ou au moins un vague reste de caféine, dans son corps.

Elle rassembla les magazines et papiers de barres chocolatées étalés sur le siège d'à côté. Elle attrapa son sac à main et sa minuscule valise à roulettes, puis sortit du wagon en poussant un soupir. Frodon Sacquet était plus enthousiaste en partant pour le Mordor.

Le quai était baigné par une lumière aveuglante. Victoire fourragea dans son sac à la recherche de ses lunettes de soleil. Elle avait quitté Londres en avion avant le lever du jour, puis embarqué dans un train à Montpellier afin de gagner sa ville natale, dont le nom s'étalait sur un panneau vieilli accroché sur le mur en brique noirci par la crasse.

Dorville.

Dorville, petite bourgade côtière de la Méditerranée, portée aux nues par des touristes venus chercher le beau temps et l'authenticité mise en avant par des affiches promotionnelles désuètes et depuis peu par un matraquage en règle sur les réseaux sociaux. Ses étroites rues pavées, ses plages préservées, ses jolies places arborées, ses cafés « dans leur jus ». Ces publicités léchées dont l'algorithme avait inondé le fil d'actualité de Victoire dès qu'elle avait réservé son voyage taisaient que la pluie rendait les pavés affreusement glissants, que les ruelles étaient plus bondées qu'un périphérique un vendredi soir, qu'il était impossible de se garer pendant les trois mois d'été, que les placettes servaient de quartier général aux vieilles commères de la ville, que la plage centrale se composait de galets faisant mal aux fesses et sur lesquels il était impossible de s'allonger sans laisser échapper un cri, et que les cafés pittoresques, où les locaux se pressaient pour regarder les matchs de rugby un Ricard à la main le week-end, se transformaient en épicentre de bagarres pathétiques après le coup de sifflet final. Les principales sources de revenus dans le coin étaient le vin et les sardines. Les jours de grande chaleur, l'air empestait le poisson mort. Entre cette odeur et celle de la sueur des touristes, c'était tout bonnement insupportable. Qui voudrait revenir dans un endroit qui schlinguait autant ?

L'hiver, la ville ressemblait à un cimetière de bateaux. Plus personne sur les terrasses, où les chaises en plastique jauni s'entassaient dans un coin sous une bâche sale. Le vent s'engouffrait dans les ruelles vides, traînant avec lui des bourrasques de sable et l'écho d'une plainte lancinante. Passé dix-huit heures, les gens se terraient chez eux pour attendre la nuit et le retour des beaux jours.

« C'est une ville où l'on s'emmerde ! », concluait Victoire avec mauvaise foi lorsqu'on l'interrogeait sur l'endroit où elle avait grandi.

L'ennui n'était pourtant pas ce qui l'avait poussée à quitter Dorville dix-sept ans plus tôt.

Bien qu'encore engourdie par le sommeil, elle devait désormais prendre la décision qu'elle repoussait depuis la veille. Se rendre au domaine tout de suite ou retarder l'échéance encore un peu. Le domaine. Elle était incapable d'appeler cet endroit « la maison », comme l'aurait fait n'importe quelle jeune femme regagnant le lieu de son enfance. C'était « le domaine », « là-bas », « chez eux », même si elle ne comprenait pas pourquoi Elias n'avait jamais déménagé. Mais certainement pas « chez elle ». Elle inspira profondément. Choisir. Vite. Ne plus reculer.

Elle décida de se laisser quelques heures pour souffler et tenter de recouvrer une once de courage.

Le moment de se diriger vers son Mordor viendrait bien assez tôt.

2

— La Valéjane est revenue !

— Il est pas un peu tôt pour picoler ? Elle est morte !

— Mais pas Rose, imbécile ! La fille, Victoire, elle est revenue ! Regarde, c'est elle, assise toute seule, le nez sur son téléphone !

— Vous êtes sûrs ? Dans mon souvenir, elle avait des cheveux !

— Je vous dis que c'est elle ! Je l'ai vue dans un magazine l'autre jour !

— Ça par exemple ! J'aurais jamais cru qu'elle remettrait un pied à Dorville !

— Et elle boit son café, comme si de rien n'était !

— Elle en a du toupet de revenir, après tout ce qu'elle a fait !

— Surtout chez Fernand ! C'est étonnant qu'il l'ait pas virée.

— Vous êtes durs, elle était encore gamine.

— Sa valise est toute petite. Elle ne devrait pas rester longtemps.

— Heureusement, parce que c'était un sacré bordel quand elle était dans les parages !

— Son pauvre père !

— Le vieux César, c'est quand même pas un tendre, faut dire ! Il a sacrément changé depuis la mort de Rose. Et maintenant…

— Moi je l'ai vue une fois à la télé.

— Qui ça, César ?

— Mais t'es vraiment débile ! Vic-toi-re ! Elle était dans l'émission sur la 2 ! Elle causait drôlement bien.

— À chaque fois qu'elle voyage, ma nièce achète un de ses guides !

— Enfin, si aujourd'hui on a besoin de Victoire Valéjane pour nous dire où on doit partir en vacances, c'est quand même un drôle de monde !

— J'ai lu dans un article qu'elle vivait en Angleterre.

— Tant mieux ! Au moins, c'est le problème des Rosbifs !

— Va falloir l'avoir à l'œil en tout cas…

— Et planquer les allumettes !

— Avec elle, on sait jamais comment les choses peuvent tourner !

Les voix se mélangeaient à l'ombre de la place des Peupliers. Chacun y allait de son commentaire. Ceux qui la connaissaient, ceux qui l'avaient oubliée, ceux qui plaignaient son pauvre père, ceux qui suggéraient d'aller signaler son arrivée à la gendarmerie, par précaution. Depuis qu'elle s'était installée sur la terrasse du café de Fernand, la jeune femme sentait les regards, parfois insistants, et faisait mine de ne pas entendre le verbiage des cancaniers du coin. Victoire Valéjane était revenue à Dorville. Et cela ne laissait personne indifférent.

Il s'agissait des anciens, évidemment. Fernand, le vieux cafetier, l'avait scrutée quelques instants avant de remettre un nom sur son visage qui avait perdu les rondeurs de l'enfance. Il n'en avait rien dit, et avait continué à la vouvoyer, mais elle avait lu dans ses yeux mi-inquiets, mi-circonspects, qu'il avait reconnu l'adolescente qui lui avait « emprunté » et jamais rendu de nombreux parasols, en pleine journée et avec un naturel effarant, lorsqu'elle partait pique-niquer sur la plage avec ses amis.

La jeune génération de Dorville, en revanche, ne savait probablement pas qui était Victoire Valéjane. À trente-cinq ans, elle était déjà presque un fossile à leurs yeux, qu'importe qu'elle passe à la télé toutes les semaines. Ce média-là ne les intéressait plus, et si, par hasard, ils connaissaient de nom Vic2V, son alter ego cybernétique qui lui avait ouvert tant de portes, elle faisait là encore figure d'antiquité au milieu des personnages de télé-réalité planqués à Dubaï dont ils enviaient l'existence en plastique.

De toute façon, personne n'irait imaginer que la chroniqueuse voyage/baroudeuse chic, puisque c'était l'étiquette qu'on lui collait dans la presse (et qu'elle préférait à celle de pyromane locale), était en train de boire un café sur la terrasse d'un troquet d'une petite station balnéaire de la Méditerranée. Elle était devenue le genre de femme que l'on voit passer ses vacances en Toscane à goûter des huiles d'olive bio, ou sillonner les rues de Budapest à la recherche d'un *speakeasy* pas si clandestin que cela mais dont elle serait la première à parler en France. Elle devait s'envoler fin juillet pour les Alpes suisses, à la découverte d'un hôtel écoresponsable qui rêvait d'un peu de pub en échange d'un week-end de trois jours aux frais de la princesse. Il lui restait quelques détails à régler avec la jeune femme qui gérait la communication au sein de l'établissement.

Ce séjour serait le bienvenu après son passage à Dorville.

À l'idée de revenir, Victoire faisait des cauchemars depuis des semaines. Elle avait du mal à se concentrer sur la rédaction de son prochain guide de voyage, pourtant consacré à Rome, une ville qu'elle appréciait par-dessus tout, et la chronique qu'elle prévoyait de proposer à la rentrée n'avançait pas d'un iota. La rédaction de son article sur le quinoa cultivé de manière raisonnée en Bourgogne ne faisait hélas pas le poids face à la perspective de revoir son père après dix-sept ans de silence. Sans parler d'Elias… D'ailleurs, c'était un peu comme avoir une grosse boule de quinoa aggloméré coincée dans la gorge. Elle espérait que cette sensation s'évanouirait une fois arrivée à Dorville, lorsqu'elle n'aurait plus à anticiper son retour. Mais la présence de la boule imaginaire était toujours aussi prégnante.

Alors Victoire pensait aux Alpes suisses, à sa suite avec terrasse, à l'air frais qui emplirait ses poumons. Et à l'éventualité de s'enfiler une fondue en plein mois de juillet. En tout cas, un truc avec du fromage. Une tonne de fromage, pour panser les plaies que ce séjour à Dorville risquait de rouvrir.

Après avoir quitté le café sous les chuchotis des vieux du coin et le regard suspicieux de Fernand, s'assurant qu'elle n'avait pas emporté une salière ou sa tasse vide, Victoire slaloma entre les vacanciers qui se déplaçaient massés comme une colonie de manchots et prit la direction de son hôtel en longeant la plage des rafiots. Jouxtant la conserverie locale, cette dernière était moins prisée des touristes qui préféraient l'anse à proximité du centre-ville et sa vue sur le phare, mais l'endroit avait accueilli de nombreuses journées entre amis ou fêtes improvisées lorsqu'elle était adolescente. Elle avait aussi été le théâtre de l'incendie de l'ancien hangar à barques qui avait valu à Victoire la sulfureuse réputation qui lui collait toujours à la peau si elle en croyait les propos entendus pendant qu'elle buvait son café. Beaucoup devaient penser que c'était la raison de son départ, qu'elle avait cherché à échapper aux conséquences de cette soirée. La vérité, comme souvent, était plus complexe que cela.

L'emplacement où se trouvait le hangar n'en portait plus aucun stigmate. Ce n'était qu'une étendue de sable balayée par le vent, où quelques serviettes en boule et paires de tongs attendaient que leurs propriétaires sortent de l'eau. Le bâtiment semblait ne jamais avoir existé, pourtant Victoire se sentit mal à l'aise et détourna la tête tout en continuant son chemin vers l'hôtel.

Elle croisa le petit train qui sillonnait Dorville, rempli de familles souriantes aussi entassées que dans une rame de métro à l'heure de pointe. Une grande partie des passagers observaient le paysage à travers l'écran de leur téléphone portable, immortalisant le profil de Victoire sans qu'elle y prête attention. Son regard s'était arrêté sur l'une des publicités vantant les entreprises de la commune qui décoraient la partie basse des wagons. « Domaine Caltorant - Rouge, blanc, rosé, il y a forcément la saveur de votre été ! » Elle leva les yeux au ciel en soupirant et reprit sa marche d'un pas plus vif. Elle en avait déjà ras-le-bol de cette ville.

3

ASSISE SUR SON LIT, une serviette autour de son corps humide, elle hésitait encore. Était-ce vraiment une bonne idée d'aller là-bas ? Ne pourrait-elle pas se contenter de régler cette affaire le lendemain chez le notaire, puis de rentrer à Londres en tournant le dos à Dorville et ses fantômes ? Mais cela signifierait laisser une nouvelle fois Elias…

Ce n'était pas lui qu'elle avait cherché à fuir, mais c'était pourtant ainsi que son frère l'avait perçu. Sa grande sœur l'avait abandonné. L'avait blessé. Malgré les efforts de Victoire, leur relation ne s'était jamais remise de son départ précipité. Les premiers temps, elle l'avait appelé régulièrement, pour forcer Elias à parler, même si ce n'était que pour lui donner l'occasion de l'abreuver de reproches. Elle avait encaissé, les cris, les injures, par amour pour lui. Son petit frère souffrait. Mais le poids de sa colère était devenu un fardeau trop lourd. Elle avait sa propre peine à appréhender. Alors elle avait téléphoné moins souvent. Et Elias avait cessé de répondre. Elle n'avait aucun souvenir de la dernière fois où ils avaient discuté de vive voix. Depuis des mois, ses messages et SMS lui faisaient l'effet de bouteilles à la mer. « Ça va ? » Pas de réponse. « Bon anniversaire, petit frère. » Pas de réponse. « Joyeux Noël ! » Pas de réponse. « Tu me manques. » Elle n'osait même plus envoyer ces mots-là. Quoi qu'elle écrive, Elias brillait par son silence. Son texto annonçant sa venue à Dorville était lui aussi resté lettre morte. Elle caressait l'idée de profiter de son passage pour renouer le contact avec son frère, mais elle avait probablement plus de chance de se faire foudroyer par un orage de juillet, ou de gagner à l'Euromillions, même si elle ne jouait jamais.

Elle exécrait cette ville et les souvenirs qui lui étaient attachés. Elle exécrait son père, l'homme pathétique qu'il était devenu à la mort de son épouse. Mais elle aimait son frère. Si elle laissait son esprit divaguer, elle s'imaginait des retrouvailles joyeuses et pleines d'émotion, dignes d'un téléfilm sirupeux. Elias et elle, se jetant dans les bras l'un de l'autre après toutes ces années. Le soir même, ils seraient assis à la table d'un resto, se résumant presque deux décennies à grands coups de « Non, c'est pas vrai ? », jusqu'à ce que les serveurs leur demandent de quitter les lieux parce qu'à deux heures du matin, ils aimeraient bien fermer. Elias et elle, hilares, se confondant en excuses mais tellement heureux d'avoir rattrapé le temps perdu. Une fois dans la rue, une étoile filante viendrait zébrer le ciel, et ils se promettraient de ne plus jamais rester fâchés aussi longtemps. Magie du cinéma, générique de fin.

Ce film était naze, et l'hypothèse de la foudre lui paraissait vraiment plus probable.

Pourtant, le retrouver demain, dans le cabinet du notaire, lui semblait inapproprié. Un peu comme célébrer un mariage dans une salle d'autopsie. Elle ne voyait pas dans quelle mesure elle parviendrait à retisser un début de lien avec lui entre deux signatures et trois paraphages, avant de repartir pour Londres et ce quotidien dont il ne faisait pas partie.

Une heure plus tard, elle négocia avec le chauffeur d'un car de touristes de se faire déposer en passant près du domaine. Enlever le pansement d'un coup sec plutôt que passer la soirée et la nuit à redouter le jour suivant lui avait finalement paru plus sage. Pourtant, lorsque le véhicule commença à longer les vignes de la famille Valéjane, elle sentit son pouls s'accélérer et regretta son choix. Certains pansements étaient peut-être faits pour tomber seuls, pas pour être arrachés dans la douleur comme une bande de cire dépilatoire.

L'autobus redémarra dans un nuage de poussière tandis que Victoire contemplait l'allée bordée d'oliviers qui menait à l'exploitation viticole. Elle se revit adolescente, déposée au même endroit par le car de ramassage scolaire. Elle ferma les yeux un instant, déplorant une nouvelle fois sa propre décision. Le flot de souvenirs lui paraissait incontrôlable. Trop d'images, trop de sensations déroutantes. Odeur de terre mêlée aux embruns, bruit du vent dans les feuilles, picotement du soleil sur sa nuque dénudée. Elle compta. Un, deux, trois. Respira profondément. Chercha au fond d'elle une illusion de calme qui tardait à venir. Souffla. Rouvrit les yeux. Le chemin ocre se dressait toujours devant son regard, semblant l'inviter et la défier en même temps.

— Eh bien, allons-y !

Elle maudit ses chaussures ouvertes au bout de quelques mètres. Elle sentait la poussière rouler sous ses orteils, et imagina la couleur de ses pieds à la fin de la journée avec dégoût. Ado, elle ne parcourait ce chemin qu'en baskets, elle s'en souvenait maintenant.

Lorsqu'elle atteignit la cour, elle fut un instant perdue. Pourtant, rien n'avait vraiment changé, à part la teinte des bâtiments, affadie par les années et l'exposition au soleil, mais au creux de son ventre s'agitait l'aiguille d'une boussole qui ne trouvait plus le nord. Deux saisonniers la dévisagèrent. Des jeunes, peut-être des Espagnols. Ils devaient la prendre pour une touriste, avec sa tenue de citadine et son air d'oiseau tombé du nid. Victoire comptait pourtant s'avancer vers eux afin de leur demander où elle pouvait trouver son frère, lorsqu'elle l'aperçut sortir d'un bâtiment. Son cœur s'arrêta un instant. Elias. Lui aussi arborait une coupe plus courte, qui lui allait bien et ne le faisait pas ressembler à un personnage de Tolkien. Il lui sembla un peu plus maigre aussi. Plus vieux. Dix-sept années s'étaient écoulées. Elias. Elle se rendit compte de combien il lui avait manqué, et d'à quel point elle redoutait de lui adresser la parole. Elle mobilisa ce qu'il lui restait de courage et se dirigea vers lui.

Doté d'un instinct presque animal, Elias sentit la présence de sa sœur. Il se tourna vers elle. Ses yeux trahirent son étonnement, et il cessa son mouvement. Sa mâchoire se crispa dans la foulée. Victoire nota ce changement, pourtant infime. Elle connaissait si bien ce petit frère, avec qui elle avait seulement treize mois d'écart. Il n'allait pas lui rendre l'exercice facile.

— Salut frangin ! lança-t-elle, s'efforçant de paraître détendue et naturelle.

— Qu'est-ce que tu fous là ?

OK. Vraiment pas facile.

— Je vais très bien, merci ! continua-t-elle, décidée à ne pas perdre la face malgré l'hostilité d'Elias.

Il ouvrit les portes battantes de son véhicule utilitaire comme si elle n'était pas là, et en sortit deux cartons. Puis il avança dans la cour sans un regard pour elle, prenant la direction de la maison familiale, à l'arrière de l'entrepôt. À regret, Victoire lui emboîta le pas. Elle avait espéré ne pas avoir à s'approcher de l'habitation, et discuter avec Elias à l'extérieur, ou éventuellement dans le bureau attenant à l'espace de vente. Elle nota d'ailleurs que celui-ci semblait fermé, ce qui l'étonna en pleine saison touristique, surtout si les Caltorant de leur côté matraquaient la ville de publicités pour leur domaine. La cour également était presque vide, alors que, par le passé, les voitures des employés et ceux des clients emplissaient toute la surface. Cette absence d'animation expliquait peut-être la transaction qui aurait lieu chez le notaire le lendemain. Mais elle ne comptait pas demander confirmation à Elias.

— Les vignes sont aussi à moi, je te rappelle. Il te faut ma signature pour vendre, se justifia-t-elle.

Il aurait été bien dans la mouise, si elle avait refusé, surtout s'il attendait cette rentrée d'argent pour renflouer les caisses !

— Les procurations, tu connais pas ?

— Le téléphone, tu connais pas ? répliqua Victoire, tout en essayant de revenir à sa hauteur malgré le pas pressé de son frère. Y a une fonction très pratique dessus, c'est « répondre ».

— Si tu penses que j'ai que ça à faire !

Elle ne riposta pas. Elias paraissait résolu à avoir le dernier mot. Son petit frère était encore plus têtu qu'elle. Enfants, lorsqu'ils se disputaient, il fallait l'énergie de leurs deux parents pour parvenir à mettre fin à l'échange d'injures. Même la menace d'une punition sévère peinait à faire taire leurs cris.

Puis leur mère était morte. Victoire et Elias avaient cessé de se chamailler. À quoi bon, si elle n'était plus là pour les séparer ? Leur père, lui, se fichait bien de la manière dont ils occupaient leurs journées. Jamais une question, jamais une parole douce. César Valéjane s'était emmuré dans un silence végétatif et alcoolisé, oubliant ses deux enfants au passage.

Certes, ils n'étaient pas des gamins. Ils étaient capables de se nourrir, se rendaient au lycée tous les matins, se douchaient à la fréquence attendue… Mais ils avaient perdu leur mère, et leur père leur manquait presque aussi cruellement.

Ils arrivèrent devant la maison, et l'agacement de Victoire eut au moins pour effet bénéfique de compenser sa fébrilité. Tout autant que les retrouvailles avec son frère, elle redoutait de revoir le lieu de son enfance et les souvenirs de sa mère qui y étaient associés. Les repas à l'ombre de la glycine, les interminables parties de cartes les soirs d'été, leurs rires qui fendaient le silence de la nuit. Pour finir, le dernier regard qu'elle avait jeté à la bâtisse, un matin de juillet, alors qu'elle fermait la porte derrière elle, son sac de voyage à la main, se promettant de ne jamais revenir. Elle avait tenu parole jusqu'à aujourd'hui.

Les fleurs mauves s'étaient déployées en toute liberté et recouvraient désormais l'ensemble de la structure en bois sur laquelle la glycine reposait, si bien qu'Elias dut en repousser une grappe afin d'accéder à la table sur laquelle il déposa les deux cartons. La surface en plastique était piquée de taches sombres, comme si personne n'avait passé une éponge dessus depuis des années. Le jardin entier paraissait à l'abandon. Les chaises, empilées à l'exception d'une seule, étaient dans le même état que la table, et les mauvaises herbes envahissaient l'allée de graviers. Il n'y avait plus la moindre fleur dans les bacs sous les fenêtres du rez-de-chaussée, et la maigre épaisseur de terre qu'ils contenaient encore se lézardait de sécheresse. La peinture des volets, jadis d'un bleu tendre, se résumait désormais à une vague couche d'écailles, et le paillasson, du moins ce qu'il en restait, aurait mérité d'être mis à la retraite. Leur maison, jadis si chaleureuse, n'était plus que désolation. Elle savait par son amie Laura que son frère résidait toujours ici, avec leur père. Comment pouvait-il se résoudre à vivre ainsi ?

Percevant le regard que sa sœur portait sur la bâtisse, Elias lança sèchement :

— Qu'est-ce que tu veux, Vic ?

Elle nota qu'il venait d'utiliser son diminutif sans même y faire attention et sourit intérieurement.

— J'en sais rien, reconnut-elle, fatiguée par cette tension palpable. Je trouvais ça bizarre de te revoir demain dans la salle d'attente, et j'ai pensé que c'était une bonne idée de passer. Maintenant je me rends compte que c'était sans doute stupide, parce que tu rends la chose plus pénible qu'un lavement, et…

— Ben voyons, c'est moi le méchant de l'histoire ! la coupa-t-il avec un mouvement d'exaspération.

— Dis donc, tu peux quand même admettre que, comme accueil, il y a mieux que « Qu'est-ce que tu fous là ? ».

— Tu t'attendais à quoi ? À ce que je te déroule le tapis rouge, *Madame* la Parisienne, journaliste de mes miches ? À ce que je te serve un petit jus de céleri et pomme bio ?

Apparemment, Elias ne se souvenait pas qu'elle avait emménagé à Londres cinq ans plus tôt. Cela suffisait à résumer l'état de leur relation.

— T'es obligé d'être insultant ? Parce que moi, au moins, je gagne ma vie ! s'emporta-t-elle. Dans l'idée, je ne suis pas obligée de vendre mon héritage familial comme une creuva…

Une douleur aiguë lui frappa la cheville et l'empêcha de poursuivre le flot d'horreurs dont elle s'apprêtait à abreuver Elias.

— Aïe ! Bordel !

Elle baissa le regard pour découvrir un coq noir et blanc, minuscule, mais déterminé à lui lacérer la peau à coups de bec.

Elle recula d'un mètre en un sursaut juste avant que l'animal parvienne à la piquer une nouvelle fois.

— Mais c'est quoi cette saleté ?

— Lucifer. Il n'aime pas les étrangers. Ni les gens qui hurlent. C'est son côté gardien.

Le coq revint à la charge, et Victoire courut pour s'éloigner, sous les rires de son frère.

— Vous pouvez pas avoir un chien, comme tout le monde ?

— Un chien, ça chante pas. Lucifer, lui, il chante.

Elle ne trouva rien à répondre face à une telle logique, même si elle aurait volontiers transformé l'animal en nuggets.

— Et puis t'as qu'à porter un futal avec une vraie longueur. Là, il t'en manque un bout, dit-il en pointant du doigt le bas de son 7/8. Tu es sûre que tes bouquins marchent si bien que ça ? T'as pas de sous pour t'acheter un pantalon entier ?

— C'est vrai que t'es un expert en mode, toi, avec ton T-shirt sponsorisé par la conserverie du coin !

— Y a un trou pour la tête et deux pour les bras, ça fait le job, se contenta de répondre Elias, visiblement insensible à la pique vestimentaire de sa sœur.

Ce qu'elle pouvait aimer ce genre de passes d'armes ! Elles avaient la saveur de l'enfance et de la connivence, des dimanches à se chamailler pour la télécommande ou le dernier bonbon dans le paquet. Mais ils n'avaient plus dix ans, et la gêne revint s'installer entre eux comme un boomerang. Ils restèrent silencieux quelques instants, même si la jeune femme gardait un œil sur le volatile maigrelet qui la scrutait d'un air mauvais.

— Il est là ? demanda Victoire, à la fois pour mettre fin à ce qu'elle percevait, en toute objectivité, comme le plus long moment de mutisme de l'histoire de l'humanité, et parce qu'il lui fallait poser la question, même si elle l'appréhendait autant que la réponse.

— Pas encore. Il est chez le kiné.

Étonnant. Dans son souvenir, leur père haïssait, pour des raisons évidentes, tout ce qui se rapprochait d'un médecin.

Elias ajouta, comme elle le craignait :

— Tu peux l'attendre si tu veux.

— Je ne pense pas que ce soit nécessaire.

— C'est toi qui vois. Tu sais toujours mieux que les autres, de toute manière.

Victoire ne releva pas.

— Dis-lui… bonjour, hésita-t-elle.

Quel message était-elle censée faire passer à son père, à qui elle n'avait pas adressé la parole depuis dix-sept ans, alors qu'elle n'avait ni le courage ni l'envie de le croiser ? Et pourquoi serait-ce à elle de renouer le dialogue ? Elle ne se sentait pas responsable de la situation. Il devait bien savoir qu'elle était à Dorville. Libre à lui d'agir. Elle avait renoncé à son père depuis longtemps. Elle pouvait continuer à faire sans.

— Ou pas, se ravisa-t-elle. Ne dis rien. Comme tu veux.

— C'est ça, répondit Elias, se rapprochant de la porte d'entrée pour lui signifier que la conversation était terminée.

— Quant à toi, je te verrai demain.

— C'est ça, répéta son petit frère.

Victoire n'ajouta pas un mot et tourna les talons tandis qu'Elias pénétrait dans la maison. Il claqua la porte d'un coup sec, pendant qu'elle accélérait le pas, craignant un nouvel assaut du coq timbré.

Cela aurait pu être pire.

4

— Je me répète, mais tu aurais dû venir dormir chez nous au lieu de t'installer à l'hôtel !

— Je ne suis là que pour une nuit. Cela allait te faire beaucoup de travail pour pas grand-chose, répondit Victoire avant de boire quelques gorgées de son jus d'orange.

Et surtout entre ton pot de colle de fils et tes deux abrutis de cockers, je n'allais pas avoir une minute tranquille ! pensa la jeune femme.

Jules, huit ans, était adorable, mais jacassait trop et trop fort au goût de Victoire. Depuis qu'elle était arrivée chez Laura, il la suivait partout, jusque devant la porte des toilettes, et malgré ces six centimètres de bois entre eux, continuait à lui raconter des histoires interminables sur des personnages masqués en pyjama. Les deux cabots de la famille, Zlatan et Messi, avaient au moins le mérite de lui ficher la paix depuis qu'elle leur avait discrètement collé un coup de pied au derrière. Ras-le-bol de se faire renifler les orteils !

Après un nouveau passage à l'hôtel qui avait permis à ses extrémités de retrouver leur propreté habituelle, Victoire avait gagné la maison de Laura et Antonin, à deux kilomètres du centre de la commune.

Laura Martino, anciennement Laura Delair, était la seule personne à Dorville avec qui Victoire avait gardé contact après son départ. Amies depuis l'école primaire, elles avaient traversé ensemble la période ingrate du collège, avec son lot de boutons et de premières menstruations imprévisibles, et étaient entrées au lycée de Dorville bras dessus, bras dessous, sourire aux lèvres et fards à paupières trop prononcés assombrissant leurs regards encore enfantins. Puis la mère de Victoire était morte et une grande partie de son innocence s'était fait la malle. Mais pas Laura. Laura était restée, en dépit du mutisme dont la jeune fille pouvait parfois faire preuve, en dépit des larmes, qui affluaient lorsqu'elle s'y attendait le moins, et surtout, en dépit de toutes les limites que Victoire s'était mis en tête de dépasser pour atténuer sa souffrance. Victoire avait quitté Dorville, Laura était restée, devenant son unique lien avec la commune et son passé durant ces dix-sept dernières années. Pourtant, les deux jeunes femmes ne s'étaient pas revues depuis le départ de Victoire. Que leur amitié ait survécu par le seul biais du téléphone et des mails tenait de l'exception qui ne faisait que confirmer la solidité du lien qui les unissait. « On n'oublie jamais sa première amie », disait souvent Laura lorsqu'elles évoquaient le sujet.

En sonnant, plus tôt dans la soirée, Victoire n'avait pas ressenti cette anxiété qui l'accompagnait depuis qu'elle avait refermé la porte de son appartement. Seulement une joie sincère mêlée d'excitation à l'idée de la retrouver. Elles s'étaient sauté dans les bras, riant et pleurant en même temps, puis s'étaient mises à discuter comme si elles s'étaient quittées la veille. Les choses paraissaient si simples avec Laura que l'étiolement de sa relation avec Elias lui sembla plus prégnant encore. Elle chassa la tristesse qui la gangrenait dès qu'elle pensait à son frère, et observa son amie qui s'affairait dans la cuisine, enfournant un plat, en sortant un autre du frigidaire, alors qu'elle était quant à elle une adepte des repas livrés à domicile.

Victoire ne passait guère de temps devant les miroirs, si bien qu'elle ne se voyait pas vraiment vieillir. Le temps faisait pourtant son œuvre sur elle, comme pour tout un chacun. Ainsi, en détaillant le visage de Laura, elle se rendit compte que l'une comme l'autre se rapprochaient désormais plus de la quarantaine que de la vingtaine. Les joues de son amie avaient perdu leurs rondeurs poupines, mais, surtout, ses traits laissaient transparaître une assurance nouvelle, que sa voix trahissait également, lorsqu'elle invitait avec fermeté son fils à se laver les mains avant de toucher à son assiette ou à ne pas couper intempestivement la parole, tandis qu'elle continuait à programmer le four ou à répondre à Victoire sans perdre le fil de la discussion. Son comportement aurait pu illustrer la définition du terme « multitâche » dans un dictionnaire. Elle avait en revanche conservé un léger tic, et passait plusieurs fois par minute une mèche de ses cheveux derrière son oreille droite, tout en vaquant à ses occupations. Ce geste anodin rassura Victoire. Adulte, peut-être, mais toujours un peu la même.

— Tu nous excuses pour le désordre, mais depuis qu'on a eu un dégât des eaux dans le garage, je ne sais plus où ranger les choses ! fit remarquer Laura, en indiquant les cartons qui s'étalaient contre un des murs du salon. J'ai hâte que les travaux se terminent.

— Tu verrais mon appart', on est loin des pages d'un magazine de déco ! Ce dont tu te serais rendu compte si tu avais répondu à mes innombrables invitations à venir visiter Londres, ajouta Victoire, malicieuse.

— Je sais, je sais. Je suis la pire plus vieille amie qui soit ! Et ça va se confirmer. J'ai fait une boulette, admit Laura en grimaçant.

Elle avança vers l'édifice de cartons et prit un carnet à l'intérieur d'une boîte ouverte, qu'elle tendit à Victoire.

— Il y a quelques années, ton frère a fait du tri, et il m'a demandé de te renvoyer ceci.

— Oh ! Mon journal intime du lycée ! se souvint Victoire en se saisissant du cahier turquoise aux coins élimés.

— J'aurais dû te le faire parvenir, mais on venait d'emménager, la maison était encore en chantier. Je ne sais pas comment il s'est retrouvé dans le garage. En tout cas, j'ai complètement oublié, et quand j'ai mis la main dessus la semaine dernière, je me suis dit que je te le donnerais aujourd'hui. Tu ne m'en veux pas trop ? fit Laura en affichant une grimace gênée.

— Je pense que tu peux rayer « coursier » de ta liste en cas de reconversion professionnelle, plaisanta Victoire. Ne te prends pas la tête, il ne m'a pas manqué ! J'avais même oublié son existence.

— Ouf ! Tu me soulages ! J'étais tellement honteuse quand je suis tombée dessus !

— C'est curieux qu'Elias t'ait fait passer ça, parmi toutes les affaires que j'ai laissées…

— Il a dû se souvenir que tu y tenais beaucoup, répondit Laura avec douceur. C'est pas un mauvais bougre, tu sais, compléta-t-elle, Victoire lui ayant raconté l'accueil glacial qu'il lui avait réservé quelques heures plus tôt.

Bien sûr qu'elle le savait. C'était ce qui rendait sa propre colère si difficile à appréhender. Plus borné qu'un âne qui recule, Elias n'en restait pas moins son petit frère, et qu'il ait tenu à lui faire parvenir son journal intime la touchait. Adolescent, il se montrait pourtant prompt à la taquiner lorsqu'il la voyait passer des heures à plat ventre sur son lit, à noircir les pages pour y relater le moindre détail de sa journée.

Très tôt, les deux enfants s'étaient démarqués par leurs goûts différents, en dépit du peu de mois qui les séparaient. Victoire aimait observer le monde et le coucher sur le papier, mais aussi sur pellicule. Elle avait ruiné ses parents en développements photographiques, avant d'y consacrer une grande partie de son argent de poche. Elle avait même transformé le grenier familial en laboratoire. Les paysages, les gens, les ruelles et les montagnes. Tout était sujet. Elle collait d'ailleurs certains clichés dans son journal intime. Aujourd'hui encore, elle prenait elle-même les photographies qui illustraient ses guides de voyage. C'était un point sur lequel elle avait refusé de transiger lorsqu'elle avait signé le contrat avec sa maison d'édition. Elle partait seule, et capturait ce qui lui paraissait digne d'intérêt, qu'il s'agisse d'un monument mythique ou d'une petite rue anonyme mais charmante.

Elias, quant à lui, avait très vite emboîté le pas à leur père. Les ceps, les cuvées, le bois des barriques, la mise en carton des bouteilles. Il s'était passionné pour tout ce qui avait trait au métier de vigneron dès le plus jeune âge, faisant la fierté de César Valéjane. « Notre héritage sera entre de bonnes mains avec lui ! », se plaisait à répéter ce dernier à chaque repas de famille. Hélas, pour qu'il y ait héritage à faire perdurer, il fallait que la barque continue à être bien menée. Cela ne semblait plus être le cas désormais. Même si elle ne l'avait pas interrogé à ce sujet, Victoire avait compris que la vente des parcelles qu'ils s'apprêtaient à officialiser signifiait que le domaine n'était plus aussi prospère qu'autrefois. Les gens picolaient pourtant toujours autant, et elle ne doutait pas qu'Elias, dont la détermination était au moins égale à la sienne, avait mis tout son cœur dans l'entreprise familiale. Il lui manquait des éléments pour comprendre comment la situation s'était détériorée, mais elle ne désirait pas creuser la question. Tout ceci ne la concernait pas. Elle avait tiré un trait sur leur père, sur les vignes et le domaine lorsqu'elle était montée dans ce train pour Paris dix-sept ans plus tôt.

Posé sur le bar, le téléphone portable de Laura émit un tintement.

— C'est Antonin, annonça-t-elle en consultant le message. Il dit de commencer à manger sans lui.

— Conseil municipal ?

— Non, il est passé voir sa grand-mère dans sa résidence pour seniors. Il a toujours peur qu'elle s'ennuie, alors qu'en réalité elle a une bande de copines et participe à un tas d'activités. Tu la verrais, elle semble avoir rajeuni de dix ans depuis qu'elle s'y est installée !

— J'ai lu un livre à ce sujet, se souvint Victoire. Celui d'un auteur de polars qui a vécu un temps dans ce genre d'établissement, pensant y trouver du calme pour écrire. C'était bourré d'anecdotes absolument folles !

— Vu ce qu'Antonin me rapporte quand il revient de là-bas, cela ne m'étonne pas !

Ayant terminé de répondre à son mari, Laura reposa le téléphone portable.

— On va commencer, et tant pis pour lui s'il manque le plat principal !

Après avoir couché son fils, pour le plus grand soulagement de Victoire qui jugeait le sujet des Pokémon beaucoup trop clivant, Laura ouvrit la baie vitrée et l'invita à s'installer à la table qu'elle avait dressée avec soin sur la terrasse. En s'asseyant, Victoire donna un nouveau coup de pied à l'un des deux clebs, plus pugnace que son frangin, qui avait remis sa truffe moite entre ses orteils. Les chaussures ouvertes étaient à bannir dans le coin.

Les jeunes femmes passèrent le début du repas à évoquer des petites anecdotes du quotidien, comblant le vide entre cette soirée et leur dernière conversation téléphonique qui remontait à plusieurs mois. Victoire avait beaucoup voyagé les semaines précédentes, et s'était contentée de sporadiques SMS. Elle appréciait la simplicité de cet échange, la facilité avec laquelle elle se fondait de nouveau dans son amitié avec Laura, comme on se pelotonne dans un plaid moelleux pour regarder la télévision à la fin d'une journée harassante. C'était la première fois depuis son arrivée à Dorville qu'elle ne ressentait pas l'envie de sauter dans le premier train pour regagner l'aéroport et sa vie outre-Manche. Elle se détendait enfin.

Elles avaient presque terminé le tian de légumes concocté par Laura lorsque la silhouette d'Antonin apparut derrière la baie vitrée.

— Alors, les filles, vous revivez vos années de gloire ? s'exclama-t-il en passant le seuil. Vic ! J'en reviens pas que tu sois dans notre jardin !

— Salut, Antonin ! répondit-elle en se levant pour l'embrasser. Cela me fait tellement plaisir de te voir !

Elle passa un instant à le détailler, tant elle était surprise par le changement d'apparence de son vieil ami. Il avait pris quelques kilos, comme la plupart d'entre eux, mais surtout gagné en masse musculaire, et la barbe légèrement grisonnante qu'il arborait désormais le faisait paraître plus âgé qu'il l'était en réalité. Sa façon de se mouvoir aussi était différente. Plus animale. Victoire songea que si elle l'avait croisé dans la rue ou dans les transports en commun, elle ne l'aurait probablement pas reconnu.

Arrivé à Dorville en classe de première, Antonin Martino avait vite trouvé sa place au sein de leur petite bande, et n'était jamais loin des deux amies. Son attirance pour Laura n'était un secret pour personne, à part pour Laura elle-même jusqu'à ce que Victoire l'encourage à déclarer sa flamme. Cela faisait des mois qu'il la couvait des yeux sans oser lui avouer ses sentiments lorsqu'il avait enfin sauté le pas. Le couple ne s'était ensuite plus quitté.

Victoire observa ses amis tandis qu'Antonin s'avançait pour embrasser sa femme. Deux grands ados dans une vie d'adultes, affichant pourtant les mêmes sourires qu'autrefois. Elle était heureuse pour eux. Elle savait que c'était ce à quoi Laura avait toujours aspiré, un cocon rassurant et paisible. Une existence dans laquelle nombre de ses amis actuels se lovaient eux aussi, peu à peu, mais qui ne faisait pourtant pas rêver Victoire. La villa, le mariage, les chiens moches. Elle avait vécu cette vie-là avec ses parents, avant que la maladie s'insinue dans leur quotidien et fasse voler en mille éclats cette belle harmonie. Comment aurait-elle pu rêver à cela alors qu'elle connaissait le caractère éphémère de cette félicité ? Mieux valait, à son sens, ne rien attendre de particulier et se contenter de saisir les miettes de bonheur lorsqu'elles se présentaient.

— Mon fils préféré est déjà couché, je suppose ? s'enquit Antonin.

— Oui, et ça n'a pas été simple ! Il était surexcité par la présence de Victoire ! soupira Laura.

— Pas étonnant, depuis le temps qu'il entend parler d'elle ! Il devait imaginer qu'elle vivait avec le père Noël et qu'il ne la rencontrerait jamais !

— J'espère avoir été à la hauteur de ses attentes !

— Il t'a parlé de la Pat' Patrouille ?

— Il m'a même contrainte à réciter le nom des cabots pour vérifier que j'avais bien écouté.

— Alors te voilà adoubée ! triompha Antonin. Je vais aller lui faire un bisou avant de vous rejoindre à table, ajouta-t-il.

— Rituel immuable, nota Laura avec tendresse tandis que son époux rentrait dans la maison.

Victoire sourit, mais au fond d'elle, son cœur se serra. Elle ne se souvenait pas de la dernière fois où son père l'avait embrassée.

Le reste de la soirée s'égrena au rythme des souvenirs de leurs années lycée.

— C'était le bon temps ! conclut Antonin.

Victoire ne partageait pas ce sentiment, mais se garda de faire part de ses réserves. Pour rien au monde elle n'aurait troqué sa place actuelle avec celle de la jeune fille d'autrefois. Cette époque rendait ses amis nostalgiques parce qu'ils n'en conservaient que les aspects les plus doux. La fête, les copains, l'absence de responsabilités. Victoire, elle, était entrée dans l'âge adulte comme un char sur un champ de bataille.

— Arrête, on n'avait rien dans la tête ! fit-elle tout de même remarquer. On était des bébés, et on se prenait pour des grands, comme tous les ados.

— Elle n'a pas tort, nota Laura. Quand je croise des gamins de dix-sept ans maintenant, je réalise à quel point nous étions innocents. Et pourtant, on pensait avoir tout compris à la vie.

— Vous parlez comme si on avait déjà l'âge de nos parents ! s'alarma Antonin.

— Tremble, cela nous pend au nez ! répliqua Victoire en riant. On sera vieux et aigris avant de s'en rendre compte !

Elle avala une gorgée d'eau gazeuse et reprit, hésitante, se demandant si elle avait réellement envie de mettre ce sujet sur le tapis. Mais cela faisait déjà un moment que la question lui brûlait les lèvres :

— En parlant de parents… Vous… Vous le voyez, parfois ?

Laura et Antonin se lancèrent un regard aussi étonné que gêné. Jamais elle n'avait cherché à avoir de nouvelles de son père depuis son départ. Ils connaissaient ses griefs, sa souffrance… et son obstination.

— Rarement, répondit son ami. Il y a bien longtemps qu'il ne vient plus au centre-ville, et même quand ça arrivait encore, il ne cherchait pas à discuter avec qui que ce soit.

— Cela fait des années qu'Elias se charge de m'apporter la compta du domaine, embraya Laura. Je ne traite plus du tout avec ton père.

— Les affaires sont moins florissantes qu'à la grande époque, cela doit être difficile à accepter pour lui, continua Antonin. Ça, et le vin des Caltorant qu'on trouve désormais à la carte de tous les restos de la région…

Son épouse lui jeta une œillade courroucée :

— T'en loupes pas une, toi !

— Laura, c'est bon ! la rassura Victoire. Gabriel et moi, on était ensemble il y a un millénaire. On peut prononcer son nom de famille, c'est pas Voldemort ! Je m'en fiche, mentit-elle.

— Et on vient d'établir qu'on devenait des vieux croûtons, donc il y a prescription ! acquiesça Antonin.

Peu importe, demain soir, je serai loin d'ici, pensa Victoire. *Tout ceci sera de nouveau derrière moi.*

Elle se raccrocha à cette idée, tandis que l'un des cockers venait de lui lécher le talon droit.

5

Ils passèrent le reste de la soirée à évoquer leurs frasques de jeunesse, entre éclats de rire et fausse honte. Victoire aurait préféré oublier certaines des bêtises qui avaient rythmé son année de terminale. Il n'y avait rien de glorieux à avoir entièrement recouvert de papier toilette la statue de Molière qui se trouvait à l'entrée du lycée, ou à avoir volé les culottes de la vieille Mme Fanchon, la fleuriste, avant de les étendre sur un fil attaché entre deux arbres de la place des Peupliers en indiquant le nom de leur propriétaire. Pas étonnant que les fossiles du coin lui lancent encore des regards réprobateurs ! Victoire ne manquait pas d'idées à l'époque pour animer les conversations. On pouvait au moins lui reconnaître une grande inventivité. Elle éprouva cependant un soupçon de tristesse à voir ses amis se remémorer ses incartades en riant. Même après toutes ces années, ils n'avaient pas saisi que si la jeune fille sage et studieuse s'était muée en une créature destructrice et avait tant joué avec le feu, c'était parce qu'elle cherchait à tromper la douleur plutôt qu'à amuser la galerie. Sa mère lui manquait ? Elle chipait une cagette d'abricots sur le marché. Elle avait rêvé d'elle pendant la nuit et s'était réveillée en sueur et tremblante ? Elle dégonflait les pneus de tous les véhicules du parking de la mairie. Elle avait entendu Elias pleurer dans la salle de bains ? Elle pénétrait dans l'église et vidait un flacon de colorant rose dans le bénitier. Tout le monde la trouvait hilarante, elle était la coqueluche du lycée, elle souriait, acceptait les accolades et les tapes sur l'épaule, alors qu'à l'intérieur elle n'était qu'un cri sans fin. Même eux, ses amis les plus proches, n'avaient pas compris cela. Elle ne pouvait pas leur en vouloir. Ils étaient des ados, aussi matures que des citrons verts. Son père, en revanche… Lui aurait dû voir. Elle clôtura ce chapitre pour ce soir, et rit à la dernière boutade d'Antonin. Ses amis étaient très drôles, eux aussi. Même s'ils n'avaient jamais osé utiliser le tracteur-tondeuse du jardinier pour se déplacer dans le lycée.

Peu avant deux heures, Antonin proposa de la ramener en voiture à son hôtel. Cette dernière ne se fit pas prier. Elle avait suffisamment marché depuis son arrivée à la gare et commençait à ressentir la fatigue causée par son périple matinal depuis Londres.

Elle embrassa Laura, et les deux amies se promirent de se voir plus souvent, de s'organiser un week-end entre filles un de ces jours, tout en sachant l'une comme l'autre qu'un tel projet ne se réaliserait jamais. Dès le lendemain, le quotidien aurait refait surface, annihilant plans sur la comète et bonnes résolutions.

Victoire monta à l'avant du véhicule. L'intérieur sentait le tabac froid.

— Elle est au courant que tu as repris ? s'enquit-elle, se rappelant que Laura lui avait parlé dans un mail du difficile sevrage tabagique de son époux, dont l'humeur massacrante lui avait plusieurs fois donné envie de l'étouffer avec un oreiller.

— Ce que Laura ne sait pas ne peut pas lui faire de mal, répondit-il avec un sourire amusé. J'aime à penser qu'après tant d'années passées ensemble il reste encore une part de mystère entre nous.

— De mystère, et de nicotine, fit-elle remarquer. T'as recommencé quand ?

— Il y a deux mois. Un coup de pression à la mairie, et j'ai craqué. Je sais, c'est naze, après avoir tenu trois ans sans fumer. Mais j'espère vraiment arrêter avant que Laura s'en aperçoive. Une chance pour moi qu'elle possède sa propre voiture et ne monte jamais dans celle-ci !

— Si tu penses qu'elle est dupe, tu te fiches le doigt dans l'œil jusqu'à l'omoplate, siffla Victoire en roulant des yeux. À mon avis, elle est conciliante, pas naïve. Ou alors elle a un truc à cacher elle aussi, et garde l'histoire de la cigarette sous le coude au cas où tu la grillerais !

— Je suis peut-être moins doué pour planquer mon addiction que je le crois, mais tu sais comme moi que Laura n'est pas revancharde.

— C'est vrai. Laura a tellement peu de défauts que je pourrais la détester si elle n'était pas ma plus vieille amie, soupira-t-elle sur le ton de la plaisanterie.

Ils se turent pendant une bonne minute, avant qu'Antonin relance la conversation.

— C'était chouette de te revoir enfin. Laura ne parle que de ta venue depuis des jours. Tu lui as beaucoup manqué, tu sais.

— Je lui ai proposé plusieurs fois que vous veniez à Paris, puis à Londres, lorsque je m'y suis installée. Mais elle dit toujours que c'est trop compliqué avec Jules et le boulot. C'est dommage, cela vous changerait les idées !

— Elle n'a jamais aimé voyager. Même traverser la frontière et aller en Espagne pour la journée, c'est une aventure pour Laura ! Elle n'est pas comme toi.

— Contrairement à ce que racontent les médias, je n'ai plus rien d'une baroudeuse. Mes séjours à l'étranger sont devenus tellement planifiés que je vois rarement autre chose que mon hôtel, deux restaurants et trois artisans locaux. On est loin de la manière dont j'ai visité l'Europe à vingt ans, se souvint-elle.

À l'époque où elle n'écrivait que sur son blog, elle partait avec un sac à dos démesuré pour ses épaules de crevette et une poignée d'euros en poche. Il y avait quelque chose d'exaltant à chercher le bon plan pour manger pas cher ou un lieu atypique recommandé par les locaux où passer la nuit. Elle regardait alors le monde avec les yeux d'une enfant qui va au cinéma pour la première fois. Elle était plus qu'heureuse d'être parvenue à transformer sa passion en métier. Mais, parfois, lorsqu'elle avait à peine le temps de refaire sa valise avant de reprendre l'avion ou le train, la candeur et le côté foutraque de ses premières excursions lui manquaient.

— Oui, mais toi, tu es sortie d'ici, tu voyages. Pas comme nous. On est nés à Dorville, et on y mourra probablement.

— Il n'y a pas de honte à cela, lui fit-elle remarquer, sincère.

— Non, mais ce n'est pas très excitant quand on prend le temps d'y penser.

— Tu as des regrets ?

Antonin réfléchit un instant.

— Je peux pas dire ça… J'ai un fils génial, une femme, une jolie maison, on est en bonne santé. J'ai pas à me plaindre. Mais je n'aurai pas grand-chose pour me vanter devant mes petits-enfants… À part nos conneries de jeunesse ! J'ai pas fait les tranchées, mais j'ai balancé un baril de lessive dans la fontaine de la place ! plaisanta-t-il. J'aurais aimé avoir mieux à leur raconter ! En plus, c'était ton idée…

— Tu as eu droit à un encart dans *L'Imprévu* le lendemain ! Ne minimise pas tes succès !

— T'as raison, c'est quand même un article dans le journal !

Il laissa échapper un soupir las.

— Je crois que ton retour me pousse à faire une sorte de bilan. À penser aux rêves que j'avais. J'ai l'impression de revoir notre adolescence comme un vieux film en Super 8.

— Je te préviens, si tu commences à aligner des clichés, je sors de la voiture ! Je peux supporter l'odeur de clope, mais pas ça !

— On en revient à ce que tu disais pendant le dîner, on va finir comme de vieux croûtons aigris en un rien de temps ! conclut-il en riant.

Le véhicule s'engagea sur la route longeant la côte, près de la chapelle abandonnée qui surplombait la baie. Ce n'était pas le chemin le plus court pour se rendre à l'hôtel, aussi Victoire supputa que son ami était encore d'humeur nostalgique. Souvent, ils se retrouvaient là-bas, le soir, derrière ce vieil édifice, pour refaire le monde en regardant la mer éclairée par le phare dressé sur l'anse opposée. Laura, Antonin, Elias et Victoire. Gabriel aussi était là. Elle le chassa immédiatement de ses pensées. Sa tête était déjà suffisamment encombrée sans qu'il vienne se mêler à la valse des doutes et des ressentiments.

De toute façon, après les vacances de Pâques, ils n'avaient plus remis les pieds là-haut. Judith Mérieux, une camarade de classe d'Elias, s'était suicidée en sautant de la falaise. Ils l'avaient appris le lendemain, en arrivant au lycée. Le décès brutal d'une jeune fille de dix-sept ans avait naturellement sidéré toute la ville. Plus question de monter jouer les andouilles à l'endroit où une personne qu'ils connaissaient avait décidé de faire le grand plongeon.

Victoire n'avait pas songé à Judith depuis des années et se sentit mal à l'aise, surprise par la facilité avec laquelle elle avait oublié la jeune fille. Sa mort avait pourtant été un choc pour les lycéens, à cet âge où l'on se croit invincible et immortel. Même Victoire, qui avait déjà fait l'expérience de la perte et ne comptait pas parmi les amis proches de Judith, en avait été très touchée. Sa mère, qui avait tant lutté pour survivre, n'y était pas parvenue, tandis que sa camarade avait fait le choix de mettre fin à son existence. Si elle était déjà persuadée que la vie était absurde, cet événement le lui avait confirmé.

Victoire s'efforça de concentrer son attention sur les étoiles qui scintillaient, se reflétant sur la surface de l'eau. La baie était toujours aussi belle vue de là, et elle se perdit dans sa contemplation, jusqu'à ce qu'une lumière rougeâtre attire son regard.

— Qu'est-ce qui se passe encore ? pesta Antonin qui venait à son tour d'apercevoir ce que sa passagère identifiait désormais comme des gyrophares, un peu plus bas sur la route.

— C'est les flics ?

— Les gendarmes et les pompiers, on dirait.

La voiture fit encore quelques mètres, puis Antonin se gara sur l'accotement derrière un véhicule banalisé.

— Pourquoi tu t'arrêtes ?

Elle ne rêvait que d'arriver à l'hôtel et d'ôter ces satanées chaussures qui lui lacéraient désormais les orteils.

— Je suis adjoint au maire, lui rappela-t-il en ouvrant sa portière. Il faut que j'aille voir. Attends-moi là !

— Tu rêves !

Pas question de rester enfermée dans sa voiture puante alors qu'il y avait enfin un peu d'action dans cette ville miteuse ! Elle n'était pas à l'aise à l'idée de patienter sans savoir de quoi il retournait. Passer près de la chapelle, penser à Judith, l'avait rendue nerveuse. Elle sortit du véhicule en vitesse et emboîta le pas à Antonin.

Ils empruntèrent un escalier de pierre pour rejoindre les quelques personnes massées plus bas sur la plage. Déjà un gendarme installait un cordon de sécurité pour éloigner la poignée de badauds intrigués par l'agitation.

Antonin s'approcha d'un des officiers qui s'entretenait à voix basse avec un pompier. Victoire demeura en retrait. Elle avait grande envie d'entendre la discussion et d'en savoir plus, mais la vue des forces de l'ordre lui inspira un mouvement de recul. Elle avait assez côtoyé les gendarmes de Dorville durant son année de terminale, et bien que celui à qui s'adressait Antonin soit jeune et ne la connaisse probablement pas, elle préféra faire profil bas.

Au bout de quelques minutes, Antonin se dirigea vers la jeune femme, la mine grave.

— Alors ? s'enquit-elle, à la fois curieuse et inquiète.

— Ils viennent de trouver un corps en contrebas de la chapelle, sur les rochers.

— Tu déconnes !

— Je préférerais, crois-moi !

— Pardon, j'ai l'air insensible, c'est juste que, waouh, c'est… glauque.

C'était l'endroit où Judith avait été découverte, au petit matin, dix-sept ans plus tôt. Victoire ne put réprimer un frisson.

— On le connaît en plus. Fabien Bugnoli. Du lycée. Tu te souviens ?

Il lui fallut quelques secondes pour que ce nom lui évoque un visage. La dernière fois qu'elle avait pensé à lui, c'était affublé d'un sobriquet bien peu flatteur.

— Non ! Tu veux dire « Bugno p'tit kiki » ? s'exclama-t-elle, trop fort.

Le gendarme inconnu se tourna vers elle et lui jeta un regard sombre.

— On avait repris l'habitude de l'appeler par son patronyme de naissance, nota Antonin.

— Pardon, je suis ignoble ! Bon sang, j'avais complètement oublié ce type !

Lui revint à l'esprit l'image d'un grand échalas blond déambulant parmi des adolescents rassemblés autour d'un feu sur la plage. C'était elle qui avait lancé cet affreux surnom de Bugno p'tit kiki, à la suite d'une dispute entre l'adolescent et Gabriel. Elle ne disposait en réalité d'aucune donnée quant à l'anatomie de Fabien Bugnoli, mais était alors très fière de sa tournure d'esprit, et du fait que la plupart des gamins de la bande y avaient adhéré sans réserve ni recul. Elle ressentait de la honte désormais. Ce type ne lui avait rien fait, et le motif de son conflit avec Gabriel devait être bien maigre pour qu'elle l'ait oublié aujourd'hui. Et voilà que Bugno p'tit kiki était mort, disloqué sur les rochers, comme Judith dix-sept ans avant lui.

— Il est tombé ? demanda-t-elle, espérant que l'endroit ne soit pas devenu la ligne 13 de Dorville.

— Apparemment. Une partie du garde-corps en bois a été retrouvée près de lui. Cela fait des années que l'on parle avec l'équipe municipale de le changer pour une rambarde en métal. Il a dû s'appuyer dessus et le bois a cédé sous son poids.

— C'est tellement idiot comme mort ! commenta-t-elle, ne parvenant pas à trouver des mots plus appropriés.

Elle se remémora le nombre de fois où leur mère leur avait intimé de ne pas faire les imbéciles autour de la chapelle, car les garde-corps lui paraissaient trop bas et peu fiables. Ils ne l'avaient jamais écoutée, évidemment. On n'écoute rien à cet âge-là. Pourtant, ce soir, le sort de Fabien Bugnoli venait de donner raison à la défunte.

— Je vais te ramener à l'hôtel et revenir ensuite, proposa Antonin. Je pense que j'en ai pour une partie de la nuit, soupira-t-il.

La curiosité avait fait place à un sentiment de malaise, et Victoire accepta sans sourciller. Quitter cette plage, quitter cette ville. Il n'y avait définitivement rien de bon ici.

6

Une fois dans la quiétude de sa chambre, elle enleva ses chaussures et les lança dans un coin de la pièce, avant de s'étaler sur le lit comme une étoile de mer. Elle s'apprêtait à allumer le téléviseur lorsqu'elle se souvint de son vieux journal que Laura lui avait remis et qu'elle avait fourré dans son sac à main.

Elle avait cessé d'écrire en s'installant dans la capitale. Enfin, plus exactement, elle avait cessé de coucher ses pensées intimes sur le papier et avait ouvert son blog, « Vic2V découvre Paris », où elle racontait ses premiers pas de provinciale dans la ville, partageait ses bons plans. Au départ, il s'agissait d'un passe-temps, d'un sas de décompression après des journées passées à accumuler les boulots peu motivants pour parvenir à payer la chambre qu'elle sous-louait à un couple d'octogénaires. Au fil des mois, elle avait fédéré un lectorat fidèle, majoritairement de son âge, des étudiants en quête de petits plaisirs abordables, qui appréciaient son regard frais et son humour. Une maison d'édition avait flairé le filon et lui avait proposé de transformer son blog en guide touristique. C'était comme cela que tout avait commencé. Avec l'avènement des réseaux sociaux, elle avait abandonné le blog pour l'instantanéité et le visuel, entraînant avec elle une communauté solide et enthousiaste, qui commentait tout ce qu'elle publiait avec assiduité, et lui avait ouvert les portes de la télévision, tandis que son éditrice lui avait donné carte blanche pour rédiger de nouveaux guides de voyage, consacrés aux capitales européennes.

De photos en petits mots, de livres en chroniques télévisées, ses abonnés comme les téléspectateurs étaient convaincus de la connaître sur le bout des doigts. Pourtant, elle ne leur livrait qu'une part infime de sa vie. La plus positive, la plus désirable. Rien à voir avec ce qu'elle pouvait confier à l'époque dans son journal.

Elle tourna les premières pages, et tomba sur une photographie de sa mère, une des dernières qu'elle avait prises avant que les traitements modifient son apparence. Rose Valéjane se tenait tournée de trois quarts vers l'objectif, dans la lumière douce de fin d'après-midi, et esquissait un sourire serein. C'était la photo qu'Elias et elle avaient choisie quelques mois plus tard pour ses obsèques.

Elle referma le carnet comme s'il s'agissait de la boîte de Pandore.

Revenir à Dorville, revoir Elias mais se faire envoyer promener, savoir son père à quelques kilomètres d'elle, ce cliché, puis la découverte d'un corps sur le lieu de ses soirées de jeunesse : il lui semblait que la journée n'était qu'une succession de + 2 et + 4 dans une partie de Uno. Après avoir mobilisé les forces qu'il lui restait pour se déshabiller, elle sombra dans un sommeil lourd et moite, se consolant à l'idée que le lendemain, elle pourrait enfin jouer la carte « changement de sens » et rentrer à Londres.

5 septembre 2004

Rentrée des classes. Emploi du temps plus pourri que l'odeur des chaussettes d'Elias après son footing.

Au moins, l'avantage à être dans un lycée aussi petit, c'est que je suis toujours dans la même classe que Laura. Je sens que je vais vraiment avoir besoin d'elle cette année.

Maman va mourir.

Je ne suis pas censée le savoir, pas encore, et ça me paraît à la fois absurde et irréel de l'écrire.

Maman va mourir.

Ma-man-va-mou-rir.

Non, vraiment, cela n'a aucun sens.

On ne meurt pas à 44 ans. On ne meurt pas si tôt quand on est une maman.

J'ai surpris une conversation entre papa et elle. Ils revenaient d'un rendez-vous à l'hôpital, et devaient penser que j'étais chez Laura ou chez Gabriel. Le visage de maman tire sur le jaune ou le vert olive depuis des semaines, mais là, elle était plus blanche qu'une serviette en papier, et papa avait les yeux rougis par les larmes.

Elle a dit : « On doit l'annoncer aux enfants. Je veux qu'ils puissent se préparer ». Même si j'étais en haut des escaliers, j'ai entendu papa souffler, et il a dit : « Arrête, Rose, ne fais pas comme si tout était joué d'avance ! ». Maman s'est énervée : « On a assisté au même entretien ? On a lu les mêmes conclusions ? ». Et là, il a crié : « Mais les médecins ne savent rien ! » Ensuite, ils se sont vraiment disputés. Papa est sorti pour aller dans les vignes, Maman a balancé l'enveloppe avec les résultats du scanner sur la table et est montée dans sa chambre téléphoner. J'ai attendu quelques minutes, et je suis allée lire le compte rendu. Je m'en fichais de me faire prendre. Cela me concernait aussi.

Pas besoin d'avoir fait médecine pour comprendre que son putain de cancer est allé se loger partout où il a trouvé de la place. Pas besoin d'être un génie pour comprendre que c'est foutu.

Bientôt, je n'aurai plus de mère. Elias non plus. La différence aujourd'hui, c'est que je sais et lui non. Je crois que je le déteste un peu pour ça.

13 juillet

7

— Victoire ? C'est bien toi ?

La jeune femme leva les yeux du journal qu'elle avait acheté dix minutes plus tôt, dans l'idée de le lire en sirotant le contenu de sa tasse. Victoire était de nouveau installée à la terrasse de chez Fernand. Le bistrotier paraissait toujours aussi tendu par sa présence, mais elle avait décidé de ne pas s'en soucier, et envisageait même de lui chiper une petite cuillère, pour le plaisir de lui donner raison. D'autant qu'à deux tables d'elle siégeait la vieille Fanchon, l'ancienne fleuriste, qui la regardait d'un air mauvais en crachant des « Hin » et des « Quel toupet ! » à chaque fois que Victoire tournait une page ou portait la tasse à ses lèvres, si bien qu'elle était tentée de lui demander si elle ne souffrait pas de sénilité, ou d'aller lui faire avaler son journal. Tout ce drame pour une histoire de culottes…

Le café servi au petit déjeuner de l'hôtel s'était révélé dégueulasse, et Victoire s'était contentée d'avaler un croissant surgelé banal avant de déguerpir. Elle avait laissé sa valise à la réception, comptant la récupérer après son rendez-vous chez le notaire.

— Félix, tenta-t-elle, hésitant un instant sur le prénom de l'homme qui lui faisait face.

— Je n'aurais jamais cru te revoir un jour ! lança-t-il sans la corriger.

Ouf, son cerveau ne fuyait pas encore comme celui de la Fanchon !

Félix Dupin. Son nom lui revint. Il était dans sa classe au lycée. Pas un ami, mais un bon copain avec qui elle avait partagé quelques soirées. Il était sorti avec Laura durant l'année de seconde. Pas longtemps. Son amie n'était pas particulièrement éprise de lui, mais elle en avait assez de tenir la chandelle pendant que Gabriel et Victoire se galochaient au ciné. C'était avant l'arrivée d'Antonin.

— Ne t'habitue pas trop vite, je ne compte pas rester ! J'ai simplement une affaire de famille à régler.

— J'ai appris que ton frère vendait des terres aux Caltorant, dit-il, sans intention particulière dans la voix.

Évidemment. Tout le monde à Dorville savait que le domaine Valéjane n'était pas au meilleur de sa forme.

— Et toi ? demanda-t-elle, évitant de relever sa dernière phrase. Tu bosses ici ?

Elle venait de remarquer le tablier de serveur qu'il portait autour de la taille et les stylos qui en dépassaient.

— Oui et non. Je travaille à la conserverie, mais je donne un coup de main sur mon temps libre quand les saisonniers font faux bond. Fernand est mon oncle, je ne sais pas si tu t'en souviens.

Là encore, évidemment. Tout le monde à Dorville était parent avec quelqu'un, même si les liens entre les uns et les autres se dérobaient à sa conscience désormais. C'était à se demander comment les habitants s'étaient arrangés pour ne pas finir consanguins. Elle jeta un œil en direction de la vieille Fanchon qui ne manquait rien de la conversation et dont les joues paraissaient enfler comme celles d'un hamster en plein repas. À bien y regarder, la consanguinité n'avait peut-être pas épargné l'intégralité de la population, à moins que l'ancienne fleuriste ait simplement respiré un peu trop de pollen arrosé de pesticides.

— T'es au courant pour Bugnoli ? lança-t-elle, évitant ainsi de commenter le lien de parenté entre Félix et le cafetier qui avait subi ses rapines.

— M'en parle pas, ça m'a fichu un coup. Il avait notre âge. Ça paraît dingue.

— Félix ! T'as pas fini de bavasser ! cria Fernand depuis l'encadrement de la porte.

Le patron ne semblait pas ravi de voir son neveu converser avec Victoire, et cette dernière afficha une grimace contrite à son ancien camarade.

— Délinquante un jour, délinquante toujours ! fit-elle d'un ton faussement détaché.

— Laisse tomber, tu connais les anciens ! J'ai été content de te revoir en tout cas !

Après quelques formules d'usage, échangées avec célérité car Fernand veillait toujours au grain tandis que la vieille Fanchon validait l'agacement du bistrotier en acquiesçant de son menton poilu, Victoire replongea distraitement dans la lecture du journal.

Judith Mérieux, Fabien Bugnoli, Félix Dupin. Elle était étonnée de constater avec quelle aisance le temps avait effacé de son esprit les personnes qu'elle côtoyait quotidiennement des années plus tôt. L'inverse était sans nul doute tout aussi probable. Une fois montée dans le train pour Paris, elle avait dû disparaître de la mémoire de bien des gens, à part celles des antiquités du coin. Ces vieux machins avaient la rancune tenace.

— Victoire Valéjane ?

Décidément, ils s'étaient donné le mot et s'appliquaient à faire mentir ses réflexions !

Elle releva de nouveau son visage du journal, songeant qu'elle le lirait dans l'avion, ou une fois rentrée à Londres, si tous les habitants de Dorville avaient décidé de l'interrompre pour jouer au jeu des retrouvailles improvisées.

Mince comme une allumette, avec le visage d'un petit écureuil constellé d'éphélides et de grands yeux bleu pâle dignes d'un personnage de dessin animé, le type qui venait de se planter devant elle lui disait vaguement quelque chose, et souriait comme s'il était réellement ravi de la croiser. En dépit de son air engageant, Victoire aurait préféré qu'il la laisse lire l'article sur la mort de Bugnoli en paix.

— Ton nom m'échappe…

— Ce n'est pas grave, on n'était pas amis ! répondit-il d'un ton joyeux. Johan. Johan Clermont. J'étais en seconde quand tu étais en terminale. Je dirigeais le journal du lycée ! annonça-t-il avec fierté.

— Il y avait vraiment quelqu'un à la tête de ce fascicule ? La notice de mon sèche-cheveux était plus épaisse !

L'écureuil sembla vexé.

— Enfin, qu'est-ce que j'en sais après tout ! se rattrapa Victoire. J'étais plus intéressée par les sorties que par l'actualité !

— Et tes aventures étaient célèbres dans tout le bahut ! ajouta Johan qui avait retrouvé le sourire et s'installa face à elle sans lui demander son avis. La fois où tu as repeint la voiture du proviseur adjoint en rose fuchsia, c'était génial !

Et j'ai pris trois jours d'exclusion pour cette connerie, pensa Victoire.

— Je me suis permis de t'aborder car je voudrais écrire un article sur toi, sur ton retour. Je travaille pour *L'Imprévu* maintenant, annonça-t-il en lui indiquant du doigt le canard qu'elle lisait avant son arrivée.

— Qu'est-ce qu'il ne faut pas entendre ! lança la vieille Fanchon qui n'avait pas perdu une miette de la conversation, et semblait avoir conservé une ouïe encore très fine malgré son âge avancé.

— Alors madame Fanchon, vous êtes passée aux couches maintenant ? cria Victoire comme si le reste de la clientèle avait besoin d'un sonotone.

Johan Clermont pouffa, tandis que la vieille, piquée au vif, releva son journal devant ses yeux en marmonnant.

— On ne peut pas vraiment parler de retour, reprit Victoire, satisfaite d'avoir mouché la fleuriste. Je suis seulement venue régler une affaire de famille, récita-t-elle pour la seconde fois de la matinée.

— Peut-être, mais ton parcours aiguise la curiosité des gens ! *Calamity Valéjane* est devenue la reine des guides de voyage et chroniqueuse à la télé, ce n'est pas rien ! D'ailleurs, tu vas poster quelque chose sur les réseaux à propos du café ? Sur ton hôtel ? T'es au Beau Séjour d'après ce que je sais. Ma cousine Alma travaille là-bas ! Tu ne dois pas te souvenir d'elle non plus, mais elle est très sympa, elle me refile pas mal d'infos. Mais ça reste entre nous, hein ! Sinon tu…

— Johan, le coupa Victoire, je serais ravie de rester discuter avec toi, mais j'ai un rendez-vous important, je dois y aller.

Elle aurait vingt minutes d'avance, mais serait toujours mieux dans la salle d'attente qu'à supporter le babillage exalté du reporter et les regards de la Fanchon. Il était vraiment temps qu'elle rentre à Londres.

— Je comprends, je comprends ! Mais pour mon article ? Je te laisse ma carte, tu m'appelles ? On papotera autour d'un verre !

— On fait comme ça !

Elle était ravie de ne pas avoir mentionné qu'elle quittait Dorville le jour même, et que Tintin pouvait faire une croix sur son interview. Hors de question que sa vie soit étalée dans le journal local. Si les habitants voulaient savoir quelque chose à son sujet, ils n'avaient qu'à fouiner sur Internet ou commérer avec la Fanchon et les vieilles biques de la place en lui inventant une existence plus rock'n'roll que l'était sa réalité. Elle ne se donnerait pas en pâture aux fauves.

Victoire se leva, incitant ainsi Johan à faire de même. Elle commença à plier *L'Imprévu* pour le fourrer dans son sac.

— La nouvelle paraîtra sur notre site web dans quelques heures, alors je compte sur ta discrétion pour l'instant, mais ce n'est pas un accident, chuchota le journaliste, sur un ton de confidence qui trahissait néanmoins une certaine satisfaction.

— Pardon ?

— Fabien Bugnoli. Il n'est pas tombé.

— Merde, il s'est suicidé ? crut Victoire.

— Non plus. C'est un meurtre.

8

Un meurtre.

Victoire ne pensa qu'à cela sur le chemin qui la menait vers l'office notarial.

D'après Johan, qui avait glané ces informations avec une rapidité impressionnante, l'équipe scientifique avait trouvé des traces de lutte sur le corps de Bugnoli. Qu'il ait été poussé depuis la falaise semblait ne faire aucun doute.

Un meurtre à Dorville. Voilà qui était nouveau.

Comme beaucoup de petites villes en apparence paisibles et sans histoires, la commune avait abrité son lot de délits, et le nom de Victoire Valéjane y était souvent associé : vol de pots de fleurs (elle n'avait pas été l'instigatrice de ce larcin mais avait trouvé l'idée fort séduisante), de canards (elle les avait seulement déplacés dans le jardin d'un voisin dans le but de créer un peu de tension dramatique au cours d'un mois de décembre morose), dessin de symboles phalliques sur les panneaux d'affichage du musée de la Sardine (un contentieux avec le gardien. L'adolescente pouvait se montrer belliqueuse), jusqu'à l'incendie du vieux hangar à barques, le soir des résultats du bac. Victoire avait eu plus de mal à se dépêtrer de ce dernier fait d'armes. Charline Naillard, la peste de sa classe, l'avait dénoncée et deux gendarmes étaient venus la chercher au matin, alors qu'elle finissait son bol de céréales. L'affaire aurait eu des conséquences plus dramatiques sans l'intervention de Mathilda Caltorant, la grand-mère de Gabriel, qui était à l'époque la mairesse de Dorville. C'était elle qui avait rejoint Victoire à la caserne, pas son père, elle qui l'avait raccompagnée après une longue discussion animée avec le capitaine de gendarmerie. La vieille dame lui avait asséné une sacrée soufflante dans la voiture, et Victoire n'avait pas moufté. Son père, en revanche, n'avait pas pris la peine de l'engueuler, même lorsque Mathilda lui avait expliqué que sa fille était passée à un cheveu du tribunal. Après une année scolaire occupée à dépasser toutes les limites pour qu'il réagisse, la punisse, qu'il se lève de son canapé, sorte de sa léthargie et se comporte enfin en parent, son indifférence à cette dernière frasque avait été la goutte d'eau, une eau qui brûlait comme de l'acide, et dans la nuit, Victoire avait rassemblé quelques affaires, sa carte d'identité, la bague de sa mère et prélevé deux cents euros dans la boîte à biscuits réservée aux urgences. Elle était partie au petit matin.

Mais un meurtre dans la ville, c'était bien plus de chambardements que Victoire n'en avait généré durant l'entièreté de sa dernière année de lycée. Cela devrait occuper les commères un moment.

Sur la porte de l'office notarial était affichée une pancarte sur laquelle on pouvait lire « Sonnez puis entrez ». Victoire s'exécuta.

Il n'y avait personne derrière le bureau de l'accueil. À la place, posée en évidence, une feuille cartonnée pliée donnait la marche à suivre : « En cas d'absence de la secrétaire, installez-vous dans la salle d'attente. »

Assise dans un fauteuil défoncé qui aurait mérité un généreux rembourrage, Victoire pouvait entendre la voix étouffée du vieux notaire, Me Grillon, en pleine conversation avec un couple. Ses pensées revinrent des années en arrière, lorsque, dans ce bureau au fond du couloir, Elias et elle avaient accompagné leur mère. Ayant désormais informé ses enfants que leur histoire n'aurait pas de fin heureuse, Rose Valéjane, qui possédait certaines parcelles du domaine viticole, avait souhaité leur faire une donation avant son décès. Elias et Victoire avaient donc signé des papiers d'adultes, reléguant un peu plus leur innocence aux oubliettes, et étaient devenus les propriétaires de ces terres auxquelles elle tenait, qu'ils allaient pourtant vendre aujourd'hui.

Victoire n'était pas attachée à ce sol. Elle n'était attachée à rien à Dorville. La mort de sa mère et la froideur de son père avaient brisé tout ce qui pouvait la lier aux lieux de son enfance. Ce n'était que de la terre, des tas de pierres, des enchevêtrements de sarments et de feuilles, des étendues d'eau et de sable. Sa mère n'était plus là. Elle n'était plus là et elle était partout à la fois. Victoire la portait en elle. Les lieux, en revanche, n'avaient pas d'importance.

Pour Elias, elle concevait que les choses se révélaient certainement plus complexes. Il était resté vivre entre ces murs, avec leur père. Il avait travaillé ce sol, cultivé ces vignes. Elle connaissait assez les rêves de son frère pour saisir que cette vente devait lui laisser un goût très amer. Elle ne parvenait pas à comprendre pourquoi le domaine, jadis si prospère, se trouvait en difficulté désormais. La fierté d'Elias égalait son entêtement, et elle repartirait sans doute à Londres sans l'ombre d'une réponse. Même si elle avait failli le piquer la veille en abordant la vente des terres, elle se fichait en réalité de savoir que l'héritage familial partait en vrille et allait être vendu à leur voisin. Les ancêtres, une fois enterrés, avaient certainement autre chose à fiche que se pencher sur des questions aussi prosaïques que la pérennité d'une entreprise. Mais ce passé, c'était le quotidien d'Elias. C'était les projets d'avenir qu'il avait fomentés depuis l'enfance. « Tu verras, Vic, on trouvera mon vin partout dans le monde ! », clamait-il fièrement, assis sur le lit de sa sœur. Il avait à peine dix ans.

Elle aurait aimé qu'ils se parlent encore aujourd'hui de leurs aspirations, qu'ils rient ensemble, que leur complicité ne s'étiole jamais. Pour cela, il aurait fallu qu'elle reste à Dorville au lieu de s'enfuir à Paris. Qu'ils continuent à pousser côte à côte, comme des arbustes sans tuteurs, déstabilisés par les vents, quand elle aspirait à ne plus essuyer de tempêtes. Elle comptait lui proposer de boire un café après la signature. Ou même de déjeuner, s'il était mieux luné que la veille. Peut-être serait-il plus enclin à discuter une fois cette épreuve terminée. Elle n'avait pas envie de repartir à Londres sans être parvenue à renouer un semblant de dialogue avec lui, même si cette ville lui faisait horreur. Trente-six heures à Dorville, c'était tout ce qu'elle pouvait supporter après tant d'années. Une dose homéopathique. Cela équivalait aussi à une minuscule dose d'Elias, mais c'était peut-être la seule posologie que son frère pourrait quant à lui tolérer.

Pourquoi Elias n'était-il pas encore arrivé, d'ailleurs ? Et Hugo Caltorant ? Victoire l'imaginait tellement ravi d'acquérir les parcelles des Valéjane qu'elle aurait pensé le trouver à faire le pied de grue devant l'office avant l'ouverture, ou qu'il aurait même planté une tente dans la rue comme un fan de Mylène Farmer devant un Zénith.

Les Caltorant et les Valéjane. « Deux familles, égales en noblesse, dans la belle Dorville où nous plaçons notre scène », s'amusait à réciter Laura lorsque Gabriel et Victoire avaient commencé à sortir ensemble. Mais bien que possédant des domaines rivaux, leurs parents n'avaient rien de commun avec les Capulet et les Montaigu. Tous connaissaient les difficultés liées à ce métier, soumis aux intempéries comme à tant d'autres impondérables, et avaient fait le choix de travailler en bonne intelligence, s'entraidant même lorsque la situation le nécessitait, qu'il s'agisse d'une avarie matérielle ou d'un problème de transporteur. Évidemment, César Valéjane et Hugo Caltorant aimaient à se titiller sur leurs chiffres de vente ou les prix remportés lors de foires agricoles, mais leur prospérité, somme toute égale, ne conférait que peu d'enjeu à la compétition. Toutefois, Victoire savait, pour l'avoir souvent évoqué avec Gabriel, que posséder la plus grosse exploitation viticole et régner sans partage n'aurait pas déplu à Hugo Caltorant. C'était de bonne guerre. Elias nourrissait les mêmes rêves. Il comptait travailler à plein temps avec son père dès qu'il aurait obtenu son bac, une promesse faite à leur mère à laquelle il n'avait pas dérogé, et œuvrer pour que l'entreprise rayonne. Hélas aujourd'hui, une seule des deux familles semblait être en mesure de voir ses souhaits d'expansion s'exaucer.

Elle regarda une nouvelle fois l'heure sur son téléphone en maugréant, ouvrit Instagram et fit défiler les vidéos absurdes qui polluaient son fil d'actualité sans y prêter attention. Le notaire aussi était en retard. À croire qu'elle était la seule à désirer en terminer au plus vite avec cette transaction, alors même qu'elle se fichait comme d'une guigne de voir son nom de famille collé sur une bouteille en verre.

Enfin, elle entendit la porte du bureau s'ouvrir. Deux quadragénaires en sortirent, suivis par le vieux notaire. Ce dernier marqua un temps d'arrêt en l'apercevant dans la salle d'attente lorsqu'il raccompagna le couple à la porte. Victoire songea qu'il ne devait pas la reconnaître, la faute aux années et à cette coupe de cheveux de lutin des bois.

Une fois la lourde porte fermée, Me Grillon revint à pas traînants dans la salle d'attente.

— Bonjour Maître, Victoire Valéjane, dit-elle en se levant et en lui tendant la main. Mon frère et Hugo Caltorant sont en retard, je suis confuse.

— Bonjour, Victoire, répondit-il. Je me souviens bien de toi, tu avais rasé la tête de mon neveu pendant qu'il cuvait sa bière à la fin de l'une de vos soirées.

Victoire vira au pourpre. Elle commençait à être lassée qu'on lui rappelle ses forfaits de jeunesse.

Ne semblant pas lui tenir rigueur de ses élans artistiques passés, le notaire continua :

— En retard ? Tu veux dire que c'est toi qui es en avance ! Vous n'avez rendez-vous que dans deux jours !

— Mais enfin c'est absurde ! J'ai cette date notée dans mon agenda depuis un mois !

— Pourtant, ton frère a téléphoné vendredi dernier pour demander à reporter.

Victoire resta interdite, la bouche ouverte, quelques instants. Elle se remémora alors le « C'est ça ! » lancé par Elias lorsqu'elle lui avait dit « À demain ! ». L'enfoiré.

— Je suis censée être à l'aéroport dans six heures !

— Dans ce cas, tu ferais mieux de modifier ton billet au plus vite, si tu ne veux pas perdre de l'argent, nota Grillon, pragmatique.

— Je ne peux pas signer maintenant ? Une procuration ?

Elle regrettait amèrement de ne pas avoir opté pour cette solution en premier lieu. Quelle idée stupide d'être venue à Dorville pour voir la tronche de cake d'Elias le traître !

— Comme tu peux le constater, ma secrétaire et mes clercs sont en vacances. Avec le pont du 14 Juillet, ils ont déserté. Je ne suis pas en capacité matérielle d'établir les documents moi-même. Je ne comprends rien à cette informatique, expliqua le notaire sans paraître vraiment désolé.

Il avait l'air de s'amuser follement au contraire, et ne manifestait aucune envie de lui faciliter les choses. Elle y vit une revanche mesquine pour le crâne glabre de son neveu. Si elle avait su cela à l'époque, elle lui aurait aussi rasé les sourcils.

Victoire capitula. Cette ville n'était peuplée que de gens décidés à lui pourrir l'existence.

— Bien, trancha-t-elle. On se revoit donc dans deux jours. Préparez également les papiers pour la succession de mon frère, car je vais buter ce petit con ! lança-t-elle en ouvrant la porte de l'office d'un geste vif et courroucé.

— À dans deux jours, alors. Mais Victoire, ce n'est pas Hugo Caltorant qui viendra au rendez-vous comme tu as l'air de le croire. C'est son fils, Gabriel, qui dirige désormais le domaine et achète donc les parcelles. Vous vous connaissez, si mes souvenirs sont justes, ajouta le notaire avec un sourire en coin.

Gabriel. Il ne manquait plus que lui à cette équation bancale.

9

Galvanisée par la colère et chaussée cette fois de baskets confortables, Victoire parcourut le chemin poussiéreux à la manière d'un velociraptor.

Elle allait hurler. Elle allait incendier Elias.

Dix-sept ans de réponses laconiques, puis un lapin minable digne d'un personnage de *Lolita malgré moi* auquel s'ajoutait le fait de lui avoir caché qu'elle aurait à revoir Gabriel, cela méritait la cour martiale, ou au moins un bon coup de pied dans le derrière. Elle regrettait le temps où elle le dépassait d'une tête et pouvait lui coller une raclée. Fichue puberté qui avait réduit à néant sa supériorité physique !

Trois véhicules étaient garés à l'extérieur, y compris l'utilitaire que son frère conduisait la veille. Victoire entendit des voix provenant du hangar de stockage, dont les portes étaient ouvertes, et s'y dirigea d'un pas rageur.

À l'intérieur, Elias était en discussion avec deux hommes. Tirés à quatre épingles, ils semblaient être des représentants ou des fournisseurs quelconques. Ils auraient pu être les Beatles réincarnés, elle s'en fichait. Elle était bien décidée à en découdre avec son traître de frangin, et le public n'avait qu'à prendre son ticket ou mieux, se mettre à l'abri.

— T'es fier de toi ? attaqua-t-elle.

— En règle générale, plutôt, répondit-il, narquois. Maintenant, tu permets, je suis en plein travail.

— Moi aussi, j'ai un travail, figure-toi ! C'est pour ça qu'il était prévu que je signe cette foutue vente ce matin, et que je rentre à Londres dans la foulée !

Devant l'énervement de Victoire, les deux non-Beatles en cravate s'interrogèrent mutuellement du regard.

— On peut vous laisser un moment, proposa celui dont la tonsure tenait plus de Monsieur Propre que de John Lennon.

— Pas besoin, ma sœur va m'attendre dehors !

— Ta sœur va rester ici, et tu as plutôt intérêt à m'écouter sans quoi je vais déballer plein de choses désagréables à ton sujet ! Bonjour, je suis Victoire Valéjane, lança-t-elle à celui qui avait quelques poils de plus sur le caillou que son acolyte. Vous saviez qu'Elias a pleuré la première fois qu'il a eu une érection ? C'était hilarant, il pensait que son pénis allait se casser comme du verre !

— Je vais t'étriper !

— Je t'aurai claqué le beignet avant !

D'instinct, les duettistes reculèrent d'un mètre. Victoire et Elias se toisèrent, prêts à bondir. Le poids de dix-sept années de non-dits chargea l'atmosphère d'une électricité presque palpable. Un flot de reproches attendait au bord de leurs lèvres, mais le frère comme la sœur ne parvenaient à choisir par où commencer. Enfants, ils se tiraient les cheveux, se mordaient jusqu'au sang, cassaient les objets auxquels l'autre tenait, puis se réconciliaient dans l'heure, sans que leurs parents saisissent comment ils pouvaient jongler entre la colère, l'affection et les ressentiments avec cette aisance déconcertante. Mais une telle dynamique n'était plus envisageable à trente ans passés, alors que les egos et les silences avaient grandi en même temps qu'eux. Ils n'allaient tout de même pas se rouler par terre en se rouant de coups de poing devant deux VRP.

— Si ce plan foireux est ta façon de me punir, alors bravo, c'est réussi ! abdiqua-t-elle.

— Mais arrête de jouer les victimes ! J'ai autre chose à foutre qu'élaborer des scénarios pour t'emmerder ! Tu as choisi de partir, alors assume !

— J'assume totalement ! C'est toi qui as décidé de ne plus faire partie de ma vie ! J'ai passé des années à te prendre des billets de train alors que je gagnais un salaire de misère ! Tu n'as jamais voulu venir ! riposta-t-elle.

— Je ne suis pas un laquais que l'on convoque !

— T'es surtout un imbécile borné !

— Dixit la nana qui a coupé les ponts avec toute sa famille !

— On n'a plus rien d'une famille depuis belle lurette ! asséna-t-elle. On était invisibles pour lui, on survivait seuls et…

Une voix s'éleva et l'empêcha de terminer sa phrase.

— Elias ! M'enfin c'est quoi ce bordel ? Pourquoi tu hurles ? Tu veux faire fuir les clients ? Y a deux types qui viennent de sortir comme s'ils avaient vu le diable !

Il était là. Leur père. À deux mètres d'elle. Les réprimandant comme lorsqu'ils étaient gosses. Sa présence lui sembla si irréelle que Victoire chancela l'espace d'un instant.

Tard dans son lit, dans la solitude de la nuit, elle imaginait parfois leurs retrouvailles, même si ce mot connotait une certaine félicité, absente des scènes qu'elle inventait. Dans « retrouvailles », elle entendait effusions, larmes, regrets, pardon, tendresse, amour. À en juger par l'absence d'émotions qu'elle lisait dans le regard de son père, ses scénarios nocturnes, dans lesquels s'invitaient reproches, ressentiment et malaise, n'avaient rien d'exagéré. Les yeux fixés sur Elias, il lui donnait l'impression d'être transparente. Elle aurait tout aussi bien pu être ailleurs, à des kilomètres de ce hangar. Elle aurait aimé être ailleurs, à des kilomètres de ce hangar. Ou plutôt, non. Elle ne savait plus. Elle redoutait cette rencontre depuis si longtemps. Mais il s'agissait toujours de son père, et la Victoire de dix-huit ans, qu'elle avait abandonnée derrière elle à Dorville, cette Victoire-là, aurait tant aimé qu'il la regarde et ne la laisse pas s'en aller. Même si elle lui en voulait pour la manière dont il s'était détaché d'eux à la mort de son épouse, en quittant la maison, elle avait espéré attirer enfin son attention. Qu'il se batte pour elle, pour ce qu'il restait de leur famille. Elle avait attendu un signe, un appel. Mais rien. Les premiers mois, elle avait interrogé son répondeur plusieurs fois par jour pour s'entendre dire par une bonne femme métallique qui paraissait la narguer, « Vous n'avez aucun nouveau message ». Ce silence avait persisté pendant dix-sept ans. Pourtant, en dépit de la colère qu'elle portait en elle, il semblait qu'il lui incombait de le briser.

La voix chevrotante, elle parvint à articuler :

— Bonjour…

Elle se sentit incapable d'ajouter « papa ». Ce nom affectueux resta coincé au bord de ses lèvres tremblantes.

Son buste effectua un léger mouvement vers elle. Il l'observa un instant, comme s'il prenait enfin conscience de sa présence. Son silence revêtait une indifférence blanche que Victoire n'avait pas anticipée.

— Bonjour, madame, finit-il par dire en hochant légèrement le menton. J'espère que mon fils ne vous malmène pas.

Elle le toisa. Il n'y avait pas une once d'ironie ou de colère dans sa voix.

Il ne la reconnaissait tout simplement pas.

10

VICTOIRE reprit la direction du centre-ville, sonnée, autant par le fait d'avoir enfin revu son père que par les informations sur son état de santé qu'Elias avait consenti à lui révéler.

En entendant un père dire « madame » à son enfant, la plupart des gens auraient cru à une plaisanterie, ou auraient au moins eu le réflexe de répliquer « Mais enfin, papa, c'est moi ! ». Victoire, elle, était restée figée, la bouche ouverte et le cœur sur pause. Lui n'avait pas bougé d'un iota et semblait avoir oublié sur-le-champ qu'il venait de poser une question. « Je reviens. Attends-moi dehors ! », avait déclaré Elias, la laissant seule et dans le flou, tandis qu'il entraînait leur père à l'extérieur pour le ramener vers la maison. César Valéjane n'avait pas eu un regard pour elle en s'éloignant.

Lorsqu'elle était sortie du hangar, au bout de deux ou dix minutes, elle ne savait plus, elle avait vu les pas-Beatles monter dans leur voiture, sans doute lassés par ce rendez-vous avorté qui ressemblait à une pièce absurde. Elle s'était assise sur un vieux banc, installé bien avant sa naissance, et avait attendu Elias. Quand il avait réapparu, sa colère avait laissé place à une grande lassitude, et il s'était contenté d'annoncer la sentence sans plus d'émotion dans la voix :

— Alzheimer.

— Mais il vient de fêter ses soixante-douze ans !

— Il n'y a pas que l'âge qui entre en ligne de compte. En France, 33 000 personnes atteintes ont moins de soixante ans. Ouais, je suis devenu expert à force ! avait-il ironisé.

Il avait fallu une minute à Victoire pour digérer l'information.

— Ça a commencé quand ?

— Tu sais, la maladie ne t'envoie pas un SMS quand elle débarque ! avait-il continué sur le même ton.

— Elias, arrête ça, tu veux ! l'avait-elle conjuré.

L'heure n'était pas aux piques et escarmouches.

Elias avait soufflé, soudain aussi abattu que sa sœur. Elle avait pris le temps d'observer son visage. Les ridules au coin de ses yeux. Les commissures de ses lèvres qui dénotaient une tristesse évidente. Ses journées devaient être harassantes, usantes. Elle n'osait imaginer. Elias, seul, face au monde entier, comme la plupart des enfants qui deviennent malgré eux des aidants.

Bien que jeune lorsque le cancer avait frappé leur mère, Victoire avait remarqué la manière dont l'attitude des gens évoluait au fil des mois. Les coups de téléphone qui s'espaçaient. Les nouvelles que l'on ne demandait plus, sous couvert de ne pas oser. Les rangs des mains tendues qui s'éclaircissaient, si d'aventure elles l'avaient été en premier lieu. Plus la maladie avançait, plus les autres instauraient une distance de sécurité, comme s'ils craignaient la contagion, et cette indifférence devenait une vraie blessure pour les proches.

Une part d'Elias, elle en était convaincue, lui en voulait aussi pour cela. Elle ne pouvait rien changer à cet état de fait, mais avait pourtant le sentiment d'être, à ce moment précis, la seule personne avec laquelle il pouvait partager son fardeau.

Il s'était assis près d'elle et avait continué, sans colère :

— Son état s'est vraiment dégradé depuis une quinzaine de mois. Il ne t'a pas reconnue, mais certains jours, il hurle lorsque je rentre dans la maison parce qu'il me prend pour un cambrioleur. Parfois il me confond avec son oncle Ernest, tu sais, celui à qui on a toujours dit que je ressemblais, et une heure après il me demande si j'ai fait mes devoirs. C'est totalement imprévisible. On ne sait jamais comment la journée va tourner.

— Tu dois être épuisé…

— Je n'ai pas le temps pour cela, avait répondu Elias avec un pragmatisme blasé.

Une vague de culpabilité avait atteint Victoire. À deux, même à distance, sa croix aurait été un peu moins lourde.

— Tu aurais dû me le dire, avait-elle lâché spontanément.

Le visage d'Elias s'était renfrogné. Il s'était levé avec empressement, faisant vaciller l'assise du banc.

— T'as vraiment du culot ! C'est facile ça, de se casser, puis de me reprocher ensuite de ne pas savoir ce qui se passe !

La trêve s'était achevée ainsi. Elias était monté sur ses grands chevaux et avait pris la direction de la maison sans laisser à Victoire le temps d'exprimer le fond de sa pensée.

Si elle consentait à admettre qu'elle avait été maladroite, elle maudissait Elias et sa volonté de couper court à toute discussion. À son sens, rien ne valait une bonne engueulade, franche ou même brutale, pour dénouer les nœuds de tension. D'autant que, ne s'étant pas écharpés depuis des années, ils avaient du temps à rattraper. Mais Elias avait pris la fuite, et elle n'avait pas cherché à le retenir. Elle-même devait digérer ce qu'elle venait de découvrir.

Tout en marchant, elle décida de concentrer son attention sur un truc futile pour détourner ses pensées de son père lourdement aux fraises et de son imbécile de frangin.

Elle n'avait rien posté sur les réseaux sociaux depuis vingt-quatre heures. Ses abonnés étaient habitués à plus de régularité et à partager son quotidien, de son smoothie matinal (elle n'avait pas cédé à la tendance des jus verts, trouvant cela tout bonnement vomitif) à ses hésitations entre deux restaurants pour déjeuner. Depuis qu'elle était arrivée à Dorville, Victoire avait l'impression d'avoir mis son existence, sa «vraie» vie, entre parenthèses. Elle avait prévu de signer la vente, puis de rentrer chez elle et d'oublier cette incursion dans le passé. Ce report de rendez-vous la contraignait à faire cohabiter deux réalités qui lui paraissaient incompatibles. Elle renâclait à l'idée de partager ce pan de sa vie privée avec ses abonnés. Dorville devait demeurer dans l'ombre. Elle envisageait de rester vague quant à l'endroit où elle se trouvait, et de poster quelques photos du dîner qu'elle devrait prendre ce soir au restaurant, puisqu'elle était contrainte de rester au lieu de retrouver la quiétude de son appartement londonien. Elle nota mentalement de faire une rapide recherche pour dénicher un endroit où la cuisine serait mangeable, ou au moins *instagrammable*.

À flanc de colline et avec un unique accotement de la largeur d'une baguette de pain, la route était dangereuse pour les piétons, et, ne pouvant marcher face au danger comme sa mère le lui avait inculqué, Victoire se sentait forcée de s'arrêter dès qu'elle entendait une voiture, de peur qu'elle la frôle d'un peu trop près. Adolescente, elle avait l'habitude de rejoindre ses amis en coupant à travers les vignes, et elle regretta de pas avoir choisi cet itinéraire, tant progresser ainsi à quelques centimètres des véhicules ne la rassurait guère.

Un bruit de moteur se rapprocha et la jeune femme s'arrêta de nouveau. Sauf que cette fois, la voiture ne la dépassa pas mais, au contraire, ralentit manifestement. Victoire n'osa pas se tourner et reprit sa marche d'un pas vif. Tant pis pour la sécurité. Elle n'était pas de nature craintive, mais elle ressentit néanmoins un soupçon d'anxiété au creux du ventre. Et si la ville était aux prises avec un tueur en série ? Compte tenu de ce que Johan lui avait confié le matin même à propos de la mort de Bugnoli, il y avait matière à laisser son imagination vagabonder. À moins que le journaliste ait cherché à se mettre en avant avec son histoire de meurtre, ce qui n'était pas improbable. Les gens réagissaient parfois de manière étrange devant un soupçon de notoriété, et certaines personnes ressentaient un besoin aussi inexplicable qu'inutile de fanfaronner en sa présence.

Victoire se mit à réfléchir à ce qui dans son sac à main pourrait s'apparenter à une arme. Un Snickers ? Sauf si son agresseur était diabétique ou allergique aux cacahuètes, ça ne lui serait pas d'un grand secours. Elle envisageait de prendre son trousseau de clés et de s'en servir comme d'un poing américain lorsque la voiture klaxonna. Elle sursauta, mais en entendant les notes de *La Cucaracha*, elle se tourna vers la chaussée, soulagée.

Elle n'aurait jamais imaginé que cette 2CV vert pomme roulait encore. L'automobile ne montrait aucun signe de fatigue. En se baissant vers la vitre, Victoire s'attendait à faire face à une conductrice tout aussi fringante malgré son âge avancé. Elle déchanta.

— Alors, la revenante, on se fait une randonnée ?

Gabriel.

11

— Trente-cinq ans au compteur et tu fauches la bagnole de ta grand-mère comme un ado… Les affaires des Caltorant ne doivent pas être si florissantes que ça en fin de compte, attaqua Victoire.

Hors de question de se laisser décontenancer par cette apparition.

— T'es en forme à ce que je vois ! lança Gabriel sans se démonter.

Victoire se redressa et se remit à marcher, fulminant intérieurement contre la journée de merde qu'elle était en train de passer. Elle allait se réveiller. Elle devait se réveiller. Elle ferma les paupières une seconde, souhaitant très fort que Gabriel et sa pomme Granny sur roues aient disparu en les rouvrant. Manqué. Gabriel était toujours là, avançant au pas, le corps légèrement incliné vers la vitre, scrutant son ex-petite amie de ses iris absinthe. Il aurait pu porter des lunettes de soleil, un bandeau de pirate ou s'être fait crever les yeux, mais non. Il fallait qu'il soit là, à la fixer avec ce regard-là, et cette esquisse de sourire au coin des lèvres qui lui dessinait une légère fossette. Le rythme cardiaque de Victoire s'accéléra, et elle se mit à maudire ce corps incontrôlable. Pourquoi, comment, Gabriel pouvait-il encore produire cet effet sur elle après toutes ces années ?

Elle pressa le pas.

— Tu montes ?

— La marche, c'est bon pour la santé, grogna-t-elle sans se tourner vers lui.

Voilà, elle n'avait qu'à éviter de le regarder, et tout irait bien dans le meilleur des mondes. Elle redeviendrait une femme sensée, maîtresse d'elle-même et de ses émotions.

— Vic…, tenta-t-il.

Sa voix. Plus grave qu'il y a dix-sept ans, mais toujours aussi caressante. Les heures passées au téléphone, tard le soir, jusqu'à ce que le combiné portatif de la ligne fixe n'ait plus de batterie ou qu'Elias cogne contre la cloison parce qu'il en avait ras-le-bol de l'entendre glousser. Les nuits d'amour, son prénom susurré au milieu de mille serments d'éternité. Désormais, elle se trimballerait avec des boules Quies dans son sac à main ou un casque antibruit. Mieux, un casque anti-ex à la voix suave. C'était une idée à faire breveter.

— Tu es ridicule, soupira Gabriel.

— Tu es plié en deux dans une voiture fluo dont tu dois probablement t'extraire à l'aide d'un chausse-pied, et c'est moi qui suis ridicule ?

— Je me souviens d'un soir où tu la trouvais assez grande pour faire des câlins sur la banquette arrière…, rétorqua-t-il en affichant un sourire espiègle que Victoire aurait préféré ne pas remarquer.

Elle se souvint qu'elle avait gagné un torticolis dans l'affaire, et de son talon qui avait déclenché le klaxon et les avait fait sursauter tous les deux, et ne parvint pas à réprimer un léger rire qui n'échappa pas à Gabriel. Elle était en train de flancher, et il le savait.

— Allez, grimpe !

Pour la forme, elle fit mine de lever les yeux au ciel.

— C'est uniquement parce que je n'ai pas envie de prendre un coup de soleil ! prévint-elle.

Une fois installée dans l'habitacle, elle posa son sac à main sur ses genoux et afficha une posture rigide en évitant de jeter un œil dans la direction du conducteur. Gabriel redémarra sans rien dire, mais sans masquer sa satisfaction.

La 2CV qui l'avait si souvent transportée lorsqu'elle était plus jeune avait conservé l'odeur caractéristique de ses vieux sièges en cuir et des cigarillos que fumait alors sans modération Mathilda, la grand-mère de Gabriel.

Il n'y avait pas de monument à Dorville. Mais il y avait Mathilda Caltorant, et son indissociable 2CV d'un vert pomme flamboyant qui sillonnait la ville à toute vitesse, comme si elle partait éteindre un incendie ou sauver la planète. Sa conductrice était connue dans tout le canton, aussi bien pour son tempérament volcanique que pour sa gentillesse, et elle était l'une des rares personnes à Dorville dont Victoire gardait un bon souvenir. Mairesse de la ville pendant plus de quarante ans, elle avait souvent sorti l'adolescente de situations périlleuses avec les autorités, du temps où son père n'avait d'yeux que pour sa télécommande et ses cadavres de Heineken.

— Alors, comment va la propriétaire de ce bolide ? s'enquit Victoire, trouvant un moyen de faire la conversation pour briser la glace. J'ai appris par Laura qu'elle avait rendu les clés de la mairie.

— Plus en forme que jamais, mais très occupée à critiquer chaque décision de la nouvelle équipe municipale !

— J'avais toujours imaginé qu'elle finirait ses jours, l'écharpe sur l'épaule, dans son bureau. Ou qu'elle tomberait raide en célébrant un mariage. Une version administrative de la chanson *Mourir sur scène*, plaisanta-t-elle.

— C'est ce que l'on pensait tous, mais d'après elle, « la politique, ce n'est plus ce que c'était ! ». Alors, à la fin de son mandat l'année dernière, elle a déclaré qu'elle était trop vieille pour s'enquiquiner avec les exigences des habitants.

— Ça ne lui manque pas ?

— Un peu, mais tu la connais, elle n'est pas du genre à se plaindre. Et à quatre-vingt-deux ans, je pense qu'elle apprécie ce repos bien mérité. Passe lui faire un coucou, si tu as un moment, elle sera heureuse de te revoir !

— C'est sûr que j'ai le temps, vu que mon imbécile de frangin ne m'avait pas prévenue que le rendez-vous chez Grillon était reporté ! maugréa-t-elle. Ceci dit, il ne m'avait pas prévenue non plus que c'était toi, et non ton père, qui achetais mes terres.

— En quoi est-ce différent, que tu vendes à mon père ou à moi ?

— C'est une question de principe.

— Les principes, c'est bon pour les bigotes et les mous du genou. Et tu n'es ni l'une ni l'autre, que je sache. Ou alors, t'as bien changé !

Elle ne voyait pas en quoi vouloir détenir des informations exactes faisait d'elle une grenouille de bénitier tiédasse, mais n'argumenta pas. Elle côtoyait Gabriel depuis l'école primaire, et, s'il n'était pas aussi bourru que son frère, il était au moins aussi têtu. Il ne laisserait pas s'achever la conversation sans démontrer, à coups d'arguments plus ou moins valables, qu'il avait raison.

— J'en ai déduit que tu travaillais avec ton père, enchaîna-t-elle. C'est drôle, tu avais toujours dit que ça n'arriverait jamais.

Sa phrase ne dissimulait aucune pique. Victoire était sincèrement étonnée. À la différence d'Elias, Gabriel ne s'était jamais passionné pour le métier de vigneron. Régulièrement en conflit avec son patriarche, à aucun moment le jeune homme n'avait manifesté l'envie de faire perdurer le domaine des Caltorant, mais au contraire, disait rêver d'échapper à cet avenir déjà écrit. Gabriel était plutôt bon élève, et s'il n'avait pas de projet professionnel défini quand s'était posée la question de l'orientation, elle se rappela qu'il s'était inscrit en langues étrangères appliquées dans l'idée de voyager, peut-être même de faire de l'humanitaire quelque temps, afin de s'ouvrir au monde et aux autres. Victoire se demanda s'il avait, en définitive, un jour quitté Dorville.

— La famille, tu sais ce que c'est... On n'a pas toujours le choix..., laissa-t-il en suspens.

Victoire ne commenta pas, et Gabriel se sentit obligé d'expliciter.

— C'est arrivé un peu par hasard... Un type du service commercial est parti du jour au lendemain. Mon père était dans la mouise, et moi... Je ne savais toujours pas ce que j'allais faire de ma vie. J'ai essayé d'aider au mieux, et ce qui devait être temporaire est devenu mon job.

— Tu as fini par exaucer le souhait de ton père. Tu as embrassé ton destin !

Elle s'efforça de faire passer cela pour une plaisanterie, même si elle avait un goût amer au fond de la gorge, notamment lorsqu'elle se remémorait leur dernière conversation.

— C'est triste à dire, mais je crois que je suis vraiment devenu un Caltorant à ses yeux ce jour-là... Depuis, il a « officiellement » pris sa retraite et je suis « officiellement » à la tête du domaine, même si ça ne l'empêche pas de passer derrière moi trois fois par jour. Et toi, alors ? embraya-t-il. Tu sembles faire une belle carrière.

— Je n'ai pas à me plaindre.

— Waouh. Quel enthousiasme !

— Quoi ? Si je dis que ma vie est géniale, tu vas avoir l'impression que je frime ! Mais oui, si tu veux tout savoir, j'adore mon travail, je me lève le matin en étant ravie d'aller bosser. J'habite à Londres maintenant. J'en avais toujours rêvé.

— Super alors !

— Je voyage beaucoup, je goûte des plats, je rencontre plein de gens, continua-t-elle, avant de mettre fin à son énumération, soudain hésitante.

Cette liste, elle l'avait faite souvent dans sa tête, la répétait encore lorsqu'elle ressentait le besoin de combler le vide. Cela fonctionnait, la plupart du temps. Pas aujourd'hui. Pas ici.

— J'aurais simplement aimé que ma mère puisse voir tout ça, soupira-t-elle.

Elle sentit une boule se former dans sa gorge. C'était stupide, assurément. Elle n'avait pas pleuré en pensant à sa mère depuis des années. Elle n'allait tout de même pas se mettre à chialer devant Gabriel, dans la voiture de Mathilda Caltorant, à trente balais passés ! Tout était la faute de cette ville qui sentait la naphtaline et les regrets ! Elle serra les dents et combattit les larmes qu'elle sentait poindre.

Gabriel leva sa main du levier de vitesse, prêt à la poser sur celle de Victoire, puis se ravisa. La jeune femme perçut ce geste suspendu mais n'en dit rien.

La simplicité avec laquelle elle venait d'évoquer l'absence de sa mère la surprenait. Cela lui paraissait si naturel de parler à Gabriel. Et contrairement à Elias, il ne semblait pas éprouver de ressentiment à son égard. Bien moins qu'elle, en tout cas.

Après leur séparation, elle avait pris la résolution de ne pas interroger Laura à son sujet. Elle ne voulait rien savoir. Son amie avait respecté son choix et fait preuve de la plus grande discrétion. Victoire ne connaissait donc rien de l'existence qui avait été la sienne depuis leur rupture. Et s'il était marié ? Elle jeta un coup d'œil furtif vers l'annulaire du conducteur. Pas d'alliance. Elle en éprouva un soulagement qui lui donna envie de se gifler. Et des enfants ? Pas besoin d'être passé devant Mathilda pour cela. Peut-être que l'attendaient à la maison des marmots souriants et sapés comme les rejetons d'une pub Ricoré. Elle effaça cette image de son esprit. La vie personnelle de Gabriel devait demeurer cette zone floue à laquelle elle se refusait d'ordinaire à réfléchir.

— Je suppose que tu es au courant pour le meurtre de Bugnoli, lança-t-elle, décidée à changer de sujet pour maintenir ses émotions à distance.

Tant pis pour la discrétion dont Johan lui avait demandé de faire preuve. Avec ou sans son concours, les secrets ne perduraient pas longtemps à Dorville, ce que Gabriel lui confirma.

— Les gens ne parlent que de ça depuis ce matin ! Tu sais, il ne s'est rien passé de dramatique depuis le suicide de Judith… Tu te rappelles, tout le monde était sonné. Mais un meurtre, ça va être la panique totale !

Les commères de la ville allaient peut-être lui lâcher la grappe. Elle regretta immédiatement cette pensée si peu empathique.

— C'est horrible pour lui et pour ses proches, se hâta-t-elle d'ajouter, espérant regagner quelques points de karma. J'espère qu'ils vont vite trouver le taré qui a fait ça. Tu le voyais parfois ?

— On se croisait et on se saluait vaguement, rien de plus. Après cette dispute idiote en terminale, on ne s'est jamais vraiment fréquentés.

— Je ne me souviens même plus pourquoi vous vous étiez pris la tête, admit-elle.

— Moi non plus. Des conneries d'ados, sans doute. Par contre, ma grand-mère le côtoyait de temps en temps, continua Gabriel. Il était agent immobilier et la mairie faisait parfois appel à lui pour évaluer un bien appartenant à la commune avant de le mettre en vente.

— Honnêtement, je ne me serais pas souvenue de lui si Antonin ne m'en avait pas reparlé hier, confia Victoire. On longeait la falaise en voiture lorsqu'on a vu les gyrophares, compléta-t-elle. Je pensais d'ailleurs à Judith Mérieux à ce moment-là.

— T'imagines, la tragédie pour leur famille !

— Comment ça ?

— Tu as oublié ? Judith était sa cousine. Rappelle-toi, au lycée, ils étaient toujours collés.

— Bon sang, mais c'est vrai ! s'exclama Victoire.

La veille, elle n'avait pas fait le rapprochement. Maintenant que Gabriel avait mentionné leur lien de parenté, elle revoyait Judith Mérieux et Fabien Bugnoli, côte à côte, riant dans la cour du lycée. Ils étaient inséparables.

Un suicide, un meurtre. Deux jeunes vies fauchées. Victoire avait eu son lot de malheur, mais cette situation atteignait un autre degré d'horreur. Elle réprima un frisson en pensant à la douleur qui devait étreindre leurs proches, espérant comme Gabriel que les autorités feraient rapidement la lumière sur le meurtre.

La voiture gagna les abords de la place des Peupliers où son chauffeur eut la chance insolente de trouver une place libre pour garer son véhicule. L'arrêt du moteur fit place à un silence gênant. Victoire fixait son sac à main, toujours posé sur ses genoux, comme si elle attendait qu'un lapin en sorte. Cela aurait eu le mérite de détendre l'atmosphère.

— N'en veux pas à ton frère, déclara soudain Gabriel. De ne pas t'avoir dit que j'achetais vos terres. Ou pour… le reste, tenta-t-il, lui faisant l'effet d'un équilibriste au bord d'un précipice.

Bien sûr, Gabriel était au courant. Toute la ville devait l'être. César Valéjane qui perdait la caboche, c'était probablement un sujet de discussion presque aussi passionnant qu'un meurtre. Tout le monde connaissait la situation, sauf elle. Parce qu'on ne prévient pas quelqu'un qui n'est pas là. Quelqu'un qui s'en fiche. Quant à savoir comment Gabriel pouvait se douter qu'Elias lui avait dissimulé l'état de santé de leur père… C'était là l'une de ses particularités, sa capacité à cerner les autres et à anticiper leurs réactions. Il observait ses semblables avec la minutie d'un naturaliste, et possédait cette sagacité rare qui aurait fait de lui un parfait *profiler* ou un joueur d'échecs redoutable.

— Il a morflé quand tu es partie…

— Comme si je ne culpabilisais déjà pas assez ! souffla Victoire, qui, sur ce coup-là, ne le trouva pas très subtil.

— Pardon, ce n'était pas mon but. Ce que je veux dire, c'est que tout le monde a avancé, toi la première. L'absence, ce n'est pas qu'une question de kilomètres ou de manque. C'est aussi s'habituer à ne plus dire les choses, même à quelqu'un qui comptait.

Même à la personne à qui l'on se confiait en premier.

OK. Gabriel pouvait encore se montrer fin quand il le souhaitait. Et avoir probablement raison, ce qui était en revanche très agaçant. Victoire soupira. Quoi qu'elle dise et quels que soient ses griefs, on lui rappellerait toujours que c'était elle qui avait quitté la ville. Que c'était son choix. Peu importaient les raisons. Mais en vouloir à Elias, à Gabriel ou à la terre entière ne rendrait pas ces deux jours plus supportables, bien au contraire.

— Tu veux qu'on aille déjeuner ? proposa-t-il.

— C'est gentil, mais j'ai déjà quelque chose de prévu, mentit-elle.

Elle avait faim et rêvait d'un bon repas. Mais pas avec Gabriel. Sa présence générait trop de sentiments contradictoires, et elle se sentait incapable d'y faire face pour l'heure.

— Pas de souci, répondit-il. On se reverra pour la vente, de toute façon.

Elle acquiesça sans enthousiasme, même si elle était soulagée d'avoir pacifié les choses avant de le croiser chez le notaire, et sortit de la voiture.

Elle venait de claquer sa portière et s'apprêtait à s'éloigner, quand Gabriel l'interpella une dernière fois, tout en verrouillant l'automobile.

— Au fait, c'est le 14 Juillet demain, ajouta-t-il avec malice.

Victoire leva les yeux au ciel mais ne put s'empêcher de sourire à son tour.

— Au revoir, Gabriel, se contenta-t-elle de répondre.

Elle tourna les talons, le laissant fort satisfait de l'effet qu'il venait de provoquer chez elle.

Le crétin.

Comme si elle avait pu oublier cette date.

12

Son déjeuner en solo achevé, Victoire se retrouva quelque peu désœuvrée.

Elle était repassée à l'hôtel doutant de pouvoir prolonger son séjour, mais, à la faveur d'une annulation de dernière minute, avait réussi à obtenir une chambre pour les trois prochaines nuits. Une aubaine, puisqu'elle n'avait pas pu réserver de vol pour Londres avant le 16 juillet. La mauvaise plaisanterie d'Elias était difficile à digérer. Presque autant que la manière dont il avait mis fin à leur discussion. Entre eux, la situation lui semblait encore pire qu'avant son arrivée. Ses espoirs de réconciliation s'étaient envolés plus vite que le contenu d'un paquet de chips un dimanche soir de déprime.

Il lui restait de nombreuses heures à tuer avant que cette journée arrive enfin à son terme et elle ne concevait pas de les passer vautrée sur le lit à somnoler devant des rediffusions de séries télévisées.

Elle laissa ses pas la mener dans les ruelles tortueuses de la ville. À mesure qu'elle en foulait les pavés, elle se surprit à prendre plaisir à revoir ces dédales colorés qu'elle arpentait adolescente. Elle s'arrêtait parfois, étonnée de découvrir qu'une boutique qu'elle affectionnait était encore ouverte.

Elle acheta une pâtisserie trop grasse qu'elle mangea sur le port en observant les touristes qui déboursaient des sommes indues pour une mauvaise caricature dessinée à la va-vite ou une aquarelle terne censée être artisanale mais qui avait été imprimée en Chine, et il lui sembla que le type qui pliait des tiges de chenille colorées pour en faire des petits chiens qu'il vendait comme porte-clés était le même que dans son enfance. Elle aussi avait fait partie de ces gamins massés autour de cet homme, suppliant sa mère d'un regard larmoyant façon Chat Potté pour obtenir la précieuse babiole. Elle était certaine que si elle pénétrait dans son ancienne chambre, elle dénicherait sans mal un de ces chiens poussiéreux au fond d'un tiroir de son bureau.

Dorville paraissait figée dans une éternelle saison estivale qui sentait les churros et la marée. Peut-être était-ce très bien ainsi. Peut-être que certaines choses, certains lieux, doivent conserver un caractère immuable pour que l'on puisse juger sa propre évolution. Dorville était la même, et Victoire était une autre. Du moins, c'était le sentiment qu'elle avait en marchant dans cette ville qui n'était plus la sienne. Elle était d'ici, mais elle était d'ailleurs, elle était ailleurs, parfois très loin, s'enivrant de kilomètres et de distance, sa vie dans une valise et ses souvenirs planqués dans les tréfonds de sa mémoire, pour mieux les laisser la hanter lorsqu'elle s'y attendait le moins. Elle croyait apercevoir sa mère à chaque détour d'une ruelle, au loin sur la plage, attendant à la terrasse d'un café qu'elle ait dit au revoir à Laura et Gabriel, elle la voyait sourire et cela la réjouissait et lui lacérait le cœur en même temps. Elle crevait d'envie de rentrer à Londres, de se noyer dans cette foule anonyme, d'oublier ces deux jours, mais continuait à marcher, pressant le pas, espérant rattraper sa mère, la toucher du bout des doigts, savait que c'était impossible, et s'en fichait pourtant. Il était à la fois si réconfortant et si douloureux de faire semblant.

En passant devant la vitrine d'un buraliste, ses yeux s'arrêtèrent sur le porte-brochures posé à quelques mètres de l'entrée, la ramenant au présent et à ses nouveaux drames. La première page d'une édition spéciale de *L'Imprévu* titrait « Meurtre à Dorville : le corps d'un habitant retrouvé sur la plage ». Johan n'avait pas cherché à se faire mousser. Leur camarade de lycée avait bien péri de la main d'un autre. Cela lui paraissait si invraisemblable. Les journaux avaient beau relater quotidiennement des crimes horribles, ces événements étaient, la plupart du temps, maintenus à distance. Bien sûr, lorsque la victime était une femme, dans sa tranche d'âge de surcroît, Victoire ne pouvait s'empêcher de se sentir touchée, mais cette empathie n'en était pas moins éphémère. Cette fois, le défunt évoqué dans le titre de l'article avait un nom, un visage, qu'elle connaissait, et il avait trouvé la mort dans un lieu qui lui était familier. Cela rendait cette réalité plus concrète et dérangeante.

Autour d'elle, les touristes continuaient leur chemin sans prêter attention à la une du journal. Ils étaient venus en masse en cette semaine du 14 juillet que la commune célébrait en grande pompe plusieurs jours durant, et le décès de Fabien Bugnoli ne semblait pas altérer leur programme ou leur bonne humeur. Ils n'étaient tout simplement pas concernés. Sa mort était un fait divers comme tant d'autres. Alors pourquoi fallait-il qu'elle, qui n'avait pourtant pas fichu les pieds dans cette ville et adressé la parole au défunt depuis dix-sept ans, se sente affectée, mal à l'aise, en songeant aux circonstances de sa mort ? Elle ne gardait de Fabien Bugnoli que de fugaces souvenirs. Un feu de joie sur la plage. Des fêtes où il lui semblait qu'il était présent. Elle avait en tête cette dispute avec Gabriel. Bugnoli le poussant, son petit ami ripostant, ou peut-être était-ce l'inverse. Un ton qui monte et d'autres ados sans visages les séparant.

Ce surnom débile lancé à la cantonade pour faire marrer tout le monde et paraître cool. Des trucs de gosses, Gabriel avait raison, capitaux à dix-huit ans, futiles à trente-cinq.

Hier soir, quelqu'un avait mis fin à la courte existence de Fabien Bugnoli. Le mobile, s'il y en avait un, se révélerait sans doute plus profond que des peccadilles adolescentes. L'argent, peut-être ? Était-ce pour une raison financière que ses parents le pleuraient aujourd'hui ? Elle, au moins, avait eu le temps de se préparer à la disparition de sa mère. Elle n'osait imaginer le choc qui avait dû être le leur, lorsque les gendarmes leur avaient annoncé avoir retrouvé le corps de leur fils sur la plage. Elle frissonna et reprit sa marche, désireuse de s'éloigner au plus vite de cette une et de toute l'horreur que son titre racoleur ne disait pas.

Il lui sembla soudain qu'elle avait frayé avec suffisamment de fantômes depuis le début de la journée. Elle n'était pas venue à Dorville pour sombrer dans la mélancolie.

Elle sortit son téléphone portable de son sac à main et fit défiler les noms qui composaient son répertoire.

Même s'ils étaient rares, il y avait encore des vivants qu'elle appréciait de côtoyer dans cette ville.

13

— Tu aurais dû me le dire ! répéta Victoire pour la cinquième fois, tout en mâchonnant la paille en carton qui donnait un goût terreux à sa limonade.

Elle était bien sûr en faveur de l'écologie – comment ne pas l'être quand la planète brûlait ? – mais aurait apprécié que l'on trouve des méthodes qui n'entament pas l'intégrité gustative de ses boissons.

— Je suis désolée, Vic, ton frère m'avait fait promettre, s'excusa encore Laura. Et tu n'as pas cessé de me répéter que tu avais rayé ton père de ta vie.

— Je m'attendais à le trouver ivre mort au pied du canapé, ou à ce qu'il me hurle dessus, mais pas à ce qu'il me prenne pour une inconnue, soupira Victoire.

Comment était-elle censée lui cracher tout ce qu'elle avait sur le cœur dans ces conditions ? D'accord, elle n'avait pas prévu de lui adresser la parole pendant son séjour. Mais elle aurait aimé avoir le choix. Alzheimer était vraiment une sale garce impolie.

— D'après ce que j'ai compris, il ne boit plus depuis que la maladie s'est déclarée. Comme s'il était revenu au « temps d'avant », si je peux m'exprimer ainsi.

Victoire détourna les yeux, et focalisa son regard sur une famille de baigneurs qui rangeait ses affaires, songeant que le temps d'avant qu'évoquait son amie ressemblait un peu à cela. Cette pensée lui serra le cœur et elle mordit dans sa paille pour contenir son émotion.

— Au fond, Vic, est-ce que cela aurait changé quelque chose, que tu saches ?

Elle se mit à contempler le fond de son verre comme si les réponses à toutes les questions de l'univers s'y trouvaient inscrites.

En effet. Elle ne serait pas rentrée ventre à terre pour s'occuper de lui, le rassurer ou lui tenir la main, pour faire ce dont il n'avait pas été capable lorsque Elias et elle en avaient le plus besoin. Elle avait trop de colère en elle, trop de rancœurs étouffées au creux du ventre. Trop de cicatrices aussi.

— T'es obligée d'être aussi clairvoyante ? C'est pénible ! lança Victoire en donnant un petit coup d'épaule dans celle de Laura, assise à côté d'elle.

— Trente ans d'amitié, c'est normal que je sache comment tu fonctionnes, tête de pioche !

— Même si je suis toujours vexée d'être coincée ici trois jours supplémentaires, j'admets que c'est chouette de pouvoir profiter un peu plus de toi, se réjouit-elle, désireuse d'évoquer un sujet moins anxiogène.

— Et puis, de quoi tu te plains ? Ce soir, cinéma en plein air, sur la plage ! Ce n'est pas à Londres que tu peux faire ça !

Victoire se laissa gagner par l'enthousiasme de Laura. Elle allait passer une bonne soirée. Elle l'avait décidé. À Dorville, mais une bonne soirée quand même. C'était la raison pour laquelle elle avait appelé son amie. Après tant d'années sans la voir, Laura avait exulté, et proposé qu'elles se rendent sur la plage.

Chaque été, Dorville marquait la semaine du 14 juillet par de nombreuses réjouissances. Concert, bal, repas sur la place des

Peupliers où les sardines locales étaient à l'honneur, ou, comme c'était le cas aujourd'hui, séance de cinéma au bord de l'eau. Ces événements enchantaient les vacanciers et renforçaient l'attractivité de la ville en cette saison. Les célébrations s'achevaient le dimanche soir par la féerie en mer. Pour l'occasion, on remettait à l'eau de vieux bolincheurs dans la baie, depuis lesquels des bénévoles déguisés en pêcheurs lançaient un feu d'artifice magistral, compensant celui que Dorville n'avait pas le droit de proposer pour la fête nationale, la primauté revenant à sa voisine, Port-Grives.

Enfant, Victoire adorait cette période d'émulation, à laquelle Elias et elle assistaient accompagnés de leurs parents. Bien sûr, ils échappaient à leur surveillance à peine arrivés, rejoignant leurs amis et camarades de classe pour courir entre les tables ou faire mine d'esquisser des pas de danse gauches et timides en ricanant. Ils mangeaient du bout des lèvres, ils avaient trop à faire, et buvaient des litres de soda en fomentant des farces qu'ils ne mettaient jamais à exécution. Puis, dans la voiture qui les ramenait à la maison, tard dans la nuit, le frère et la sœur épuisaient leurs parents d'un verbiage incessant, relatant les faits les plus minimes de leur soirée, avant de s'endormir, à quelques mètres seulement de la maison. Ces souvenirs-là étaient heureux. Sans se l'avouer, elle appréciait de renouer, le temps d'une soirée, avec cette ambiance légère et enjouée.

Elle termina sa limonade en aspirant les dernières gouttes sans se soucier du bruit de succion disgracieux.

— J'ai aussi vu Gabriel, annonça-t-elle, comme si de rien n'était.

— Raconte ! s'écria Laura, trop fort à son goût.

— Il n'y a rien de spécial à dire, tempéra Victoire.

— Toi, tu croises le mec auquel tu étais scotchée toute ton adolescence, et tu vas m'expliquer que tu n'as rien ressenti ? Tu me prends vraiment pour une dinde. Surtout que, soit dit en passant, il est devenu plutôt canon en prenant de l'âge.

— J'ai pas remarqué…, mentit Victoire dont les joues s'embrasaient pourtant.

— Bon, alors ?

— Alors, rien du tout ! On a discuté, et voilà.

— Je suis mariée et mère de famille. Niveau grandes émotions, je ne peux compter que sur Netflix, et encore, le plus souvent je m'endors devant. Je t'en prie, vends-moi du rêve ! supplia Laura.

— Je vais te décevoir. Il n'y a pas eu de séquence au ralenti ou *Pictures of You* de The Cure en guise de bande-son. C'était… C'était… C'était bizarre ! capitula Victoire. J'ai d'abord eu envie de lui faire la tronche. Et puis on s'est mis à discuter normalement, alors que je n'en avais pas du tout l'intention. On aurait dit que ma bouche et ma tête n'étaient plus en harmonie !

— À mon avis, c'est surtout ta tête et ton cœur qui étaient en conflit, commenta Laura en levant les yeux au ciel.

— Bref, enchaîna Victoire. Ça n'avait rien de romantique. On s'est vus. L'univers n'a pas explosé. On se croisera de nouveau vendredi pour signer la vente, fin de l'histoire. Cela fait dix-sept ans que l'on fait nos vies l'un sans l'autre, et ça va continuer ainsi. On a d'ailleurs évité les questions trop personnelles. Je ne sais même pas… Il a quelqu'un ? demanda-t-elle, feignant l'innocence.

Laura ne put s'empêcher de sourire, mais se contenta de répondre, un peu gênée.

— Je ne t'en ai pas parlé à l'époque, puisque c'était ton souhait, mais il a été marié. Pas très longtemps, se hâta-t-elle d'ajouter en constatant que les couleurs sur le visage de Victoire s'affadissaient.

— Oh..., fit-elle seulement.

Elle laissa s'écouler quelques secondes et ajouta :

— On dit que le mariage n'a plus la cote, pourtant je n'arrête pas de recevoir des invitations ! Rien qu'au mois d'août, j'en ai deux ! On croirait une épidémie ! nota-t-elle, avec un débit de parole qui lui était inhabituel. Je ne sais pas ce qu'ils ont tous, à vouloir s'apparier comme des pingouins !

Victoire fondit sur sa paille et aspira une nouvelle fois l'air contenu dans son verre, se moquant du regard consterné que lui lançait la serveuse. Laura en profita pour clôturer le chapitre Gabriel en commandant de nouvelles boissons ainsi que quelques tapas à grignoter en guise de dîner. Les deux jeunes femmes comptaient se gaver de pop-corn devant *Certains l'aiment chaud*, le classique au programme de la soirée.

Elles descendirent sur la plage en avance, pour s'assurer de trouver une place qui ne soit pas dans le sillage d'un groupe bruyant ou d'un fumeur invétéré. Déjà de nombreux spectateurs se saisissaient des coussins de sol mis à disposition par la municipalité afin de préserver les popotins des vacanciers de la dureté des galets, et s'installaient face à l'écran.

Au brouhaha de la foule naissante s'ajoutaient les basses d'une musique dont Victoire chercha des yeux la provenance, à l'autre extrémité de la plage.

— Ils ont ouvert une espèce de paillote qui veut se la jouer *lounge* il y a deux ans, expliqua Laura tout en consultant son téléphone portable. Ce sont les rois des mauvais cocktails vendus à des prix exorbitants aux touristes, et pour la peine, on doit supporter leurs *boum boum* toute la belle saison.

— Super comme fond sonore ! ironisa Victoire.

— La mairie essaie chaque année de leur faire baisser le volume le temps du film, mais sans succès. On s'habitue, tu verras.

Victoire jeta un regard circulaire aux alentours. Quelques spectateurs lorgnaient également dans la direction du tintamarre et paraissaient aussi perplexes qu'elle, mais la plupart des gens étaient trop occupés à rire et à discuter pour y prêter attention. Outre les personnes assises attendant le début du film, les terrasses des restaurants étaient pleines, et la buvette, installée à quelques mètres de l'espace dévolu aux spectateurs, ne désemplissait pas. Çà et là, des groupes se formaient sur les galets, on se saluait d'un signe de la main. L'événement était d'ores et déjà un succès.

— Antonin m'a envoyé un SMS, enchaîna Laura, il nous rejoindra plus tard. Il va rester dîner chez sa mère avant de lui laisser Jules pour la nuit. Un repas avec son fils et son petit-fils sans moi, ça va faire la semaine de ma douce belle-doche !

— C'est toujours aussi tendu ? s'enquit Victoire, au courant de l'accueil glacial que la mère d'Antonin réservait toujours à Laura lorsqu'elle se rendait chez les Martino.

— On va dire qu'elle ne se bonifie pas avec l'âge. En ce moment, c'est le fait que nous n'ayons pas de deuxième enfant qui l'obsède, et elle ne s'en cache pas. Elle craint, je cite, « que mes œufs ne soient bientôt plus très frais ! », ajouta Laura en affichant un rictus exagéré façon Joker.

— Charmant. Et toi, tu en veux un autre ? demanda Victoire du tac au tac, avant de s'apercevoir que la question était peut-être malvenue.

Laura ne sembla pas en prendre ombrage et réfléchit un instant.

— Non, je ne crois pas. Pas dans la situation actuelle en tout cas…

— Ça ne va pas entre Antonin et toi ? s'inquiéta son amie.

Après lui avoir caché la maladie de son père, Laura avait peut-être omis de confier ses problèmes de couple à sa complice d'antan. Qui pouvait vraiment connaître les secrets qui se dissimulent à plus de mille kilomètres de distance ?

— Pas de cris, pas de larmes, pas de drames, si c'est ce que tu entends. Mais j'ai l'impression qu'on est devenus deux vieux amis qui cohabitent et élèvent un enfant ensemble. C'est peut-être ce qui arrive quand tu épouses ton amoureux du lycée, soupira-t-elle.

Cette phrase rendit Victoire pensive. Se plaindrait-elle aussi d'une belle-mère étouffante plutôt que de la durée d'une correspondance entre deux avions, si elle n'avait pas quitté Dorville ? Les choses auraient-elles tourné de la même façon pour elle, si elle n'était pas partie ? Si elle et Gabriel…

— Mais c'est un papa génial, se hâta d'ajouter Laura. Il est vraiment très présent pour Jules, et pas seulement dans les bons moments, comme tous ces mecs qu'on applaudit parce qu'ils jouent aux Playmobil avec leur gamin quinze minutes pendant que maman se tape la vaisselle. Il gère les rendez-vous chez le pédiatre, les sorties scolaires, les devoirs, le cartable… J'ai pas à le lui demander. Si tu nous lançais un quiz sur les derniers vaccins de Jules, je suis persuadée qu'il répondrait mieux que moi ! Son fils, c'est le centre de son monde.

— Jules a de la chance, nota Victoire avec douceur.

Songeant de nouveau à son propre père, elle souhaita secrètement qu'aucun événement tragique ne vienne entacher cette belle félicité. Qu'elle ne cesse pas à ses dix-sept ans.

— J'y crois pas, Victoire Valéjane ! s'exclama une voix d'homme, la tirant de ses réflexions.

La jeune femme et son amie se retournèrent. Victoire reconnut tout de suite le type qui leur faisait face, il arborait le même look qu'au lycée. Des cheveux mi-longs, bruns, et pas très propres encadraient son visage souriant, et il portait un short de jogging beigeasse surmonté d'un T-shirt blanc trop grand pour sa frêle carrure. Ne manquait à ce tableau du passé que le caméscope mini DV dont il ne se séparait jamais à l'époque.

— Eddie Arolas !

— Présent ! répondit-il avec entrain. Salut, Laura ! ajouta-t-il, tandis que les deux jeunes femmes s'avançaient pour lui faire la bise.

Lorsqu'elle frôla sa joue, Victoire fut saisie par l'odeur de marijuana qui émanait de son ancien camarade de classe. En plus du look et de la coupe de cheveux, Eddie semblait avoir conservé les mêmes habitudes qu'autrefois.

— Quel vent, ou plutôt, quelle tempête t'a ramenée à Dorville ?

— Des affaires de famille, rien de bien palpitant, récita-t-elle.

— En parlant d'affaires, ça marche bien pour toi, on dirait ! Je regarde ton compte Instagram de temps en temps, c'est cool, tu fais plein de trucs ! Je t'ai même vue à la télé, une fois ! commenta-t-il sans une once de jalousie dans la voix.

— Je n'ai pas à me plaindre, répondit-elle modestement. Et toi, alors ? Je suis surprise que tu ne sois pas devenu une star sur Internet justement, avec tes films ! Tu as arrêté ?

Si Victoire avait une passion pour la photographie, Eddie quant à lui était le vidéaste du lycée. Animateur du ciné-club de l'établissement, il tournait des courts-métrages que certains qualifiaient avec tact de « conceptuels », des clips que les moins aimables disaient « nazes », et gardait trace des fêtes qui concluaient chaque semaine, ce qui générait plus d'enthousiasme chez ses camarades, puisqu'il gravait les images sur des

CD qu'il distribuait volontiers contre un billet de cinq euros ou un disque vierge.

— J'avais commencé une fac de cinéma, à Montpellier, mais… les études, c'était pas vraiment mon truc. J'suis un esprit libre ! lança-t-il en riant. Et puis ça me faisait mal au cœur de laisser ma grand-mère toute seule la semaine… Je bosse à la médiathèque maintenant. Au moins, j'ai toujours un pied dans la culture, expliqua-t-il avec une satisfaction qui ne semblait pas feinte. C'est cool, surtout quand la ville organise des événements comme celui-ci, et ça me permet de travailler avec Antonin.

— Il sait que dès qu'il est question de cinéma, il peut compter sur ton expertise, compléta Laura en souriant.

— Je suis vraiment contente pour toi, Eddie, fit Victoire.

— J'suis heureux, t'es heureuse, on est des gens chanceux ! conclut le vidéaste avec une candeur contagieuse. N'empêche, ça doit leur clouer le bec, ta réussite, à tous ces profs qui disaient que tu tournerais mal, que tu prenais un mauvais chemin !

Elle serra les dents au souvenir des remontrances et critiques parfois piquantes qui avaient émaillé son année de terminale. La compassion des adultes n'avait duré qu'un temps. Le corps enseignant et les instances dirigeantes du lycée avaient eu tôt fait de décider que son deuil et son chagrin avaient une date de péremption, tout comme leur tolérance à son insolence. Qu'importe qu'elle ait été une élève sans histoires avant la mort de sa mère. Ses notes n'étaient pas si mauvaises, en réalité. Mais le récit des frasques de Victoire animait les conversations autour de la machine à café. On lui prédisait un avenir sombre, une plongée dans la drogue ou l'alcool. On plaignait son pauvre père, laissé seul avec deux ados à charge. Heureusement que le petit Elias n'était pas comme elle. Un bon gamin, celui-ci.

Pudique, taiseux. Sa souffrance était acceptable. César avait assez de fil à retordre avec Victoire. On louait le courage du veuf, ignorant que lui-même s'était muré dans le silence, et noyait sa douleur dans la boisson et les mauvaises émissions de télévision. On jugeait, mais on n'agissait pas, on préférait l'opprobre à l'empathie. Oui, Victoire les avait bien fait mentir, mais elle se moquait de ce que pouvaient penser aujourd'hui ces adultes plus prompts à commenter qu'à intervenir. Ils ne représentaient rien pour elle. Elle ne leur devait pas même la morgue salvatrice qui lui avait permis de quitter Dorville et de tracer sa route, de déjouer ces prédictions stupides.

— Laissons ça derrière nous, trancha la jeune femme. Ce soir, on s'amuse ! ajouta-t-elle, grisée par ces retrouvailles qui s'apparentaient à une bouffée d'air frais.

Hors de question que l'amertume vienne entacher cette soirée.

— En tout cas, ça me fait super plaisir de te voir ! renchérit Eddie avec sincérité. Et je suis content que tu ne me tiennes pas rigueur du truc avec ton frère… Cela m'aurait embêté que tu m'en veuilles.

Elle regarda Eddie sans comprendre, puis se tourna vers Laura. Cette dernière fit le lien.

— Eddie… Victoire et Elias se parlent peu… Elle n'est pas au courant de tout ce qui se passe ici.

— C'est aussi bien comme ça ! s'exclama-t-il, soulagé. De toute façon, s'il décide de venir ce soir, il n'y a pas de problème pour moi ! On se connaît depuis toujours, on vit dans la même ville, on ne va pas s'éviter pour des broutilles, hein !

Il laissa fuser un rire gêné et reprit :

— Installez-vous ! Je vais lancer le film dans cinq minutes. Vous avez vu ça, cette année j'ai droit à ma propre salle de projection pour la soirée, compléta-t-il en indiquant une cabine de plage, posée quelques mètres derrière les spectateurs. Si c'est pas la classe ! D'ailleurs, Laura, il faudra que je remercie ton mari pour ça, et que je lui parle d'un truc. Il vient ce soir ?

— Il ne devrait pas tarder à nous rejoindre. Mais je peux lui envoyer un message pour lui dire de passer te voir !

— T'embête pas, je lui en toucherai deux mots après le film ! Allez, à plus tard, les filles !

Victoire attendit qu'Eddie se soit suffisamment éloigné pour interroger Laura, tandis que les deux jeunes femmes s'asseyaient face à la toile blanche.

— Comment Elias s'est illustré cette fois ?

— Pourquoi tu pars du principe que c'est ton frère qui y est pour quelque chose ?

— Parce que Eddie est tellement perché qu'il tient plus du koala que de l'être humain, et parce que Elias est Elias, déclara Victoire, fière de sa formule.

— C'est vrai qu'Eddie était bien déchiré ce soir-là, admit Laura. C'était le mois dernier. Il y a eu une commémoration pour l'anniversaire de Judith. Elle aurait eu trente-cinq ans cette année, comme nous. Beaucoup d'anciens du lycée sont venus, enfin, ceux qui vivent encore à Dorville. Eddie avait monté un petit film avec les vidéos qu'il tournait à l'époque pendant nos soirées. Même si c'était étrange de voir Judith rire et danser, c'était… doux aussi. Après ça, plusieurs d'entre nous sommes allés boire un verre. Malgré les circonstances c'était agréable de se revoir, de discuter. Ton frère était présent, ce qui est assez rare pour être noté ! La soirée a traîné en longueur. En sortant du bar, Eddie était très… en forme, tempéra-t-elle.

Heureusement, au lieu de conduire, il a décidé de pousser sa Vespa jusqu'à chez lui.

— C'est déjà bien, adhéra Victoire, qui ne goûtait guère les récits de soirées alcoolisées.

— Sauf qu'en poussant son engin tout en continuant à rigoler, Eddie a roulé sur le pied d'Elias.

— Ils se sont embrouillés pour ça ? s'étonna-t-elle.

— Non, ça, c'était rien. Enfin, Elias a beuglé et il était agacé, mais pas de quoi fouetter un chat. Mais tu connais Eddie, le Eddie déchiré. Il a voulu en faire des caisses, masser le pied de ton frère qui n'avait rien demandé. Et Eddie portait son casque sur la tête. Quand il s'est relevé, il a cogné le menton d'Elias… et il lui a cassé une dent !

Sans pouvoir se retenir, Victoire pouffa.

— Pardon, je suis mauvaise !

— Je te l'accorde, c'était absolument ridicule, admit Laura en essayant de ne pas rire. On aurait dit un gag. Elias se tenait la bouche, Eddie se confondait en excuses, son casque toujours sur la tête, et personne ne savait comment réagir. Il voulait absolument essuyer le sang qui coulait de la lèvre de ton frère avec une écharpe. Elias a vrillé. Il a attrapé Eddie par le col et l'a balancé contre sa Vespa, qui s'est écroulée sur le sol, et Eddie avec. Il a hurlé des insultes en postillonnant des gouttes de sang, et s'est barré. Eddie n'a pas été blessé, mais il a eu des travaux de carrosserie. Mais ton frère, lui, a gagné une nouvelle dent.

Connaissant le tempérament rancunier d'Elias, Victoire n'avait pas de mal à comprendre la gêne d'Eddie lorsqu'il avait mentionné l'incident. Elle n'aurait jamais qualifié son petit frère de bagarreur ; en revanche, il pouvait se montrer soupe au lait lorsqu'il se sentait acculé, comme le lancer de Vespa le confirmait, et surtout, il ne prenait aucune peine pour masquer son ressentiment. Elle-même en avait fait les frais quelques heures plus tôt. Elias n'avait donc pas changé au fil des ans. Colérique, tête de mule, renfermé. Mais aussi animé d'un sens du devoir et d'une intégrité qui l'avaient fait demeurer au côté de leur père malgré le poids de la situation. Elias, son petit frère.

Ce qu'il avait pu lui manquer.

Pour la quatrième ou la centième fois de la journée, elle ferma les yeux et combattit ses larmes.

Depuis la cabine dont il était si fier, Eddie lança le film, et Victoire reporta son attention sur le générique.

Passer une bonne soirée. C'était le mot d'ordre.

14

I'm through with love / I'll never fall again / Said Adieu to love / Don't ever call again.

La voix de Marilyn se mêlait si bien à la petite musique des vagues que Victoire avait fini par oublier l'immonde bruit de basses, tout comme le brouhaha et le tintement des couverts des vacanciers assis aux terrasses des restaurants, quelques mètres plus haut.

Elle piochait dans le fond du cornet de pop-corn acheté par Laura, et le bout de ses doigts collait à cause du sucre. Elle avait déjà vu ce film, mais en avait oublié les détails et savourait les pitreries de Jack Lemmon. Parfois, elle tournait la tête et observait le visage de gamins de dix ou douze ans qui découvraient qu'un long-métrage en noir et blanc n'avait rien à envier aux superproductions dont ils se gavaient sur les plateformes. Ils riaient eux aussi, et cette vision renforça sa bonne humeur recouvrée. Elle se félicitait d'avoir appelé Laura au lieu de rester à maugréer dans sa chambre d'hôtel.

Elle allait se tourner de nouveau vers l'écran lorsqu'elle distingua son frère près de la buvette. Elle ignorait depuis combien de temps Elias était là, ne l'ayant pas vu parmi les spectateurs avant le début de la projection. Il discutait avec

Félix Dupin, le neveu de Fernand, qui, en dépit de l'affluence de touristes, n'était pas en service au café. L'équipe devait être au complet. Victoire les observa un instant. Elias paraissait détendu. Il souriait. Depuis son retour à Dorville, elle n'avait perçu chez lui que la tension, la fatigue, et le ressentiment. Peut-être parvenait-il à être joyeux malgré tout, lorsqu'elle n'était pas dans son sillage. Pendant qu'elle les regardait, ils furent rejoints par Antonin. Le dîner chez sa mère avait dû traîner en longueur. Il avait loupé les deux tiers du film.

Lorsque Félix les quitta. Elias et l'époux de Laura discutèrent encore quelques instants avant que ce dernier repère les deux jeunes femmes parmi les spectateurs. Il fit un signe de la main à Victoire, forçant le vigneron à prendre conscience de la présence de sa sœur sur la plage. Elle esquissa un sourire timide, qu'il ne lui rendit pas, ce qui la blessa plus qu'elle ne l'aurait voulu. Elle regrettait presque de s'être rendue au domaine pour l'incendier. Si elle s'était abstenue, elle n'aurait rien su de ce qui se jouait chez eux, de ce qu'endurait Elias avec leur père. Elle se serait contentée de pester à propos de ce rendez-vous reporté et du mauvais tour qu'il lui avait joué. Au lieu de cela, même si elle trouvait son attitude puérile et inutilement vindicative, elle ne parvenait pas vraiment à lui en vouloir, ce qui se révélait moins confortable. Elle aurait aimé pouvoir mettre ses émotions sur pause comme un film, le temps d'y voir plus clair.

Antonin abandonna Elias et rejoignit les deux amies.

— Ta mère ne peut pas se passer de toi ! le titilla Laura, mi-figue, mi-raisin, tandis qu'il s'asseyait près d'elle sur le coussin qu'elle lui avait gardé.

— Tu sais comment elle est…, tenta-t-il de temporiser.

Il déposa un rapide baiser sur le front de sa femme, puis s'adressa à Victoire.

— Alors, on te garde un peu plus longtemps ?

— J'en ai bien peur ! Au moins, je prends ma dose d'embruns et de classiques du cinéma !

— Chut ! souffla une voix, deux rangées derrière eux.

Le trio afficha une grimace faussement gênée et se tourna vers la toile tendue en silence. Victoire jeta un dernier coup d'œil vers la buvette. Elias avait disparu.

****

« *Well… Nobody's perfect !* », conclut Osgood Fielding III, déclenchant les éclats de rire des vacanciers.

Alors que certains spectateurs commençaient déjà à se lever, Victoire et ses amis restèrent assis quelques secondes. La soirée était particulièrement douce, l'air marin rendant la température de juillet supportable. Au-dessus de leurs têtes, les premières étoiles scintillaient. Si elle avait eu quinze ou seize ans, Victoire aurait proposé à ses deux camarades de passer la nuit sur place, à observer la voûte céleste et à bavarder jusqu'aux lueurs du matin.

— On va boire un dernier verre avant que tu rentres à l'hôtel ? proposa Laura. On a le temps, on n'a pas Jules ce soir.

— Pourquoi pas ! accepta Victoire.

Après ces deux heures de bonne humeur, elle n'avait aucune envie d'aller se coucher dans cette chambre impersonnelle pour peiner à trouver le sommeil.

Le générique s'acheva. L'écran resta noir quelques instants, puis afficha le menu du DVD.

— Vu la fierté avec laquelle il a évoqué sa cabine, je pensais qu'Eddie utilisait un vrai projecteur avec le film sur pellicule ! nota Victoire, un peu déçue.

— La bobine d'un chef-d'œuvre du cinéma américain entre les mains d'Eddie Arolas, je te trouve bien plus optimiste que dans mes souvenirs ! plaisanta Antonin. On a enterré une rallonge sous les galets pour que personne ne se prenne les pieds dedans, lui le premier, puis branché un lecteur et basta ! ajouta-t-il.

— D'ailleurs, il pourrait éteindre maintenant, suggéra Laura. J'aime bien cette chanson, mais je vais faire « Poupoupidou » toute la nuit s'il n'appuie pas sur stop.

— Tu serais mignonne en blonde, dit Antonin en prenant sa femme par la taille pour l'attirer vers lui et déposer un baiser furtif sur ses lèvres.

— Vous êtes écœurants, railla Victoire. C'était déjà pénible quand on était ados, mais là, franchement, j'ai l'impression d'être face à deux chamallows dégoulinants, ajouta-t-elle en leur tirant la langue.

— Que veux-tu, je l'aime, ma petite femme !

Victoire sourit. Leur mariage n'était peut-être pas aussi tiède que Laura le laissait entendre. Mais il était vrai que des deux, Antonin avait toujours été le plus accro. Il avait aimé Laura bien avant qu'elle pose les yeux sur lui. La jeune fille avait accepté une sortie au ciné parce qu'elle se trouvait flattée par l'attention qu'il lui portait, par ses regards énamourés et sa prévenance. Il lui avait fallu un peu plus de temps pour voir naître de réels sentiments à son égard. À en croire leur discussion quelques heures auparavant, cette flamme vacillait désormais. Antonin, en revanche, portait sur son épouse le même regard qu'il avait à seize ans. Victoire trouvait cela touchant, et un peu triste à la fois, dans la mesure où son amie ne semblait pas éprouver un amour aussi intense.

Le menu reprit pour la énième fois.

— C'est bizarre, tout de même, pensa Victoire à voix haute. Il devrait avoir éteint, ou au moins être sorti de sa cabine.

— Il s'est peut-être endormi, suggéra Laura. Ce ne serait pas si étonnant le connaissant.

— Surtout s'il a regardé le film avec une bière ou deux, ou six, ajouta Antonin en ricanant.

Victoire fronça les sourcils et garda le silence un instant. Le Eddie qu'elle connaissait adolescent était en effet capable de ronfler, le nez sur le lecteur DVD. Il avait bien piqué un somme en plein bac blanc de français, sous le regard consterné du surveillant. Pourtant, une angoisse diffuse s'empara d'elle. Il aurait dû être sorti, avoir rejoint ses amis pour boire un verre. Quelque chose clochait.

— Je vais voir, décida-t-elle.

Elle s'avança vers la cabine, placée quelques mètres derrière la dernière rangée de coussins, suivie par Laura.

Elle attrapa la poignée et tira la porte vers elle. La tête d'Eddie reposait sur la table où était installé le lecteur DVD, et elle crut un instant qu'il était effectivement endormi. Puis elle avisa le câble électrique qui pendait de part et d'autre de sa nuque ceinturée de marques pourpres, et le soulagement fugace qu'elle venait d'éprouver fit place à l'angoisse. Elle avança d'un pas et se pencha pour rencontrer le regard exorbité et sans vie de son ancien camarade. Elle se figea et hurla.

15

Deux soirs, deux meurtres.

Cela aurait fait un très bon titre pour une émission racoleuse. Cela aurait pu être un cauchemar dont on se réveille en sueur, le cœur tachycardant. C'était la réalité impensable dans laquelle se retrouvait plongée Victoire, assise sur le mur en pierre qui délimitait la plage, tandis que les gendarmes posaient de la rubalise, tout en s'efforçant de garder les badauds à distance. Si une grande partie des terrasses s'était vidée au son des sirènes, de nombreux curieux lorgnaient encore en direction de la cabine. Certains se diraient traumatisés le lendemain, pourtant ils resteraient. L'horreur attirait les masses. L'horreur fascinait. Derrière ce cordon de sécurité imposé, Johan Clermont, portable à la main, la mine sérieuse, s'efforçait de filmer la scène avec plus ou moins de discrétion, avant qu'il soit rabroué avec véhémence par un des adjudants. Pour le journaliste, c'était une journée faste. Il ne couvrirait probablement plus un événement aussi sensationnel de toute sa carrière pour *L'Imprévu*.

Victoire avait beau fermer les yeux, l'image du corps inerte d'Eddie persistait, comme engluée sur ses rétines. Ses oreilles vrombissaient, et elle se baissa pour mettre sa tête entre ses genoux, espérant ainsi éviter un évanouissement inopportun.

Les pompiers avaient autre chose à fiche que ramasser une nana choquée sur les galets.

Le brouhaha des discussions animées, les sirènes, les flashes des appareils photo… Tous ces stimulus lui paraissaient lointains, étouffés, et trop proches à la fois. Elle avait oublié jusqu'à la présence de Laura à ses côtés, qui pourtant posait une main sur son omoplate.

Elle prit une profonde inspiration et releva son visage. Face à elle, à quelques mètres de là, Antonin discutait avec les gendarmes. Traits graves et crispés, amples mouvements des bras, mains sur le front. La nuit étoilée et douce avait fait place à la tempête des hommes.

Lorsque Victoire avait hurlé en découvrant Eddie, le mari de Laura l'avait rejointe en quelques enjambées. Le reste demeurait nébuleux. Qui avait appelé la gendarmerie ? Antonin sans doute. Il semblait avoir l'habitude désormais de prendre les choses en main, de gérer des situations critiques avec flegme. Il n'était plus ce jeune homme effacé, avançant dans les ombres affirmées de Gabriel et d'Elias, ou adhérant aux initiatives frondeuses de Victoire sans jamais rien trouver à redire. La maturité lui réussissait.

Elle s'aperçut que la main de Laura tremblait sur son épaule. Son amie aussi était sous le choc. Elle passa son bras autour d'elle et soupira, songeant que Laura devait être plus éprouvée que sa petite personne. Eddie et elle se fréquentaient toujours. Il faisait partie de son cercle, de son quotidien, et elle venait d'affronter la vision de son corps mort. Elle aurait aimé avoir une parole réconfortante, un mot approprié. Mais ce fut finalement son amie qui rompit le silence.

— Je ne peux pas croire qu'il soit mort. Je veux dire, comme ça. En rentrant hier soir, Antonin m'a dit pour Bugnoli. J'ai été choquée, bien sûr, mais cela me paraissait…

Elle hésita.

— Je comprends, compléta Victoire, qui partageait son sentiment.

Même si elle avait pratiquement assisté à la découverte du cadavre de Fabien Bugnoli, les circonstances étaient différentes. Elle ignorait à ce moment-là qu'il s'agissait d'un meurtre.

— Mais Eddie… Sa bouche ouverte. Son visage ! cria-t-elle presque, étouffant un sanglot.

Victoire raffermit son étreinte.

— Je sais, se contenta-t-elle de répondre. Je sais.

Elle-même avait la nausée. Elle ne pourrait jamais oublier les yeux exorbités d'Eddie, son regard qui trahissait la violence de ses derniers instants.

Elle pivota en direction de la buvette, qui ne servait plus que des cafés depuis la découverte du corps, cherchant Elias des yeux. Elle aurait aimé apercevoir de nouveau sa haute silhouette. Enfants, lorsqu'ils regardaient un film dont les scènes l'impressionnaient ou l'effrayaient, elle se tournait vers son frère pour vérifier s'il partageait son trouble. Si elle décelait sur son visage la même inquiétude qu'elle, cette vision suffisait à la rassurer. Mais Elias ne semblait pas être revenu sur la plage, et Victoire se sentit abandonnée et démunie, comme elle ne l'avait jamais été petite fille.

— Vic, l'interpella Antonin, la tirant de sa torpeur. Les gendarmes voudraient t'interroger, étant donné que tu as ouvert la porte de la cabine. C'est OK pour toi ? Je peux leur demander d'attendre demain, si tu trouves que c'est trop pour ce soir.

— Non. Allons-y. Je préfère en finir.

Elle voulait rentrer à l'hôtel, balancer ses fringues dans un coin de la pièce et prendre une douche. Se débarrasser de cette impression d'être maculée du sang d'Eddie, d'être couverte de toute la laideur et la souillure du monde.

Laura prit sa main et l'encouragea du regard.

Victoire se leva, crut un instant qu'elle allait chanceler, mais se ressaisit.

— Je suis prête.

Au loin, le phare de la ville commença son ballet nocturne, sa lumière miroitant à la surface de l'eau. Elle était habituée à ce spectacle depuis l'enfance. Pourtant, ce soir il lui sembla que ce n'était pas les bateaux que l'édifice cherchait à prévenir, mais le reste du monde.

Danger. Éloignez-vous de nos côtes. Ici, on meurt.

17 novembre 2004

On a enterré maman il y a deux semaines.

Je n'ai pas réussi à écrire avant.

Les mots n'ont plus de sens désormais. Plus grand-chose ne fait sens.

Je traîne ma carcasse dans la maison, dans les rues, au lycée, je fonctionne en pilote automatique. Tout glisse sur moi. Je les vois, les autres, les innocents, ceux qui n'ont perdu personne, qui n'ont vu mourir personne. Ils sont là, dans la même dimension que moi, ils me font signe, je réponds mécaniquement, mais c'est comme si j'avançais sur une route parallèle, sans jamais les croiser ou les toucher.

Elias pleure tous les soirs. Je l'entends à travers la cloison, même s'il chiale dans son oreiller pour faire le moins de bruit possible. Le matin, il se lève avec les yeux d'un lapin malade, mais fait comme si de rien n'était.

Moi, je ne pleure pas. Je n'y arrive plus. J'ai pleuré avant qu'elle soit morte, quand j'ai compris qu'il n'y avait plus d'espoir. J'ai hurlé, j'ai lancé des objets à travers ma chambre, comme si cela pouvait changer quelque chose. J'ai brisé une à une les petites figurines de chats que je collectionnais depuis l'enfance. Elles ont fait un drôle de bruit, comme un œuf pourri qui explose. Pof! Le chat violoniste. Paf! Les trois chatons et leurs pelotes de laine ridicules. Cela m'a fait du bien, l'espace de cinq secondes. Il y avait du plâtre partout, jusqu'entre les lames du parquet, mais ma mère était toujours mourante.

Maintenant elle est morte et enterrée comme on dit, la vie est censée reprendre son cours comme on dit aussi, mais je trouve que l'on dit surtout beaucoup de conneries et de platitudes pour parler d'un truc qui nous dépasse et nous brise.

Papa est une loque. Il ne fait rien, à part rester dans son fauteuil et zapper sur des programmes plus débiles les uns que les autres. Il ne va même plus dans les vignes. Hugo Caltorant est resté un peu après le pot que nous avons donné en revenant du cimetière. Il a proposé à papa de lui filer un coup de main le temps qu'il se repose et se remette en selle. Mon père a fait un vague mouvement du menton, et l'affaire a été entendue. Gabriel me dit de ne pas m'inquiéter, que son père pourra gérer aussi longtemps qu'il le faudra. Nos familles sont habituées à s'entraider. On est amis avant d'être des concurrents.

Elias fait le tour des vignes le soir en revenant du lycée. Lorsqu'il rentre à la maison, il raconte ce qu'il a vu à papa, mais il n'a pas l'air de percuter.

Finalement, Elias et moi, on vit avec deux fantômes.

Il va falloir que j'aille faire des courses samedi, car il n'y a presque plus rien dans le frigo, et je crois que papa ne va pas y penser. Il boit bière sur bière.

Morte et enterrée, c'est censé marquer la fin. Mais j'ai le sentiment que ce n'est que le début, et que la suite ne va pas être plus joyeuse.

14 juillet

16

Son sommeil fut peuplé de rêves abscons, faits de sang et d'acteurs en noir et blanc courant sur la plage, cherchant des coquillages. Marilyn effectuait des roues maladroites sur le sable, avant de s'agenouiller et de déterrer la tête d'Eddie, dont les yeux ouverts paraissaient fixer Victoire.

Elle s'éveilla en sueur. La lumière du soleil filtrait à travers les rideaux pourtant opaques. Elle attrapa sa gourde sur la table de chevet et en vida le contenu avec avidité. Son journal gisait ouvert à l'autre bout du lit. Elle n'aurait pas dû se plonger dans ces pages, pas après une soirée pareille. Les douleurs du passé, ce présent si horrible. Tout se mélangeait dans son esprit, et plus encore qu'hier, elle souhaitait repartir.

Au fil des années, lorsqu'elle avait confié son histoire à des amis, nombre d'entre eux lui avaient conseillé de ne pas garder sa souffrance pour elle, de confronter son père. C'était une possibilité qu'elle avait logée dans un recoin de sa tête. Un jour, peut-être. Cette option paraissait désormais peu envisageable. Difficile d'avoir une discussion franche et cathartique avec quelqu'un qui ne vous reconnaît pas. La maladie avait tué son projet dans l'œuf. Elle n'aurait probablement jamais de réponses, ne saurait jamais pourquoi il avait renoncé à être son père, et elle garderait ce goût amer au fond de la gorge jusqu'à la fin de sa vie. Elle était persuadée qu'elle digérerait mieux cette déconvenue à Londres, devant une assiette de *scones* de la petite pâtisserie à l'angle de sa rue.

Deux jours. Elle devait encore tenir deux jours avant de régler cette affaire de vente une bonne fois pour toutes et reprendre l'avion. Que Dorville, ses meurtres et ses fantômes aillent se faire voir. Elle en aurait bientôt fini avec ces drames.

Son téléphone portable vibra, et afficha un SMS de son éditrice.

Je viens de voir les infos. Dorville, c'est pas chez toi ?

Pas chez elle, non. Pas concernée. Voilà ce qu'elle aurait eu envie de répondre.

Elle se rendit compte que les événements devaient tenir une place de choix sur les chaînes d'info depuis hier soir. Les férus de faits divers connaissaient sans doute à cette heure plus de détails que Victoire, qui était pourtant aux premières loges à chaque découverte macabre. Elle, en revanche, aurait préféré ne jamais avoir ouvert la porte de la cabine de projection. Si seulement ce rendez-vous chez le notaire avait eu lieu à l'heure prévue ! Elle se consola à la pensée que ce report lui permettrait au moins d'avoir un peu plus de temps devant elle pour tenter de renouer avec Elias, même si celui-ci la battait froid depuis son arrivée. Lorsqu'il lui avait révélé l'état de santé de leur père, elle avait fait preuve de maladresse. Elle se promit de se rattraper. Elle irait le voir dans la journée, et lui demanderait en quoi elle pouvait l'aider, et même s'il l'envoyait paître, elle ne repartirait pas du domaine avant d'avoir réussi à avoir une vraie conversation avec lui. Quant à son père… Il lui avait semblé si fragile et vulnérable, bien plus que lorsqu'il était avachi dans son foutu fauteuil à annihiler ses émotions à renfort de houblon. Il n'était plus l'homme qu'elle avait choisi de rayer de sa vie. La maladie effaçait-elle toutes ses fautes pour autant ?

Son téléphone tinta une nouvelle fois, la tirant de ses réflexions. Elle le repoussa plus loin sur la table de nuit. Elle répondrait à ses messages plus tard, refusant de ressasser cette sordide histoire avant d'avoir bu un café correct.

Après s'être habillée, Victoire sortit de l'hôtel sans passer par la salle du petit déjeuner. Il n'était pas loin de onze heures, et celle-ci avait déjà fermé. De toute façon, il était hors de question de commencer une journée post-meurtre en mangeant une viennoiserie au goût de plâtre. Elle aurait apprécié un brunch copieux et réconfortant, mais doutait de dénicher cette option culinaire à Dorville.

Ses pas la menèrent de nouveau chez Fernand. Néanmoins, l'agitation qui régnait dans le bistro lui fit regretter son choix. La télévision, dont le son était d'ordinaire coupé, braillait jusque sur la terrasse, mais couvrait avec peine les voix des clients. À l'intérieur, certains avaient un journal ouvert devant eux, tout en gardant les yeux rivés sur le poste qui affichait la silhouette filmée en plan taille d'un reporter qui s'exprimait depuis le port de Dorville. En bas de l'écran, un bandeau titrait « Alerte info : double homicide au bord de la Méditerranée ».

Derrière le comptoir, le cafetier grommelait en servant les clients d'un air distrait :

— C'est pas bon pour les affaires ! Les touristes vont prendre peur et se tailler vite fait ! La saison est fichue !

À en juger par la foule qu'elle avait croisée en sortant de l'hôtel, Victoire était sceptique concernant ce point. Elle ne pouvait nier qu'il régnait dans les rues une ambiance particulière, plus poisseuse que d'ordinaire, mais elle savait aussi que les drames attiraient les curieux. Elle n'aurait pas été surprise de voir des indécents se prendre en photo à quelques mètres des scènes de crime pour se targuer devant leurs collègues de boulot d'avoir été sur place au moment des faits. Quant aux locaux, ils ne manqueraient pas de venir glaner des informations croustillantes autour d'un demi. Le chiffre d'affaires du bistro serait le dernier à en pâtir.

Félix n'était pas en vue et, gageant que le vieux Fernand mettrait probablement une éternité avant de la servir si elle s'installait dehors, Victoire gagna le comptoir en jouant des coudes pour y commander un café à emporter. Elle irait le boire sur la plage, si tant était qu'il en restait une portion accessible vu le chambardement causé par la découverte de deux cadavres en l'espace de vingt-quatre heures. Ou elle s'installerait à l'ombre d'un platane, mais loin de cette ferveur morbide. Peut-être même irait-elle racheter un de ces délicieux beignets huileux qu'elle avait engloutis la veille.

Le cafetier la regarda d'un drôle d'air lorsqu'elle lui tendit le mug isotherme qu'elle gardait toujours dans son sac à main pour qu'il y verse le précieux nectar.

— Je vais pas te le vendre moins cher pour autant ! bougonna-t-il en s'exécutant de mauvaise grâce, mais en la tutoyant enfin.

— Si tu le remplis fissa, je suis prête à payer le double et à laisser tes parasols en paix ! souffla Victoire.

Maudit bled de merde ! pensa-t-elle, tout en essayant de décontracter sa mâchoire tendue.

Fernand mit un temps péniblement long pour la servir, lorgnant l'objet du délit comme si c'était un os de diplodocus ou un artefact venu d'un autre monde, et elle songeait à abandonner son contenant lorsqu'une voix nasillarde qu'elle aurait souhaité ne jamais plus entendre de sa vie la tira de son plan d'évasion.

— Victoire Valéjane ! Toujours à faire son intéressante à ce que je vois !

Sa mâchoire se serra un peu plus, immédiatement suivie par ses poings, comme un réflexe reptilien.

Elle se tourna sans se presser, utilisant ces précieuses secondes pour tenter d'imprimer sur son visage un sourire factice, ou en tout cas une expression qui ne s'apparente pas à de la haine pure, même si l'autre avait entamé les hostilités.

— Charline ! lança-t-elle avec une intonation bien plus aiguë qu'elle ne l'aurait voulu. Toi, par contre, tu ne sembles pas l'être devenue. Intéressante, je veux dire.

Elle regretta de ne pas avoir trouvé une réplique plus cinglante, quelque chose qui fasse mouche et laisse cette garce sans voix. La vérité, qu'elle n'aurait admise devant personne, c'était que la présence de Charline Naillard la déstabilisait. Cette dernière la toisa avec dédain, la détaillant des pieds à la tête comme si elle jaugeait un chantier à rénover, et Victoire se sentit soudain mal à l'aise, mal fringuée, petite malgré son mètre soixante-treize, vulnérable en dépit de son âge adulte, gauche. Charline réveillait en elle un sentiment d'infériorité, aujourd'hui dissimulé derrière la jolie carrière et le *fog* londonien.

À défaut d'être intéressante, sa Némésis était éblouissante, plus que dans ses souvenirs, Victoire était forcée de le reconnaître. La coupe de cheveux, le maquillage, la tenue vestimentaire : tout en elle transpirait le contrôle et le raffinement, saupoudré de dédain, comme si Regina George et Drago Malefoy avaient donné naissance à une créature hybride résolue à dominer le monde. Il émanait d'elle cette confiance en soi propre aux personnes qui ont traversé l'existence sans orages ni drames. Victoire n'en éprouva qu'une plus profonde envie de se montrer acerbe.

Cette fille avait tout de même failli l'envoyer en prison.

« *Charline Naillard a été formelle. Elle t'a vue entrer dans le hangar à barques quelques minutes avant qu'il prenne feu* », avait déclaré le capitaine Elme, lorsqu'il avait convoqué Victoire, le lendemain des résultats du bac. Oh, certes, la garce n'avait pas menti. Mais elle avait omis de nombreux détails, pour des raisons qui échappaient encore à Victoire même après toutes ces années. Elle-même avait choisi de passer certains éléments sous silence. Elle avait quitté Dorville avant d'avoir l'occasion de régler ses comptes avec Charline. Cela n'aurait rien changé, en définitive. Victoire s'en était tirée sans passer devant le juge. En l'apprenant, Naillard avait dû frôler l'apoplexie. C'était sans doute là la plus belle des vengeances.

— La *pseudo-célébrité* nous honore de sa présence, railla cette dernière. Qu'est-ce que tu prévois de brûler, pour fêter ton retour ?

— Ça dépend, c'est laquelle ta voiture ?

Charline, s'attendant probablement à ce que son interlocutrice s'énerve, afficha un air pincé qui provoqua chez Victoire une satisfaction immédiate. La peste avait peut-être donné le premier coup, mais elle se réservait l'estocade finale. Et puisque l'autre, comme beaucoup à Dorville, était décidée à lui faire endosser le rôle de la délinquante de service, autant s'y conforter. C'était toujours mieux que celui de victime d'un tyran en talons hauts.

— Il paraît que tu as croisé Gabriel, lança Naillard, qui semblait avoir compris qu'elle n'aurait pas le dessus cette fois et s'aventurait sur un sujet plus brûlant.

Victoire n'avait rien oublié des piques que Charline et ses copines lui lançaient chaque fois qu'elles la croisaient accrochée au bras de Gabriel, le beau gosse du lycée, qui, selon ces pimbêches, pouvait « trouver beaucoup mieux que la Valéjane ». La Valéjane qui n'avait pas les chaussures qu'il fallait, le sac qu'il fallait, la veste qu'il fallait, la Valéjane qui s'en fichait, tout bonnement, même si la clique titillait ce point avec l'entêtement d'une mouche. Vigneron, un métier noble et honorable, mais bien moins rémunérateur, en dépit des heures harassantes, que dentiste, comme le père de Charline. Elle possédait tout, Charline, les jeans de marque, pourtant fabriqués dans les mêmes usines insalubres que ceux de Victoire, les baskets brillantes, le sac à dos à la mode, le balayage façon zèbre, ridicule aujourd'hui, mais si enviable au début des années 2000. Les amis de Victoire, Gabriel le premier, se moquaient de ces futilités, qu'ils voyaient comme des signes de ralliement au clan des insipides. Victoire elle-même considérait Charline et sa bande comme des coques de noix vides et interchangeables, pourtant son cœur se serrait en croisant leur groupe dans les couloirs. Et même si, aujourd'hui encore, elle se fichait toujours autant des marques en vogue dont les publicités interchangeables fleurissaient sur Instagram, vivait dans une ville où les trouvailles des fripes étaient le summum du chic, et à une époque où les pièces de seconde main devenaient un étendard écologique, elle aurait aimé ne pas être sortie de l'hôtel vêtue d'un vieux haut lancé « au cas où » dans sa valise et plus froissé qu'un shar-pei, sans avoir pris la peine d'essayer de dompter les mèches rebelles qui rebiquaient sur sa tête comme des antennes. Pour couronner le tout, cette peste se mettait à lui parler de Gabriel ! Connaissant le degré de vice de Naillard, elle risquait de mentionner cette mystérieuse épouse, celle dont Victoire ne voulait rien savoir, tout en étant dévorée par une curiosité malsaine (elle ne pouvait s'empêcher de l'imaginer comme un sosie de Sofia Vergara, ce qui se révélait vraiment très mauvais pour son ego). Victoire s'apprêtait donc à lui balancer une vacherie pour lui couper le sifflet, envisageant de lui demander si de son côté, elle avait vu un vénérologue récemment, lorsque Johan Clermont, rouge et échevelé, entra dans le bar. Ses yeux se posèrent sur Victoire, et il fondit sur elle sans se soucier de la présence de Charline.

— J'espérais te trouver là. Tu n'as pas ton portable, on dirait.

— Euh, non, bredouilla Victoire, s'apercevant qu'elle l'avait laissé sur la table de nuit après avoir lu le message de son éditrice.

Où le journaliste voulait-il en venir ?

— La gendarmerie a essayé de te joindre. Ils ont arrêté Elias au petit matin.

— Hein ? Mais qu'est-ce que tu racontes ?

À côté d'elle, Charline ne perdait pas une miette de la conversation et semblait se délecter de cette dernière information.

— Les gendarmes interrogent Elias en ce moment, reprit Johan. Ils le soupçonnent d'être coupable du meurtre d'Eddie Arolas.

17

Les minutes qui suivirent l'annonce de Johan resteraient à jamais dans le flou.

Il lui sembla que la terre s'était ouverte en deux sous ses pieds et qu'elle avait aspiré ses organes un par un, la laissant hagarde et exsangue.

Les regards des clients qui avaient entendu le journaliste s'adresser à Victoire. Un passage rapide à l'hôtel pour récupérer son portable, les appels en absence de numéros qu'elle ne connaissait pas, les autorités sans doute, peut-être quelqu'un du domaine, des SMS de Laura. Elle, courant dans les rues, talonnée par Johan, pour atteindre la gendarmerie, le flot de souvenirs une fois dans l'entrée du bâtiment, et l'attente, cette attente sadique avant qu'enfin on daigne lui donner des nouvelles de son frère, un semblant d'explication à tout ce merdier. Il y en avait forcément une.

— Le capitaine va vous recevoir, lui avait offert pour toute réponse un sous-officier sans une once d'empathie dans la voix.

Parce que Elias était un brise-ovaires de première, mais pas un assassin.

Qu'il colle un coup de poing à un type si d'aventure le ton montait n'était pas improbable. Qu'il revienne des semaines après une dispute pour étrangler un copain d'enfance était en revanche impensable. Si les gendarmes fondaient leur interrogatoire uniquement sur cette histoire de dent cassée que Laura lui avait racontée, son petit frère serait dehors en un rien de temps, et elle aurait de nouveau tout le loisir de se prendre le bec avec lui. Si au contraire… Elle se refusait à envisager cette éventualité. Elias n'avait rien fait. Il fallait être une personne dénuée de toute émotion, de toute humanité pour tuer quelqu'un de la manière dont Eddie avait été assassiné. Encore une fois, cela ne collait en rien avec la personnalité de son frère.

Tu en sais plus ?

Laura.

En explorant son journal d'appels, Victoire avait constaté que son amie avait été la première à essayer de la joindre au sujet d'Elias. Elle devait tenir l'information d'Antonin. Savoir qu'elle n'était qu'à quelques kilomètres, à partager son inquiétude, lui apporta un peu de réconfort.

Assise sur un siège en plastique dont les accoudoirs étaient plus élimés qu'un vieux jean, Victoire laissa son regard se perdre sur les murs du couloir. Certaines des affiches ternies par le temps devaient déjà être punaisées là à l'époque où elle faisait des passages réguliers en ces lieux. En dehors de l'incident du hangar, il ne s'agissait que d'espiègleries pour lesquelles on lui tirait verbalement les oreilles avec un air de dépit avant de la laisser rentrer chez elle. Au fond, les gendarmes plaignaient « la petite Valéjane », cette gamine si gentille qui avait perdu sa mère et filait désormais un mauvais coton. Beaucoup appréciaient Rose, institutrice à la maternelle de Dorville avant que la maladie l'oblige à mettre fin à sa vocation. Sa douceur avait accompagné les plus jeunes d'entre eux, leurs sœurs, leurs frères, leurs enfants. Sa disparition avait été considérée par tous comme une tragédie et Victoire avait un temps bénéficié d'une clémence salutaire quant à ses frasques.

— Madame, le capitaine peut vous recevoir, lui annonça une gendarme.

Victoire se leva d'un bond et lui emboîta le pas.

Devant la porte que la jeune femme lui indiqua, elle fut gagnée par une désagréable impression de déjà-vu. Qui se confirma une fois dans la pièce.

— C'est pas vrai, soupira-t-elle.

— Tiens, tiens ! Mademoiselle Valéjane. Si mes souvenirs sont exacts, la dernière fois que nous nous sommes parlé dans ce bureau, vous m'aviez assuré que je ne vous reverrais pas ! lui lança le capitaine Elme avec un petit sourire amusé.

— Je n'ai rien fait ! se dédouana instinctivement Victoire.

Assaillie par les réminiscences de son dernier passage entre ces quatre murs, voilà qu'elle se comportait comme une gamine prise en faute !

Le capitaine Elme avait perdu en cheveux ce qu'il avait gagné en bedaine. Cela lui allait bien, cependant. Victoire l'avait toujours trouvé trop maigre, et ses traits émaciés ajoutaient alors à la rigidité conférée par son statut. Il lui avait fichu une frousse terrible lorsqu'il l'avait interrogée à propos de l'incendie. Elle avait cru qu'elle allait tomber dans les pommes ce matin-là. Mais elle n'était plus une gosse impressionnable de dix-huit ans, et surtout, elle n'était coupable de rien. Pas plus qu'Elias. Elle tira la chaise pour s'asseoir face au capitaine en tâchant d'afficher un visage plein d'assurance. Sur son bureau, elle remarqua la petite figurine d'une danseuse hawaïenne montée sur un ressort. À l'époque, elle ne pouvait s'empêcher de toucher son crâne en plastique pour la faire bouger à chaque fois qu'elle se retrouvait assise à cette place, parce qu'elle avait senti que cela agaçait Elme. Sans mot dire, il posait sa main velue sur la poupée pour faire cesser le mouvement, offrant ainsi à Victoire une satisfaction qu'elle ne prenait pas la peine de dissimuler, gagnée par l'envie de recommencer avant de quitter la pièce.

— Je suis venue pour mon frère. On m'a dit que vous l'aviez arrêté, ce qui est particulièrement stupide, attaqua-t-elle, détachant ses yeux de la danseuse pour les planter dans le regard du capitaine.

— Et pourquoi cela ? rétorqua ce dernier en croisant les bras sur son ventre, sans se départir de ce petit sourire amusé qui irritait Victoire.

— Parce que Elias n'est pas un tueur ! Vous ne pensez pas sérieusement qu'il serait allé étrangler Eddie Arolas avec un câble électrique pour une dent cassée lors d'un soir de beuverie ?

— Qui vous dit que c'était leur seul différend ? demanda Elme, qui semblait se délecter de leur échange.

Victoire hésita. Se pouvait-il qu'il existe plus d'un contentieux entre son frère et Eddie ? C'était possible. Laura et le mort avaient autre chose à fiche de leur soirée que lui résumer dix-sept ans de la vie sociale d'Elias. Elle aurait mieux fait de prendre quelques renseignements avant de foncer tête baissée à la gendarmerie et de passer pour une idiote.

Mais les années ne changeaient rien. La Terre pouvait se révéler plate, bleue comme une orange, ou gouvernée en sous-marin par des lémuriens, Elias, lui, était innocent.

— Sans compter qu'il était bien à la plage hier soir, ajouta le capitaine.

— Comme la moitié de la ville ! renchérit Victoire du tac au tac. J'y ai vu votre cousine, d'ailleurs ! Ainsi que votre tante et une bonne partie de ma classe de CM1. Il y avait aussi la vieille Fanchon ! Dites donc, il va vous en falloir, du personnel, si vous devez coffrer tout le monde !

Elle ponctua sa réplique en donnant une pichenette à la poupée en plastique qui se mit à dodeliner sur son ressort.

La bouche du capitaine laissa échapper un chuintement d'agacement qui satisfit la jeune femme. Il retint néanmoins son geste et laissa l'Hawaïenne continuer sa chorégraphie.

— Tout le monde était là, je vous l'accorde, mais personne ne peut gager de qui a fait quoi précisément et à quel moment. C'est toute la difficulté de ce genre de scène de crime, admit-il.

Elle lui concéda intérieurement ce point. Elle-même avait bien vu Elias près de la buvette pendant quelques minutes, mais elle ne savait rien de l'endroit où il se trouvait avant ou après cela.

Néanmoins, lorsque Johan lui avait annoncé l'arrestation d'Elias, il n'avait mentionné que le meurtre d'Eddie.

— Et Fabien Bugnoli ? reprit-elle. Lui aussi a été assassiné. Vous ne vous êtes pas dit que c'était tout de même bizarre, deux meurtres en vingt-quatre heures dans un bled minuscule ? L'idée qu'il s'agisse du même tueur ne vous a pas traversé l'esprit ?

— Justement.

— Justement quoi ?

Le capitaine Elme recula sur son siège, semblant soudain hésiter. Ses yeux se portèrent de nouveau sur la poupée qui remuait toujours. Il la saisit pour l'arrêter avant de se décider à ajouter :

— Certains éléments relient également Elias à Fabien Bugnoli. Nous l'interrogeons donc dans le cadre des deux meurtres.

18

En sortant de la gendarmerie, Victoire fit quelques pas et prit appui d'une main contre un platane pour ne pas flancher.

Des éléments reliant Elias à Fabien Bugnoli.

Et elle, pauvre sotte, toujours convaincue que la vie à Dorville avait été mise sur pause en son absence ! Elias n'adressait pas la parole à Bugnoli en 2004. Que pouvait-elle prétendre savoir de leurs relations aujourd'hui ? Elle avait envie de frapper son crâne sur le tronc de l'arbre tant elle enrageait contre ses certitudes puériles. Les gens n'étaient pas des personnages de roman que l'on retrouvait tels qu'on les avait laissés en refermant le livre. Elias et Fabien étaient peut-être devenus amis ou, au contraire, entretenaient une querelle tenace, et il était présomptueux de sa part de se poser en démiurge en débarquant à la gendarmerie pour asséner des vérités qui n'en étaient pas.

Elle ne savait rien. Rien de la vie d'Elias, rien de ses relations actuelles, elle ne savait même pas s'il avait une petite amie, ou un petit ami, d'ailleurs, vu le niveau d'ignorance qui était le sien. Elle comprenait qu'il lui serait impossible d'aider son frère dans ces conditions. Elle devait en apprendre plus. Sur Elias, mais aussi sur Fabien et Eddie.

Par chance, une personne qui serait peut-être en mesure de la mettre au parfum se dirigeait vers elle.

— Tu as pu le voir ? s'enquit Johan.

— Non, soupira Victoire. J'aurais dû m'y attendre. Il y a une procédure à respecter, et Elme est encore plus buté qu'avant.

Sa dernière remarque était injuste, et elle le savait. À l'époque, le capitaine Elme s'était au contraire montré plus que compréhensif et magnanime, même si Mathilda Caltorant l'y avait fortement incité en refusant que la mairie dépose plainte pour l'incendie. Il avait alors la loi et le droit de son côté pour transformer son existence en purgatoire, mais avait néanmoins décidé de lui laisser une dernière chance de prendre son avenir en main, ce qu'elle avait fait dès le lendemain.

Aujourd'hui, il ne s'agissait plus de quelques planches de bois brûlées, mais du destin de deux hommes, trois si elle ajoutait son frère à l'addition. Même si l'arrestation d'Elias lui paraissait toujours aussi absurde, le capitaine se contentait de faire son travail. Quant à savoir s'il l'exécuterait correctement… Ce n'était pas qu'elle n'avait pas confiance en lui ou en son équipe. Elle n'avait simplement confiance en personne. Pas quand le sort de son frère était en jeu. Ils cherchaient un coupable. Elle cherchait à prouver qu'il ne s'agissait pas d'Elias. Cette nuance était de taille.

Rien n'empêchait Victoire de mettre son grain de sel dans l'affaire. Théoriquement. Si elle obtenait des éléments permettant d'innocenter son frère une bonne fois pour toutes, Elme serait bien forcé de l'écouter. Elle n'avait rien à perdre, et du temps devant elle. Et quelque chose dans le regard perçant de Johan lui disait que le jeune homme pourrait être un allié.

— De mon côté, j'ai réussi à glaner deux trois infos, lança ce dernier comme pour lui donner raison.

Elle avait vu juste. Johan n'était pas de ces journalistes tièdes, à se satisfaire d'un communiqué de presse laconique. Il transpirait l'ambition. Saine, celle qui donne des ailes et pousse à dépasser ses propres limites sans écraser les autres, mais l'ambition quand même. C'était une qualité que Victoire louait et appréciait, et qui pourrait participer au salut d'Elias. Elle comptait sur cela pour motiver Johan et profiter de tous les canaux d'information dont il semblait disposer.

— Elme déteste la presse, mais certains de ses sous-officiers s'ennuient ferme et laissent échapper des éléments quand on fait mine de s'intéresser à leur vie, expliqua-t-il avec malice.

— Alors ?

— Apparemment, Fabien Bugnoli était en contact avec ton frère.

— C'est tout ?

Face à l'expression déconfite de Johan, elle s'empressa d'ajouter.

— Pardon, je ne parlais pas de ce que tu viens de me rapporter, cela m'aide, évidemment, mentit-elle. Mais ça me paraît maigre comme preuve contre Elias.

— Garde en tête qu'il n'est accusé de rien pour le moment, il est seulement interrogé. Le hic, c'est qu'il est aussi question du meurtre d'Eddie, et l'incident de la Vespa et de la dent cassée est de notoriété publique, tu sais comment cela se passe chez nous.

Pour avoir longtemps été l'objet de toutes les conversations, elle était parfaitement au courant.

— Deux mecs sont morts, et ton frère, qui n'est pas le type le plus causant du coin, s'est engueulé avec l'un d'eux. Cela ne joue pas en sa faveur, surtout faute de mieux.

— Tu sais si les gendarmes ont d'autres pistes ?

— Je n'ai pas réussi à en apprendre plus, se désola-t-il.

— Je ne crois vraiment pas que mon frère puisse être coupable d'atrocités pareilles. Il est sanguin, c'est certain, mais… Johan, j'ai trouvé le corps d'Eddie. C'était atroce. Elias est un écorché vif, mais pas un meurtrier. Enfant, il était du genre à mettre les araignées dehors pour ne pas les tuer. Il faut du temps avant de parvenir à étouffer quelqu'un. Il ne pourrait pas regarder la vie s'échapper d'une personne sans ciller. Pas après avoir vu notre…

Elle s'interrompit, ne parvenant pas à maîtriser les tremblements dans sa voix. Sa mère, Eddie. Trop d'images se bousculaient dans sa tête.

— Ton frère et moi ne sommes pas amis, reprit Johan après lui avoir laissé quelques secondes. Mais il a aussi la réputation d'être un type droit. Avec lui, on sait à quoi s'en tenir, qu'il nous apprécie ou pas. Je ne suis ni psy ni enquêteur, mais je n'y crois pas plus que toi. Cela me paraît trop… simple. Appelle ça mon instinct de journaliste, mais j'ai envie de creuser plus loin.

Une étincelle s'alluma dans le regard de Victoire. Elle avait vu juste à son sujet. Depuis hier, elle croisait toujours Johan au bon endroit au bon moment, parce qu'il avait flairé un sujet explosif. Il serait un atout dans sa manche, et peut-être que, de son côté, elle pourrait l'aider à décrocher des informations inédites.

Johan sembla lire dans ses pensées et ajouta avec un sourire de connivence :

— Quelque chose me dit que toi aussi, tu es du genre à creuser.

****

Johan ne fit aucun mystère quant à ses objectifs.

Lorsque Victoire l'avait rencontré pour la première fois chez Fernand, il lui avait rappelé le personnage de Colin Crivey dans

Harry Potter, ce gamin trop enthousiaste qui manque aveugler le héros avec le flash démesuré de son appareil photo. En réalité, Johan avait la tête sur les épaules et l'esprit pratique. Un scoop serait un tremplin pour sa carrière qui vivotait à *L'Imprévu*. Sa motivation constituerait un avantage considérable, tout comme ses nombreux contacts. Les gens semblaient enclins à lui parler, mis en confiance par son air mutin et sa tête de gentil premier de la classe, là où ils rechigneraient à se confier à une fille qui leur avait volé un enjoliveur ou s'était appliquée à peindre leur chien en bleu, queue et oreilles comprises.

Fabien Bugnoli était la première victime. Ils décidèrent de commencer par là.

— Je vais être honnête, annonça Johan, je ne le connaissais que de nom avant son décès, et encore, parce qu'il a vendu une maison à ma tante.

— Et moi, j'ai été horrible avec lui au lycée, avoua Victoire. Autant te dire que cela me fait bizarre d'aller poser des questions sur sa vie aujourd'hui.

Ils firent le choix de se rendre dans l'agence immobilière où Fabien travaillait, Johan s'étant souvenu qu'il avait joué au volley-ball quelques années plus tôt avec un des commerciaux.

— C'est l'avantage des petites villes, nota-t-il. On connaît forcément quelqu'un, même si ce n'est pas le mort !

Victoire acquiesça. Jamais elle n'aurait pu mener ce type d'enquête à Londres. Mais c'était aussi l'une des raisons pour lesquelles elle adorait les grandes métropoles. Cet anonymat. Cette possibilité d'être totalement invisible si on le souhaitait. C'était tout ce à quoi elle aspirait en quittant Dorville pour Paris. Ne plus être la fille Valéjane, l'orpheline, la terreur de la commune. Puis Paname, en dépit de sa beauté, lui avait semblé trop petite, suffocante même. Elle avait ressenti le besoin impérieux de reprendre le large, de se fondre dans un nouveau décor, un nouveau rythme. Londres était aussi dense et tumultueuse que Paris, mais Victoire trouvait néanmoins une douceur de vivre dans cette capitale multiculturelle et colorée, où l'excentricité était si intrinsèque à l'ADN de la ville qu'elle passait inaperçue ou, en tout cas, ne faisait pas lever de sourcils. Elle aimait Londres, ses couleurs, son énergie. Leurs tempos s'accordaient.

Tandis que Johan poussait la porte de l'agence, elles lui semblaient si loin, ses promenades dans les parcs verdoyants à s'extasier comme une môme devant la témérité des écureuils !

Sans compter qu'ils repartirent de cet entretien guère plus avancés. Le collègue que connaissait Johan ne fréquentait pas Bugnoli en dehors du boulot. Ce dernier était selon lui assez réservé, et, même s'il paraissait un peu plus distant depuis quelques semaines, plus soucieux, le commercial n'en savait pas la raison. Le défunt semblait être de ces personnes à côté desquelles on passe sans les remarquer.

— Il pouvait avoir des problèmes de fric comme des problèmes de cœur ! s'agaça Victoire qui avait la sensation d'avoir perdu son temps.

— Tu as entendu ce qu'il a dit, ses collègues ne lui connaissaient personne.

— J'ai l'impression de pédaler sur un vélo qui a déraillé. C'est toujours comme ça, quand tu enquêtes sur un sujet ? demanda-t-elle alors qu'ils marchaient vers la place des Peupliers.

— La plupart du temps, je travaille sur des articles très factuels. J'interroge les gens concernés, et je cherche les informations théoriques depuis mon ordinateur ou je me renseigne par téléphone. Je n'ai jamais eu à tirer les vers du nez de quelqu'un, reconnut Johan. Mais je suppose qu'il faut retourner beaucoup de pierres avant de dénicher un élément qui fasse avancer une investigation.

— Tu as sans doute raison… Mais c'est si rageant de ne rien trouver qui puisse aider Elias !

Johan regarda l'heure.

— Je vais être obligé de te laisser. On a une réunion de rédaction exceptionnelle à propos des meurtres. Peut-être que j'y glanerai d'autres informations. De ton côté, si…

— Si j'apprends quelque chose, je te le fais savoir, lui assura-t-elle.

Elle garda ses réserves pour elle. Si par malheur elle découvrait un indice incriminant Elias, hors de question de se confier en premier lieu à un journaliste. Elle chassa cette pensée de son esprit. Elle ne découvrirait aucun élément à charge. Quelqu'un d'autre avait tué Fabien et Eddie. Restait seulement à savoir qui.

19

Après s'être forcée à avaler un demi-sandwich au fromage qui passa péniblement, Victoire prit le temps de rappeler Laura, qui avait essayé de la joindre à plusieurs reprises. Elle résuma la situation à son amie, tout aussi perplexe qu'elle et convaincue de l'innocence d'Elias, puis se surprit à évoquer le sort de son père. Si l'interrogatoire se prolongeait, qu'adviendrait-il de ce dernier ? Était-il seulement capable de rester seul ? À la surprise de Victoire, il s'avéra que Laura avait pris les devants.

— C'est aussi pour cela que j'essayais de te joindre. Je suis allée au domaine ce matin. J'ai tout arrangé avec l'aide à domicile, elle peut s'occuper de ton père aujourd'hui, jusqu'à ce que l'auxiliaire de nuit prenne le relais. Cela laissera le temps à Elias de rentrer, conclut-elle avec confiance.

La prévenance de Laura la toucha. Mais si elle était rassurée, Victoire fut également gagnée par une foule de sentiments contradictoires. Elle aurait dû penser à tout cela d'elle-même dès qu'elle avait appris la nouvelle. C'était ce qu'Elias aurait fait, lui. Elle était complètement à côté de la plaque. On n'oublie pas un père Alzheimer. Il pouvait faire flamber la baraque en allumant le gaz ou filer son chéquier à un inconnu, pour ce qu'elle en savait. Mais était-elle vraiment censée s'en soucier ? Malade ou pas, il était loin d'être en mesure de concourir au prix du père du millénaire. À l'époque, elle aurait pu rejoindre une secte ou se faire tatouer le front, il n'aurait pas bronché. Devait-elle donc se précipiter à son chevet au nom d'une foutue dette de vie ?

Désœuvrée et agacée, elle recommença à marcher sans but dans les rues bondées, trouvant de nouveau cette ville trop petite pour contenir ses angoisses et ses questions.

Sans le concours de Johan, elle se sentait déboussolée. Comment était-elle censée procéder pour en apprendre plus sur Fabien ? Ce n'était pas comme si elle pouvait se permettre de se rendre chez ses parents endeuillés pour continuer sa pseudo-enquête. « *Bonjour, mes condoléances. Au fait, votre fils et mon frère, ils se reparlaient ces derniers temps ?* » Impensable.

Depuis les funérailles de sa mère, elle avait scrupuleusement évité veillées mortuaires, enterrements, crémations, tout ce qui touchait de près ou de loin à la mort de quelqu'un. Elle ne s'était même pas rendue aux obsèques de Judith, auxquelles la plupart de ses camarades avaient pourtant assisté. Lorsqu'une de ses connaissances perdait un proche, elle faisait envoyer des fleurs, une corbeille de fruits, ou optait pour un don à une association quelconque, en fonction des souhaits de la famille, mais ne parvenait jamais à se déplacer pour témoigner de son soutien. En dépit de la culpabilité qu'elle ressentait, c'était au-dessus de ses forces. Elle s'imaginait s'écrouler au beau milieu de l'allée centrale de l'église ou sur le parvis du crématorium, forçant les pompes funèbres à enjamber son corps inerte.

Elle abandonna donc l'idée de rencontrer les Bugnoli.

En revanche, si elle avait été une héroïne dans un roman policier, la suite logique à son après-midi aurait été de pénétrer chez Fabien pour tenter d'y dénicher des informations personnelles à côté desquelles les gendarmes seraient passés. Hélas, dans la vraie vie, les gens vivaient en général cloîtrés derrière des serrures trois ou cinq points, les forces de l'ordre n'étaient pas des buses, et emportaient avec elles téléphone portable, agenda et ordinateur, soit tout ce qui était susceptible de contenir des informations capitales pour une enquête. La seule chose qu'elle pourrait trouver chez le mort, si tant était qu'elle parvienne à obtenir la capacité de passer à travers les cloisons d'ici la fin de la journée, ce serait probablement du linge sale dans sa panière et une banane trop mûre abandonnée dans une coupe à fruits.

Par acquit de conscience, elle prit quelques minutes pour essayer de débusquer son adresse sur Internet. Elle tomba rapidement sur les coordonnées du siège social d'une SCI au nom de Fabien Bugnoli, située 14 rue des Grenadiers, une petite artère à moins de cinq cents mètres de la plage où il s'était écrasé. Acquérir cette information ne l'avança cependant guère. La ruelle en question s'avérait peu passante et dénuée de commerces, il n'y avait aucune chance d'y trouver une caméra de surveillance, dans l'hypothèse où quelqu'un l'aurait suivi depuis chez lui.

Elle soupira, se sentant lasse et inutile.

Il lui restait évidemment l'option de laisser l'enquête et l'interrogatoire d'Elias suivre leur cours. Avec un peu de chance, les gendarmes démasqueraient le vrai coupable, son frère sortirait libre et reprendrait sa vie. Une vie dont Victoire ne faisait plus partie.

À Londres, loin de lui, elle parvenait à oublier à quel point leur complicité lui manquait. Depuis qu'elle était revenue à Dorville, depuis qu'elle l'avait revu dans la cour de l'exploitation, elle ressentait l'envie d'être avec lui, comme avant. Elle aurait aimé qu'il soit présent lors du dîner chez Antonin et Laura, boire un verre avec lui chez Fernand et se moquer de la vieille Fanchon, regarder *Certains l'aiment chaud* à ses côtés et entendre son rire franc fendre l'air. Elle voulait retrouver son petit frère, être proche de lui comme autrefois, et cela lui serait impossible s'il croupissait dans une cellule.

Elle devait sauver Elias. Sauver Elias, puis le contraindre à renouer le contact, pour de vrai cette fois. Parce qu'on ne pouvait pas garder de la rancœur envers une personne qui vient de vous dépêtrer d'une inculpation pour meurtres, non ?

Elle eut soudain honte d'elle-même et de sa démarche si peu altruiste. Le tirer de la mouise pour le forcer à avoir une conversation ! Elle aurait ri si elle ne s'était pas sentie aussi pathétique. Elias était loin d'être un imbécile. Il pointerait du doigt son égocentrisme à peine un pied posé hors de la gendarmerie. Se braquerait sans doute. Lui dirait d'aller se faire cuire un *fish and chips* chez les Anglais.

Elle laissa échapper un grommellement tout en marchant. Un couple de touristes lui jeta un regard suspicieux et elle leur tira la langue comme si elle exécutait un haka. Ils s'écartèrent d'un mètre affichant une grimace inquiète. Au moins, les autochtones n'étaient plus les seuls à la redouter !

Bien qu'il ait promis de la tenir au courant s'il apprenait quelque chose, Victoire reprit son portable pour envoyer un SMS à Johan. Elle avait besoin d'avoir l'illusion d'agir, même si ce n'était qu'en pianotant sur son appareil. Elle était en train de rédiger son message lorsqu'elle aperçut Antonin, tenant Jules par la main. Tous deux arrivaient depuis la plage des rafiots, et le garçonnet se régalait d'une glace au chocolat dont la dégustation avait laissé des traces sur ses joues. Victoire les interpella, heureuse de voir un visage ami au milieu de cette journée chaotique.

— En voilà un goûter équilibré ! plaisanta-t-elle.

— C'est que mon champion vient d'obtenir son diplôme de barreur, expliqua Antonin avec fierté. Après deux semaines de stage, il a réussi son examen avec brio ! Il méritait bien un peu de chocolat !

— En plus, y a beaucoup de vent aujourd'hui, c'était pas facile !

— Waouh ! Dis donc, mais tu es un vrai marin ! Je pense même que tu aurais pu réclamer deux boules de glace ! suggéra Victoire en se penchant vers lui.

Jules se tourna vers son père, le regard plein d'espérance, sans pour autant se hasarder à quémander.

— Termine déjà ça, et si tu as encore un petit creux en arrivant à la maison, je te préparerai une compote, trancha Antonin avec un mélange de fermeté et de douceur.

Le gamin sembla satisfait de la proposition et continua à laper le chocolat qui coulait du cornet.

— En ce qui me concerne, la compote ne se présente que sous deux formes : en pot ou en pot, lança Victoire. Toi, tu la prépares, tu accompagnes ton fils à ses activités... Franchement, Antonin, tu me bluffes. Qui aurait cru que l'inventeur du *Strip-Mojito* deviendrait un papa de compétition !

Son ami haussa les épaules mais son regard trahissait une satisfaction manifeste. Victoire éprouva une légère gêne. Certes, Laura avait vanté les qualités de père de son mari. Mais était-il normal de féliciter un homme parce qu'il réalisait ce que des millions de femmes dans le monde s'échinaient à faire pour leurs enfants dans l'indifférence totale, parce que l'on considérait qu'il s'agissait de leur responsabilité naturelle ?

Antonin devança ses réserves.

— C'est mon fils, pas seulement celui de Laura. Je vais te dire, ils me débectent, ces mecs qui font des gamins mais ne sont pas fichus de s'en occuper, comme si ce n'était pas leur job. Mes deux parents bossaient à la conserverie. Ils avaient les mêmes horaires, rentraient ensemble à la maison. Pourtant, c'était notre mère qui se tapait tout : nos repas, nos devoirs, les courses et j'en passe. Pas étonnant qu'elle ait fini par divorcer, et c'est sans doute pour ça que je suis plus proche d'elle aujourd'hui que de mon père. Nous n'avons presque rien partagé lui et moi. Ce n'est pas la relation que je veux avec Jules. Et je ne veux pas être le type qui se tourne vers sa femme quand on lui pose une question sur son enfant.

— Je trouve que c'est tout à ton honneur, répondit Victoire.

Bon nombre de ses amies mères auraient envié Laura pour avoir déniché un partenaire idéal, qui ne laissait pas reposer la charge de sa famille sur les épaules de sa compagne. Victoire, elle, envia Jules. Si un malheur arrivait à Laura, jamais ce petit garçon ne se sentirait aussi abandonné qu'Elias et elle avaient pu l'être à la mort de leur mère. Antonin serait là, présent, aimant, capable d'absorber la douleur de son fils. Il serait un roc, un pilier. Il serait un vrai père. Jules était un enfant chanceux.

— L'honneur... Bien des hommes en manquent, soupira-t-il.

Jules, qui avait terminé d'engloutir sa glace, montrait des signes d'impatience, aussi Antonin déverrouilla-t-il la voiture vers laquelle ils avaient cheminé tout en discutant, et laissa l'enfant s'installer dans son siège-auto.

— Je suis vraiment désolé pour Elias, lâcha-t-il. Quand Laura m'a appris la nouvelle ce matin, j'ai cru à une mauvaise blague. Elias, tuer quelqu'un ? C'est totalement aberrant.

— J'aimerais qu'Elme et ses sbires partagent ton opinion. Mais cette histoire de dispute avec Eddie n'arrange pas son cas.

— Je pourrais aller témoigner, si tu veux. J'étais présent ce soir-là, à la sortie du bar, et franchement, cela n'avait rien d'une bagarre. C'était juste un malheureux incident. Elias n'aurait jamais fait de mal à Eddie, c'était son ami d'enfance. C'était notre pote… Bon sang, je n'en reviens pas qu'il soit mort… Je n'arrive pas à me faire à cette idée.

Le visage blême du vidéaste revint frapper sa conscience. Elle doutait d'être un jour capable de parvenir à l'oublier.

— C'est gentil à toi, Antonin. Je ne sais pas si cela changera quelque chose à ce stade, et j'espère surtout qu'on n'aura pas besoin d'en arriver là.

— Mais c'est évident, enfin ! tenta-t-il de la rassurer.

Une pensée lui traversa l'esprit et elle reprit :

— Ma question va te sembler tomber comme un cheveu sur la soupe, mais comment ont évolué les choses après mon départ ? Notre petit groupe, je veux dire. Vous êtes restés aussi proches qu'avant ?

Résolue à ne pas interroger Laura à propos de Gabriel, Victoire ne s'était jamais vraiment demandé comment ses amis vivaient sans elle. Elle préférait ne pas y penser.

Antonin réfléchit.

— Honnêtement… Non. Je ne dis pas ça pour te faire culpabiliser, mais quand tu es partie, tout a changé. On était un peu sous le choc. On n'a pas vraiment compris ton geste. Pas tout de suite. Elias s'est replié sur lui-même, Gab s'est barré pendant trois semaines avec des gars de l'équipe de rugby. À son retour, c'était différent. Terminé, les sorties de couple à quatre ou les plans un peu délirants… Je crois que c'était toi, notre pilier. Ensuite la rentrée est arrivée. On a pris des chemins différents. On s'est fait d'autres potes. Je joue au tennis avec Gabriel le mercredi soir, c'est déjà bien, car c'est pas forcément facile de maintenir des liens avec les amis du lycée. On est toujours content de se voir, mais on trouve facilement des excuses pour ne pas le faire. C'est la vie ! ajouta-t-il en constatant son air contrit. Il n'y a rien de grave au fond.

— Non, c'est certain, soupira-t-elle.

Bien sûr qu'il y avait plus grave. Comme des meurtres ou des gens interrogés alors qu'ils étaient innocents. Mais elle trouva néanmoins triste qu'en dépit de leurs promesses d'amitié éternelle leur petite bande n'ait pas résisté à son départ et aux assauts de l'âge adulte. Secrètement, elle avait espéré qu'ils continuaient à se voir, qu'ils organisaient des barbecues ou un dîner hebdomadaire. C'était surtout pour son frère qu'elle se plaisait à leur imaginer des liens pérennes, des moments doux et lumineux. Sur qui pouvait compter Elias désormais ?

Antonin peina à l'éclairer sur ce point.

— J'ai toujours été plus proche de Gab que de ton frère, admit-il. Je crois qu'il sort rarement, en dehors des événements locaux. Il a l'entreprise, ton père… Franchement, je serais incapable de te dire qui il voit désormais. Je ne suis pas certain qu'il ait beaucoup élargi son cercle d'amis depuis le bahut…

— Papa, on y va ? s'agaça le petit depuis l'habitacle de la voiture.

— Jules ! trancha Antonin. Je parle ! Alors tu t'attaches et tu attends !

Le gamin se recroquevilla dans son siège-auto. Le ton sévère employé par Antonin surprit Victoire. Elle ne s'attendait pas à ce que papa Compote fasse montre d'autant d'autorité.

— Si on n'est pas ferme, les gosses d'aujourd'hui ont vite fait de devenir de petits boulets tyranniques, s'expliqua-t-il devant son air surpris. Il doit apprendre où sont les limites.

Estimant qu'elle n'avait pas de leçon de parentalité à donner dans la mesure où elle ne veillait que sur ses plantes vertes, et les laissait crever de soif un été sur deux, Victoire ne répliqua pas.

— Tu viens à la fête ce soir ? s'enquit-il.

On est le 14 juillet, réalisa-t-elle. Elle avait évoqué la date la veille avec Gabriel. Tout cela lui semblait si loin désormais.

Elle s'étonna que la soirée soit maintenue étant donné les circonstances. Il y avait, après tout, un meurtrier en liberté.

— Ne m'en parle pas, j'ai passé quatre heures en réunion à ce sujet ce matin ! On a versé de gros acomptes aux prestataires. On ne veut pas transiger avec la sécurité, mais financièrement, les enjeux sont énormes pour la commune et les commerçants. On ne peut pas risquer de voir les touristes se replier sur Port-Grives ou les autres villes de la côte. Il y aura donc plusieurs patrouilles de gendarmerie en centre-ville, et des officiers en civil autour de la place.

— Cela reste quand même assez angoissant…

Antonin tenta de se montrer rassurant :

— À ce stade, les gendarmes penchent pour un motif personnel. Bugnoli et Eddie étaient d'ici. Il y a peu de chances qu'on s'en prenne à un touriste.

Un motif personnel. Elle serra les dents. Cela n'arrangeait pas le cas d'Elias.

— Tu serais mieux avec nous que dans ta chambre d'hôtel à surveiller ton téléphone, suggéra son ami. On te chouchoutera ! Et puis Laura serait tellement contente…

Victoire hésita.

— Tout le monde va me dévisager ou me parler de mon frère. J'ai peur que ça soit insupportable au contraire.

— Si tu changes d'avis, on te fera une place à table pour la sardinade.

L'idée de se retrouver assise à quelques mètres de la Fanchon et des autres commères de Dorville la révulsa d'avance. Elle préférait encore camper toute la soirée dans la salle d'attente de la gendarmerie.

— C'est gentil, mais je ne voudrais pas que l'on t'accuse de profiter de ton statut d'adjoint au maire pour offrir des passe-droits, se força-t-elle à plaisanter. Tu as déjà assez de choses à gérer.

— En tout cas, n'hésites pas, ajouta-t-il en ouvrant sa portière. Quoi qu'il se passe, on est là pour toi ! Et si j'apprends quelque chose au sujet de son interrogatoire, je te tiens au courant. Mais je suis certain qu'Elias sera relâché en un rien de temps.

Elle s'assit sur la murette face au véhicule tandis qu'Antonin démarrait et fit un petit signe de la main à Jules qui n'avait pas l'air de tenir rigueur à son père de son mouvement d'humeur.

Elle avait envie de croire son ami, de croire que tout allait s'arranger, que ce n'était qu'un stupide malentendu. Mais les confidences d'Antonin sur la désagrégation de leur petit groupe et la solitude d'Elias l'avaient rendue plus morose encore.

— Je te dis que c'est elle. C'est sa sœur, entendit-elle chuchoter dans son dos.

— Celle qui a cramé le hangar ?

Elle hésita à se tourner en direction des voix, oscillant entre l'envie de jeter un regard assassin à ces deux goules médisantes et celle de connaître la teneur des ragots aujourd'hui. La curiosité malsaine l'emporta.

— Oui ! Et maintenant le frère a tué le petit Arolas !

— Elle lui a donné le bon exemple ! Quelle famille de cinglés !

Elle aurait voulu faire volte-face et leur cracher ses insultes les plus imaginatives. Pourtant, ses genoux se mirent à jouer des castagnettes, comme pour accompagner les palpitations qui agitaient sa poitrine. Elle pouvait supporter qu'on la vilipende, elle y était habituée. Mais que le poids de ses fautes passées vienne peser sur Elias lui asséna une claque. Qu'importent ses bonnes intentions, être sa sœur revenait à porter une lettre écarlate comme une cible dans le dos. Tirez à vue sur les Valéjane ! Elle comprit qu'elle était certainement la personne la moins bien placée pour lui venir en aide. Pire, elle était une preuve à charge.

Elle se leva d'un bond et se contenta de lancer un sourire exagéré accompagné d'un ravissant doigt d'honneur aux deux vautours, et sans attendre une éventuelle réaction, s'engouffra dans la première rue qu'elle croisa. Loin de leur vue, elle prit appui contre un mur et inspira profondément pour s'apaiser.

Elle devait se ressaisir. Ces imbéciles ne méritaient pas la satisfaction de la déstabiliser. Elle n'avait rien à gagner à sombrer dans la mélancolie, et cela ne servirait certainement pas Elias. Déjà qu'elle ne lui était pas d'une grande utilité…

Elle regarda l'heure. La journée avait filé plus vite que son premier salaire et elle n'avait rien dégoté qui puisse aider son petit frère. Pas plus que Johan, qui n'avait pas repris contact avec elle depuis qu'ils s'étaient quittés quelques heures plus tôt. Le mieux était peut-être d'attendre le lendemain et de nouveaux éléments pour agir.

Au milieu de ce marasme émotionnel, il y avait un rendez-vous qu'elle envisageait désormais d'honorer, même si ce n'était pas la décision la plus sensée, et il était hors de question de s'y rendre avec ce T-shirt immonde.

Dans la grande rue commerçante de Dorville, elle pénétra dans une boutique de vêtements en croisant les doigts pour que, contrairement à son mari, la patronne de l'époque soit partie à la retraite. Le magasin appartenait à la femme de Fernand, et Victoire y avait lancé des boules puantes un samedi après-midi pendant les soldes. La propriétaire n'avait pas ri.

20

VICTOIRE gravit les hautes marches de pierre qui menaient aux ruines du château à petits pas mal assurés. Le chemin était beaucoup moins praticable que dans ses souvenirs, et malgré la lumière de la lune, elle peinait à se repérer, butant parfois sur un caillou ou un morceau de bois sec. En contrebas sur la place, elle entendait les bandas enchaîner des morceaux dont les accords lui étaient encore familiers. La fête battait déjà son plein, peu importe que deux cadavres gisent à la morgue. Elle enviait les vacanciers, les habitants, ceux qui parvenaient à profiter de cette soirée en dépit des circonstances, là où elle mettait toute son énergie à lutter contre la masse d'angoisse qui s'était logée au creux de son ventre. C'était aussi pour cela qu'elle avait décidé d'honorer ce rendez-vous. Chasser pendant quelques heures le sort d'Elias et les crimes de sa tête, retrouver un peu d'innocence. Retrouver l'autre, la Victoire d'avant, celle qui avait une maman et une vie insouciante devant elle, celle qui idolâtrait son petit frère et riait aux éclats avec son père. Ce soir plus que jamais, cette fille lui manquait.

Elle repoussa de sa main les branches qui venaient lui effleurer le visage. Le chemin semblait désormais à l'abandon, oublié de tous. À croire que les ados d'aujourd'hui n'avaient pas connaissance de ce coin reculé de la ville, où l'on pouvait venir fumer ses premières cigarettes en toute discrétion, lancer des canettes sans se douter qu'un jour on deviendrait écolo, ou rouler des patins maladroits et baveux pour faire comme les autres, parfois sans réelle envie.

Elle arriva sur les hauteurs de la colline, là où le sentier débouchait sur une étendue d'herbe brûlée, abritée du vent par un pan de mur qui avait résisté aux assauts du temps.

Elle épousseta le sol, pour la forme, et s'assit face au ciel qui se noyait dans la Méditerranée. Les lumières de la ville offraient un écho aux étoiles tandis que la lune recouvrait la baie d'un halo bleuté. Elle ne pouvait que reconnaître la beauté de ce spectacle, en dépit de son tumulte émotionnel et des années passées à maudire chaque centimètre carré de sa terre natale. Sa gorge se mit à la brûler. Comment un cadre si magique, qui poussait tant de gens à se déplacer chaque année pour l'admirer, pouvait, en dépit de sa majesté, raviver chez elle une souffrance si intense ? La beauté et l'horreur, la nostalgie et l'envie de fuir, la peur et une foi inébranlable en sa capacité à tout affronter désormais. La contemplation de ce paysage concentrait nombre de paradoxes.

Elle entendit le crissement des feuilles et quelques brindilles se briser, et essuya d'un revers de main les larmes qui avaient commencé à couler sans qu'elle s'en aperçoive. Elle ne prit même pas la peine de se retourner pour vérifier l'identité de celui qui venait la rejoindre.

— Tu es en retard.

— Cela te va bien de dire ça, tu as loupé les dix-sept derniers rendez-vous !

Sans se lever, Victoire daigna esquisser un mouvement du buste dans sa direction.

— Bonsoir, Gabriel.

— Salut, Vic.

Il s'assit à côté d'elle, et elle sentit son cœur s'emballer, malgré la familiarité de la scène.

Ils avaient pris l'habitude de se retrouver à cet endroit le soir du 14 juillet, dès qu'ils avaient gagné l'autorisation de sortir seuls une fois la nuit tombée. Bien avant, en réalité. Hauts comme des pommes pas mûres, pas encore officiellement en « couple », mais un couple quand même aux yeux de leurs camarades, ils marchaient de longues minutes à travers les pins et la nuit pour être ensemble. Il était si facile pour Victoire de quitter sa chambre sans être vue, en utilisant le treillage des rosiers qui ornaient la façade de la maison. Elle pouvait compter sur Elias pour la couvrir, évidemment, en cas de pépin. Mais jamais elle ne s'était fait prendre. Parfois, elle redoutait, au regard que posait sa mère sur elle le matin, que cette dernière soit au courant. Les mères perçoivent ce genre de choses. Si Rose savait, elle n'en avait jamais rien dit. Sûrement parce qu'elle connaissait l'identité du prétendant, parce que sa fille ne risquait rien à rejoindre Gabriel Caltorant, un gamin qu'elle avait vu en couches et dont elle fréquentait les parents.

Victoire ne put s'empêcher de le trouver beau en dépit de la pénombre et de son envie puérile de le détester. Il avait vieilli, bien sûr. Mais c'était toujours Gabriel. Gabriel, dont elle était tombée amoureuse dès le cours préparatoire. Gabriel, le premier garçon à l'avoir vue nue. Gabriel, dont elle avait martelé le torse de coups de poing désespérés le jour de la mort de sa mère, et qui n'avait pas moufté parce qu'il avait compris qu'elle n'avait pas d'autre moyen d'exprimer sa douleur, que c'était ça ou se foutre en l'air. Gabriel, qui comme Elias lui avait tant manqué lorsqu'elle était partie. Gabriel, qui n'avait pas voulu la suivre.

— J'ai apporté du vin de ma propriété ! lança-t-il pour briser le silence qui venait de s'installer entre eux.

— Tu pourras bientôt dire de *ma* propriété, monsieur je m'accapare toutes les vignes du coin !

— C'est votre truc à vous, les Valéjane, la rancune. Ton frère me bat froid, alors que je vais débourser pour vos parcelles bien plus que ce qu'elles valent, parce qu'on se connaît depuis toujours. Malgré ça, c'est moi le méchant de l'histoire !

— Tu rachètes notre héritage, tu ne crois tout de même pas qu'il va te baiser les pieds !

Elle se fichait de la vente, certes. Mais Gabriel n'avait pas à critiquer Elias. Elle seule y était autorisée.

— Encore une fois, niveau prix, je ne vous assassine pas ! se défendit-il, vraiment agacé cette fois.

— Très malin de parler d'assassinat et d'Elias dans la même phrase ce soir !

— Roh, tu as très bien compris ce que je voulais dire !

Victoire fixa son regard vers l'horizon. Elle hésita un temps à se lever pour partir. Si le but de cette soirée était de chasser la situation actuelle de ses pensées, on était loin du résultat attendu.

— Pardonne-moi, finit-il par lâcher. Ce n'était pas malin de ma part. Tu as eu des nouvelles ?

Il paraissait sincère et Victoire se radoucit.

— J'ai rappelé la gendarmerie en fin d'après-midi. Il est officiellement en garde à vue, annonça-t-elle en masquant au mieux ses émotions.

Gabriel la connaissait assez pour savoir ce que trahissait son intonation blanche, mais également qu'il ne fallait pas chercher à la rassurer à renfort de phrases toutes faites, et elle le remercia intérieurement de s'abstenir de se prêter à l'exercice. Elle les haïssait, ces phrases à la con. Elle ne les avait que trop entendues pendant la maladie de sa mère, et jamais il ne se serait aventuré à lui débiter une platitude qui lui ferait l'effet d'une poignée de sel sur une plaie à vif.

— Ils m'ont interrogé en fin de matinée.

— Ah bon ? s'étonna-t-elle.

— J'étais à la plage hier soir, moi aussi. Tu ne m'as pas remarqué, j'étais loin derrière toi, près des escaliers, et je suis parti avant la fin du film.

— Les gendarmes t'ont parlé d'Elias ?

— Ils m'ont demandé si je l'avais vu. Je leur ai dit qu'effectivement je l'avais aperçu en train de discuter avec Félix et Antonin à la buvette, mais je leur ai aussi fait la liste de toutes les personnes que j'avais croisées ou saluées. Je n'avais pas l'œil sur la cabine de projection, et avec le nombre de spectateurs présents je ne sais pas comment ils vont s'y retrouver s'ils n'établissent pas l'heure de la mort d'Eddie avec précision.

— Tout le monde a vu tout le monde, et personne n'a vu personne, soupira Victoire.

— Et puis il y avait tellement de bruit, entre le film et la musique de la paillote. J'aurais aimé pouvoir aider Elias, vraiment.

Elle n'arrivait pas à s'ôter de la tête que si son frère et elle n'avaient pas été en froid, ils auraient probablement passé la soirée ensemble. Il aurait eu un alibi et cette angoisse n'aurait pas eu lieu d'être.

— Tu vas quand même goûter mon vin ? tenta Gabriel après quelques secondes de silence, en esquissant un air faussement contrit.

Satisfaite de passer à autre chose, elle répondit avec un rictus carnassier.

— J'en prendrais bien une gorgée pour le simple plaisir de te dire que c'est de la pisse, mais je ne bois plus d'alcool depuis que je suis partie !

— Tu n'as jamais rien fait comme tout le monde…

Il reposa la bouteille sur le sol sans l'ouvrir en soufflant, pour la forme. Il avait au moins réussi à la faire sourire en lui tendant cette perche, et elle le remercia intérieurement pour cela.

Ils restèrent de longues minutes sans parler, assis côte à côte à contempler la mer et la voûte céleste. En contrebas, la musique battait son plein et la foule se faisait l'écho de l'orchestre pour répéter des refrains iconiques. Pourtant, dans quelques minutes, beaucoup se détourneraient de la scène pour observer le feu d'artifice de la ville voisine illuminant la baie.

— C'est incroyable que Dorville n'ait toujours pas le droit de tirer son propre feu pour le 14 juillet !

— Tu sais bien qu'il y a plus d'habitants à Port-Grives, lui répéta-t-il comme il l'avait fait pendant des années.

— Je ne vois pas en quoi c'est une raison suffisante pour leur donner la priorité !

— Je te trouve bien chauvine pour une Londonienne ! Ton cœur est resté dorvillois, on dirait !

Victoire s'empourpra, mais leva les yeux au ciel pour le plaisir de ne pas lui donner entièrement raison. C'était peut-être l'effet de cette soirée. Elle réalisa qu'elle avait déjà pris cette excuse la veille, lorsqu'elle avait admis en son for intérieur qu'elle passait un bon moment sur la plage avec Laura. Elle ne s'était pas attendue à cela, convaincue qu'elle ne ferait qu'un passage éclair avant de regagner Londres. Elle était surprise par la simplicité avec laquelle, sans y prêter attention, elle se lovait dans ses vieilles habitudes depuis son arrivée.

Sans doute étaient-ce ces mêmes habitudes qui la poussèrent à se couler dans les bras et les caresses de Gabriel quelques minutes plus tard.

Lorsque leurs lèvres se touchèrent, les souvenirs des précédentes soirées passées sur cette colline se percutèrent dans son esprit, explosant à la manière des fusées dans le ciel. L'attente fébrile lorsqu'elle arrivait la première comme ce soir, et la joie lorsqu'il la rejoignait enfin. La longue plainte des feux d'artifice. Les mains de Gabriel sous son débardeur en coton. L'impression d'être les rois du monde, pendant que la foule imbécile levait les yeux pour voir ces filaments colorés zébrer la nuit.

Gabriel embrassa son cou, doucement d'abord, comme si une myriade de papillons se posaient sur sa peau avant de reprendre leur vol, puis plus ardemment, laissant ses doigts jouer avec les courtes mèches qui léchaient la nuque de Victoire.

Elle avait aimé des hommes depuis lui, évidemment. Vécu avec certains. Elle avait désiré, joui, prononcé des mots tendres qu'elle pensait la plupart du temps, fait des projets d'avenir, fait l'amour sans aimer, fait la morte devant un téléphone à la passion trop insistante. Gabriel avait été le point de départ de sa vie sentimentale, mais il n'était pas son tout. Elle ne l'aimait plus, plus comme cela, plus avec la même intensité. Pourtant elle était là, à frémir dans ses bras, sous ses caresses, à faire semblant d'avoir seize ans quand certaines années avaient compté comme des années de chien, peut-être justement pour oublier ces années, pour oublier son père, oublier Elias, oublier le temps qui passe et emporte tout. Elle le désirait, parce qu'elle savait qu'elle pouvait s'abandonner à lui sans crainte d'être abandonnée, parce qu'elle savait qu'elle resterait toujours celle qui part en premier.

Les doigts de Gabriel se débattaient avec la boutonnière trop ajustée de son pantalon. Lorsqu'il effleura la partie la plus sensible de son ventre, Victoire sursauta et ne parvint pas à réprimer un éclat de rire.

— Toujours aussi chatouilleuse !

Elle libéra elle-même le bouton récalcitrant.

— Toujours !

Elle l'attira de nouveau vers elle et l'embrassa.

Certaines phrases peuvent changer le cours d'une existence. Certaines questions peuvent bousiller une soirée.

Tandis que Gabriel, qui était enfin venu à bout du pantalon de la jeune femme, s'apprêtait à faire subir le même sort au sien, assisté par Victoire, une pensée traversa son esprit. C'était le moment le plus inopportun qui soit, surtout considérant qu'elle avait jusqu'ici réussi à la réprimer. Mais la question résista cette fois à toute tentative d'effacement.

— J'ai appris que tu avais été marié…, murmura-t-elle avec une innocence feinte.

— Tu veux vraiment qu'on en parle maintenant ? répondit Gabriel dont la langue jouait avec le lobe de son oreille.

Sa bouche descendit lentement vers son menton. Il tenta de l'embrasser mais Victoire se dégagea légèrement pour continuer à le titiller.

— Personne n'a voulu me dire avec qui, c'est étrange…

— Cela n'a pas d'importance, c'est terminé.

— OK, OK.

Elle lui abandonna sa bouche cette fois, savoura cet instant, mais revint à la charge quelques secondes plus tard. Un baiser, même délicieux, ne suffisait pas pour lui ôter une idée de la tête, surtout maintenant que Gabriel bottait ostensiblement en touche.

— Dis-moi qui c'est, supplia-t-elle, avec une moue à laquelle, elle l'espérait, il succomberait.

— Même pas en rêve.

Il posa de nouveau ses lèvres sur les siennes, mais elle ne lui laissa pas le temps de rendre son baiser plus passionné.

— Tu peux me le dire, je m'en fiche.

— Mais bien sûr, ricana Gabriel.

— Je finirai par le savoir, de toute façon, continua Victoire en laissant glisser sa main très doucement sur son torse nu, le faisant frissonner.

Gabriel abdiqua.

— Très bien. Mais tu ne vas pas aimer, souffla-t-il.

— Allons, ça ne peut pas être si honteux !

Il prit une longue inspiration.

— Charline Naillard.

Victoire eut un mouvement de recul animal.

— Tu te fous de ma gueule ?

— On a divorcé il y a six ans, se défendit-il.

Elle lui lança sa chemise au visage.

— Tu as épousé cette espèce de tarée pernicieuse, de vipère, cette sale garce de Naillard ? cracha-t-elle en détachant parfaitement chacune des syllabes de sa phrase. T'as subi une lobotomie ou quoi ? Comment tu as pu faire un truc pareil ?

Elle lui envoya une vive tape dans l'épaule qui le prit par surprise en dépit du lancer de chemise qui n'était qu'un doux préambule à son courroux.

— Aïe ! Mais arrête enfin ! C'est pas si terrible !

— « Pas si terrible » ? Tu te fiches de moi ? J'ai failli finir en taule à cause d'elle !

Cette fois, elle lui jeta sa propre chaussure, l'obligeant à se lever pour éviter de recevoir la seconde, qu'elle prenait déjà en main, en plein visage.

— Dis donc ! T'étais pas en reste toi non plus pour les vacheries ! Tu as oublié la fois où tu as rempli son casier avec des asticots !

— Oh ! Bravo ! C'est ce que tu t'es dit pour te donner bonne conscience au moment d'échanger tes vœux avec cette sale hyène ? Je te rappelle pour info que la veille, elle avait piqué mon soutif dans les vestiaires et l'avait épinglé sur le tableau des absences, avec une affiche qui disait « Victoire Valéjane est tellement plate qu'elle achète ses brassières au rayon enfant » ! Et puis merde, Gabriel, tu ne peux pas mettre ces gamineries sur le même plan que la dénonciation à la gendarmerie !

Elle commença à se rhabiller devant un Gabriel en boxer qui ouvrait et fermait la bouche comme un poisson hors de l'eau, incapable de déterminer quelle phrase il pouvait prononcer sans l'irriter plus encore. Hélas, il choisit la pire.

— Cela aurait pu être toi. Si tu avais dit oui.

Son haut enfilé sur ses poignets, Victoire cessa net son mouvement. L'énervement fit place à une affliction véritable.

— C'était donc ma punition ? Pour avoir refusé de me marier à dix-huit ans ? À la place, tu as épousé la plus grande pétasse de Dorville ? Félicitations, Gabriel, continua-t-elle sur un ton neutre mais ferme. Tu m'as bien punie.

— Arrête, ce n'est pas ce que j'ai voulu dire, essaya-t-il.

— Parce que ce n'était pas une demande en mariage ! continua-t-elle sans tenir compte de sa remarque. C'était une assignation à résidence. « Ne pars pas ! Épouse-moi ! » Reste ou on se quitte.

— Et cela aurait été si horrible de rester ?

Elle le toisa, gagnée par la sensation de se réveiller après un rêve trop vivide.

— Tu n'as toujours pas compris.

Elle enfila son top, relaça ses chaussures. Puis elle le regarda une dernière fois.

— Je viens de vivre dix-sept ans sans toi, et je constate que cela m'a très bien réussi. Et je sens que je vais tout à fait pouvoir vivre encore cent ans de plus sans voir ta tronche !

Victoire s'éloigna dans la nuit, laissant Gabriel seul avec sa bouteille de vin, ses regrets et sa frustration.

21

En bas de la colline, dans le village, la fête battait son plein. Victoire, elle, ne décolérait pas. *Connard*, *traître*, *faux-cul*, *enfoiré*, et autres noms d'oiseaux se frayaient sans peine un passage entre ses dents, mais ce flot d'injures censé être cathartique n'avait en réalité aucun effet sur sa rage et le sentiment de trahison qui s'était logé dans chaque parcelle de son corps.

Charline Naillard.

Pas étonnant que personne ne se soit aventuré à lui révéler l'identité de la mystérieuse et infâme *madame* Caltorant ! Gabriel n'aurait pas pu trouver meilleure candidate pour l'emmerder. Pour la blesser. Était-ce ce qu'il avait cherché à faire ? N'était-elle pas en train de s'accorder trop d'importance ? On n'épouse tout de même pas une femme pour faire souffrir son amour de lycée. Parmi l'infinie multitude de candidates potentielles, il avait jeté son dévolu sur la personne que Victoire détestait le plus. Gabriel n'était pourtant pas en reste à l'époque pour fustiger son attitude de peste. Il avait fini par se marier avec elle. Il avait couché avec elle. Il avait partagé son quotidien, ses petits déjeuners, des repas de Noël ou de Pâques, il l'avait vue au réveil, nue, sous sa douche, avec la goutte au nez et une gastro-entérite, il avait fréquenté ses parents, ses amis, s'était disputé avec elle à propos d'une plaquette de beurre mal refermée ou de la poubelle à sortir. Il lui avait dit « je t'aime ».

Elle avait la nausée.

Ses pas la menèrent sur la place des Peupliers où clamaient toujours trombones et cymbales devant une foule de danseurs éméchés. Victoire savait que si elle regagnait sa chambre d'hôtel maintenant, elle serait incapable de dormir et tournerait en rond jusqu'au matin en fomentant des plans de vengeance aussi absurdes qu'inconséquents, et surtout inutiles. Même imaginer Gabriel et sa pouffe se faire bouffer par des pumas ne saurait panser cette blessure, et la vue des habitants de Dorville en train de prendre une biture à la mauvaise sangria que l'on servait pour la fête ne pouvait être pire que les images qu'elle avait en tête en songeant à ce couple sorti de ses cauchemars.

Victoire fendit la foule pour rejoindre la buvette. Le mieux aurait été de commander un Primpéran pour mettre fin à son envie de vomir, mais elle se contenta d'un Perrier. Les tables dressées pour la sardinade avaient été rangées afin de laisser place aux danseurs. Malgré la présence d'un fourgon de la gendarmerie à quelques mètres de l'estrade, une foule compacte se déhanchait sur la piste. L'alcool et les lumières stroboscopiques semblaient avoir effacé des esprits les crimes des jours précédents. Elle chercha Laura et Antonin des yeux, en vain. Ses amis avaient déjà dû rentrer chez eux. C'était peut-être mieux ainsi. Victoire n'aurait pas pu s'empêcher de reprocher à Laura de lui avoir caché que Gabriel avait épousé Cruella de Dorville, alors que c'était elle qui avait spécifiquement souhaité ne rien savoir de la vie sentimentale de son ex. Ce type de conversation ne mènerait nulle part. Elle ne pouvait agir sur le passé.

En revanche, elle pouvait influer sur l'avenir.

L'idée était folle, délirante, un brin dangereuse. C'était le genre de plan que la Victoire du lycée aurait pu avoir. Le genre de bêtises avec lesquelles elle s'était promis de ne jamais renouer. Mais elle était si furieuse ! Elle devait canaliser cette énergie négative avant qu'elle la consume de l'intérieur. Et elle ne connaissait qu'un seul moyen d'y parvenir. L'heure était venue pour *Calamity Valéjane* de reprendre du service.

Elle abandonna son verre sur le comptoir et s'avança vers Johan qu'elle avait repéré quelques instants plus tôt, en pleine discussion avec un groupe.

— Ramène-toi. On a un truc à faire, lança-t-elle, une fois arrivée à sa hauteur.

Elle l'attrapa par le bras et l'entraîna dans son sillage, sans que le journaliste comprenne vraiment ce qui se passait. Il salua ses interlocuteurs d'un geste de la main désolé.

— T'as eu des infos ? s'enquit-il.

— Non, mais on va en trouver.

— Comment ça ?

— On va pénétrer chez Fabien Bugnoli.

****

Johan regardait Victoire s'échiner sur la porte de l'immeuble tout en jetant des coups d'œil inquiets de part et d'autre de la ruelle.

— Ce n'est pas comme ça que je travaille d'ordinaire, fit-il remarquer.

— Je croyais que tu voulais un scoop !

Victoire replaça la rubalise qui barrait l'entrée du bâtiment.

— Par là, c'est impossible, soupira-t-elle, reculant d'un pas pour observer la façade jaune soleil.

Le petit immeuble ne comptait que deux étages, dont les volets du dernier étaient fermés. Quant au rez-de-chaussée, il s'agissait d'un fonds de commerce que Victoire n'avait jamais connu en activité. L'ancienne vitrine était condamnée par un vieux contreplaqué cloué que les jeunes de la ville n'avaient pas manqué de personnaliser, mêlant « fuck » et « je t'aime » dans tous les coloris et calligraphies possibles.

— Tu sais, en théorie, les gendarmes ont tout embarqué : téléphone portable, ordinateur, agenda. On n'aurait rien trouvé d'utile.

— Son appartement doit être au premier, nota-t-elle sans prêter attention aux paroles de Johan. Ce n'est pas très haut. Si je monte sur tes épaules, je peux atteindre la fenêtre.

— Et après, tu fais quoi ? demanda-t-il, peu convaincu par le plan de Victoire.

— Je pète le carreau, j'ouvre, j'entre. Toi, tu escalades par la gouttière, et tu entres à ton tour.

Le journaliste resta un instant interdit devant ce pragmatisme criminel, mais n'objecta pas. Au contraire, il pesa rapidement le pour et le contre, et sembla percevoir ce qu'il y avait à retirer de l'aventure.

— Je pourrais prendre une ou deux photos de l'intérieur et dire qu'elles m'ont été généreusement données par une source anonyme, conclut-il avec un petit sourire satisfait.

Victoire exulta. Elle avait trouvé un partenaire de jeu à sa mesure.

Johan se baissa afin que sa comparse puisse monter sur ses épaules. Victoire atteignit l'appui de fenêtre sans grande difficulté et s'y agrippa, diminuant ainsi la charge qui pesait sur le journaliste.

Elle ne pouvait nier éprouver de la jubilation à flirter de nouveau avec les limites, à les dépasser même. Ce qu'ils s'apprêtaient à faire était illégal et pas très moral, mais la bouffée d'adrénaline qui l'envahissait mettait son angoisse à distance, comme avant, comme lorsqu'elle cherchait à tout prix à oblitérer le gouffre qu'elle avait au cœur du ventre en accumulant les actes délictueux. Johan avait cependant raison, il y avait peu de chance qu'ils découvrent un élément permettant de disculper Elias. Néanmoins, l'espace de quelques instants, elle aurait la sensation d'œuvrer pour lui, au lieu de se morfondre en vérifiant son téléphone portable toutes les trois minutes. Une heure plus tôt, elle avait failli coucher avec Gabriel. Briser un vieux carreau serait une moindre erreur en comparaison. C'était en tout cas ce qu'elle se répétait en utilisant son sac pour protéger son coude des éclats de verre de la vitre.

Elle se figea en attendant le bruit provoqué par les morceaux tombant sur le parquet à l'intérieur. Johan et elle regardèrent de part et d'autre de la ruelle, mais pas une ombre ne bougea. La majorité des habitants et des touristes étaient à la fête. Victoire remit son sac en bandoulière, puis glissa sa main à travers le trou qu'elle venait de percer. La fenêtre était vraiment vieille. Elle parvint aisément à faire tourner la poignée, puis ouvrit les deux battants. Elle se hissa à l'intérieur, tandis que Johan poussait sur son postérieur, en s'excusant d'être contraint de lui toucher les fesses afin de lui faciliter la manœuvre.

Sur le parquet de l'appartement, les débris de verre craquèrent sous ses pieds. Elle fut frappée par le remugle qui s'était installé en seulement deux jours, et fit volte-face vers l'extérieur pour guetter Johan et échapper à cet air vicié.

Resté dans la rue, le journaliste entreprit de grimper le long de la gouttière. Agile et téméraire, à croire qu'il n'en était pas à sa première effraction, il atteignit la hauteur de l'appui de fenêtre sans peine, et Victoire lui tendit les bras pour l'aider à entrer dans le salon.

— Tu vois, ce n'était pas si compliqué ! s'exclama-t-elle à voix basse tandis que Johan frottait ses vêtements.

— Je ne doutais nullement de tes aptitudes. Si mes souvenirs sont exacts, il a toujours été dit que c'est toi qui avais forcé la porte de la cantine du lycée pour y organiser une fête pendant le week-end de Pâques !

— Cela n'a jamais été prouvé, énonça Victoire en affichant une moue espiègle qui en disait long quant à son implication dans l'affaire.

— Soit. Il paraît que ceux qui avaient fomenté cette soirée faisaient payer l'entrée.

— Il paraît que c'était cher la location d'un canon à confettis.

Le souvenir de cette soirée lui arracha un sourire. La recherche d'adrénaline, là encore. Sans compter la fierté qu'elle avait éprouvée en accueillant ses camarades, passés sous le grillage à l'arrière de l'établissement avec la complicité de Laura, dans le réfectoire. La fête avait été un triomphe, même si les sirènes des véhicules de la gendarmerie avaient fait fuir les adolescents plus tôt que prévu. Elle se souvint de son cœur battant tandis que ses amis et elle traversaient en courant le terrain vague à l'arrière de l'établissement par crainte de se faire rattraper. Mais elle n'avait pas le temps de fanfaronner en songeant à ses frasques passées. Elias, Fabien, Eddie. Tous présents ce soir-là. Tous liés désormais. Si des éléments de réponse se trouvaient chez Bugnoli, Johan et elle devaient se remuer au lieu d'évoquer ses bêtises d'antan.

Elle enclencha la fonction lampe torche de son téléphone portable et observa la pièce d'un regard circulaire. Cuisine à l'américaine avec bar et tabourets, canapé d'angle faisant face à un poste de télévision d'une taille démesurée, table basse, tapis, quelques meubles contre les murs. C'était si banal qu'elle ne savait par où commencer, d'autant que les placards avaient visiblement été fouillés. Certains tiroirs et portes étaient restés ouverts, et les gendarmes, à en juger par les restes de poudre noire sur les surfaces planes et les poignées de porte, avaient relevé de potentielles empreintes. À côté d'un tel arsenal, Victoire se sentit soudain ridicule. Que pensait-elle pouvoir découvrir de plus que des professionnels, elle dont les seules recherches portaient sur la meilleure pizza de Naples ou l'authentique recette du strudel aux pommes ? Il ne s'agissait pas d'écrire une petite chronique amusante, mais d'une enquête sur un double homicide, et sa morgue face à tout cela lui sauta au visage.

— C'est bien ce que je disais. Pas d'ordinateur, pas de portable. Rien, nota Johan qui avait déjà effectué un tour rapide du logement et sortait de la chambre de Bugnoli.

Victoire ne répondit pas et pivota sur elle-même, contemplant une nouvelle fois la pièce, sans parvenir à admettre à haute voix que cette entreprise était aussi idiote qu'inutile. Sur un buffet en bois clair, des cadres photo attirèrent son attention. Peut-être Fabien avait-il finalement quelqu'un dans sa vie ?

Ce maigre espoir fut douché dans l'instant. La plupart renfermaient les portraits de personnes âgées, probablement des grands-parents et autres aïeuls, à en juger par les teintes sépia ou grises des clichés. En revanche, elle reconnut tout de suite la jeune femme que Fabien tenait par l'épaule sur la photo la plus récente. Judith.

— Il a fait un très beau discours lors de la cérémonie organisée par ses parents pour son anniversaire, il y a quelques semaines. J'y étais, on a publié un court papier à ce sujet. C'était triste aussi parce qu'on comprenait qu'il cherchait toujours des raisons à son suicide, même après toutes ces années. Il parlait du fait de ne pas oublier, des responsabilités de chacun, du poids du silence. On le sentait encore très ému.

— Ils étaient inséparables, se rappela Victoire, dont la mémoire s'était ravivée à la vue de la photographie.

Un afflux de souvenirs remonta à la surface. Peut-être parce que Johan venait d'évoquer la soirée illicite du week-end de Pâques. Elle se revit au milieu du réfectoire, savourant son triomphe, tandis que des adolescents extatiques se trémoussaient sur la piste de danse improvisée au son de *Let's Get it Started* des Black Eyed Peas. Parmi eux, Fabien et Judith. La jeune fille semblait virevolter dans sa robe verte à sequins que Victoire lui avait enviée lorsqu'elle était entrée, entraînée par son cousin qui riait aux éclats en dansant gauchement. Si les mouvements de Bugnoli n'avaient pas été aussi raides, ils auraient pu faire penser à un couple de patineurs artistiques. Paraissant se suffir à eux-mêmes, ils n'appartenaient pas à son cercle d'amis proches, mais manquaient rarement une fête. Elle n'avait pas le souvenir d'avoir discuté avec Judith. Peut-être avaient-elles évoqué la musique, leurs tenues vestimentaires ou échangé des avis dithyrambiques à propos de certains profs du lycée. L'existence de la jeune fille lui faisait l'effet de s'être déroulée dans son angle mort. Il aurait suffi que Victoire tourne la tête, légèrement, pour en apprendre plus, pour la connaître. Mais elle ne l'avait pas fait. Parce que face à elle, au centre de son monde, il n'y avait toujours eu que Laura, Elias, Gabriel et Antonin.

Pourtant, depuis qu'elle était revenue à Dorville, depuis cette première soirée où elle avait longé la falaise dans la voiture de son ami, cette tragédie ne cessait de revenir au premier plan.

Ce sentiment se confirma lorsque Victoire porta son attention sur le mur de gauche.

Contre ce pan était accolé un petit secrétaire, du même bois que le buffet. Les tiroirs, abandonnés à demi ouverts, ne renfermaient que des trombones, enveloppes et autres éléments de papeterie des plus classiques. Sur la surface demeuraient quelques stylos et un sous-main où devait reposer l'ordinateur portable que les gendarmes avaient emporté. Victoire leva son téléphone et fit courir le faisceau de lumière sur le mur. Elle ne saisit pas tout de suite ce qui clochait, mais avait l'impression d'une incohérence. Fabien Bugnoli avait punaisé directement les menus de plusieurs restaurants qui proposaient des plats à emporter, un autre cliché de Judith et lui, un de ces photomatons pâles et grisâtres où leurs deux visages souriants se collaient, le dessous de verre en liège d'un bar karaoké de la ville voisine, et deux calendriers. Le premier, un classique de La Poste, représentait une chèvre courant dans la neige. Le second, d'un format plus imposant, avait été offert par l'amicale des joueurs de pétanque de Dorville. Victoire cessa de balayer le mur et s'intéressa à ce dernier. Il lui évoquait quelque chose de familier. Elle avait déjà vu ces images, des photographies de divers endroits de la ville, comme le phare, la plage des rafiots ou la fontaine de la place des Peupliers. Le même calendrier trônait à l'époque dans la cuisine familiale. Et pour cause. Il était daté de 2004.

Elle interpella Johan. Ce dernier avait le nez dans les tiroirs du bureau.

— Regarde un peu ça ! Pourquoi quelqu'un afficherait un calendrier moche vieux de dix-sept ans ?

— C'est vrai que c'est étrange…, nota le journaliste.

Elle décrocha le panneau cartonné du mur. Tous deux l'observèrent sans rien dire pendant quelques instants.

Le calendrier ne comportait aucune date cochée, aucune inscription, avant le mois d'avril. Dans cette colonne, en revanche, deux dates étaient encerclées de rouge. Le samedi 10 avril, puis le dimanche 18. Rien après cela.

Victoire rapprocha son téléphone portable pour vérifier un élément. Sans l'anecdote que Johan lui avait remémorée quelques minutes plus tôt, cela ne lui aurait pas traversé l'esprit.

— 11 avril. Pâques. Le samedi 10, c'est donc la date à laquelle j'ai organisé la soirée dans le réfectoire.

— Ah ! Tu avoues ! jubila Johan.

— Quant au dimanche 18, continua-t-elle sans relever, c'est le jour où Judith a été retrouvée sur la plage.

Le lundi matin, au retour des vacances, les élèves se regardaient tous en chiens de faïence devant les grilles du lycée. Elle paraissait loin, la soirée clandestine dans la cantine, et cette insouciance qui allait de soi. Leur intrusion n'avait donné lieu à aucune enquête ni sanction. Le proviseur était trop occupé à mettre en place une cellule de crise pour que les adolescents puissent parler de la mort de leur camarade à des personnes compétentes.

La fête et la mort de Judith.

Les deux seuls événements que Fabien Bugnoli avait choisi d'entourer sur ce vieux calendrier fané.

Elle n'eut pas le temps d'essayer d'établir un lien entre ces dates ni même de se pencher sur la manière dont cette soirée, noyée au milieu des souvenirs de ses jeunes années, revenait sur le devant de la scène.

La lumière du plafonnier s'alluma, les faisant sursauter.

Dans l'encadrement de la porte d'entrée se tenaient deux gendarmes, et ils n'avaient pas du tout l'air d'apprécier ce qu'ils voyaient.

22

— J'ai vraiment envie d'appeler la procureure et de vous faire inculper tous les deux sur-le-champ ! beugla le capitaine Elme en frappant le bureau de la paume de sa main.

La petite danseuse de *hula* rebondit sous l'effet du choc et se renversa.

Assis en face, Victoire et Johan ne faisaient pas les fiers. Le journaliste avait même l'air carrément effrayé. Pas Victoire. Ce n'était pas la première fois qu'elle affrontait la fureur du capitaine. Il aboyait, mais ne mordait pas. Cela dit, il y avait peu de chances que Mathilda Caltorant vienne la tirer d'affaire ce soir. Son complice et elle devraient se débrouiller seuls pour expliquer ce qu'ils fichaient chez un mort au beau milieu de la nuit et d'une enquête pour un double homicide. Sans parler de l'état de la fenêtre. Vu comme cela, la situation paraissait plus critique qu'elle ne l'était dix-sept ans plus tôt.

Lorsqu'elle s'était mis en tête de pénétrer chez Bugnoli, elle n'avait pas du tout songé à l'éventualité que les gendarmes planquent à proximité de son domicile. Elle les croyait tous affairés à surveiller la fête, comme Antonin le lui avait confié plus tôt dans la journée. Elle accusa Gabriel en son for intérieur. Rien de cela ne serait arrivé si ce sale traître n'avait pas épousé sa dinde parfaite et sournoise.

— Nom de Dieu, Victoire, tu pensais à quoi ? reprit Elme, optant pour le tutoiement qu'il employait lorsqu'elle était adolescente, assorti de ce ton inquiet et paternaliste qu'elle connaissait trop bien. Cela fait à peine trois jours que tu es ici ! Tu m'avais promis d'arrêter tes bêtises !

Il avait l'air si dépité qu'une vague de culpabilité envahit la jeune femme.

— Quant à toi, Clermont, j'ai toujours cru que tu étais plus futé que tes collègues, mais il faut croire que je n'ai plus de flair et que je ferais mieux de prendre ma retraite, grogna-t-il.

Johan baissa les yeux comme s'il cherchait à analyser la couleur de ses chaussures, et Victoire se sentit plus fautive encore. Sans ses suppliques, le journaliste n'aurait jamais eu l'audace de pénétrer chez Bugnoli. Elle aurait l'air maligne s'il se faisait licencier ou finissait avec un casier par sa faute. Tout ça parce qu'elle était furieuse après Gabriel ! Elle se retrouvait de nouveau à la gendarmerie à cause de cet imbécile !

— On a décidé de faire le guet devant chez Fabien Bugnoli parce qu'il y a eu une tentative d'effraction plus tôt dans la soirée, au domicile d'Eddie Arolas, enfin chez sa grand-mère, Solange. C'était vous aussi ? les invectiva Elme.

— Bien sûr que non ! se défendirent de concert Victoire et Johan. Quelque chose a été volé ? osa néanmoins la jeune femme.

Une personne avait essayé de pénétrer chez Eddie. Ils n'étaient peut-être pas les seuls à vouloir découvrir la vérité. À moins que le meurtrier s'efforce d'effacer ses traces ? Elle frémit à la pensée qu'ils auraient pu se retrouver nez à nez avec l'assassin en s'introduisant chez Fabien Bugnoli.

— En entendant du bruit, Solange Arolas a pris le vieux fusil de feu son mari et a tiré en l'air ! Le coupable s'est enfui. Elle nous a appelés ensuite.

— Il n'y avait donc qu'une seule personne ! Vous voyez, ce n'est pas nous ! triompha Victoire.

Elme se renfrogna.

— En tout cas, chez Bugnoli, c'est bien vos deux têtes de clowns qu'on a surprises au milieu du salon ! Est-ce que vous vous rendez compte de la mouise dans laquelle vous vous êtes fourrés ? Vous vous prenez pour qui ? Des détectives ? On n'est pas dans une foutue série télévisée !

— Je voulais aider mon frère, marmonna Victoire, tout en sachant que son argument ne valait pas un clou.

— C'est vrai que cela va arranger son cas si tu es enfermée dans la cellule voisine de la sienne ! railla le capitaine, excédé et fatigué. Vous pourrez discuter en morse à travers la cloison !

— Il faut qu'on appelle un avocat ? s'enquit Johan, la voix chevrotante.

— « Il faut qu'on appelle un avocat ? » singea Elme en grimaçant. Non, pauvres cloches ! Parce que si vous appelez un avocat et que j'appelle la procureure, on en a pour la nuit ! Et moi, la nuit, normalement, je dors !

Il souffla par les narines de manière sonore, paraissant hésiter quant à sa décision. Au bout de quelques instants qui leur parurent des heures, il reprit :

— Vous allez repartir sans faire de vagues, en baissant la tête et les oreilles. Je ne veux plus entendre parler de vous jusqu'à la fin de cette enquête, dont vous n'avez pas à vous mêler, et même, jusqu'à la fin de ma vie !

Victoire et Johan se regardèrent, stupéfaits.

— Dégagez ! hurla Elme. Sortez de mon bureau avant que je change d'avis !

Les deux complices ne se le firent pas dire une troisième fois et se levèrent en vitesse, manquant faire tomber leurs sièges au passage. Victoire avisa la poupée en plastique, toujours couchée sur le flanc, et la remit debout sur son socle, résistant à l'envie de la faire danser. Elme aurait implosé.

Avant de refermer la porte du bureau, elle jeta un dernier regard en direction du capitaine, et articula un « merci » inaudible, qu'il balaya d'un geste de la main, l'air las. Elle aurait aimé lui assurer qu'il ne la reverrait plus, pour de vrai, cette fois. Mais elle savait que tenir des promesses n'était pas son point fort, et qu'entre l'avenir de son frère et un serment quel qu'il soit, il n'y aurait jamais de dilemme.

Et maintenant, il y avait cette histoire de dates qu'elle ne pouvait s'ôter de la tête et qui titillait sa curiosité au plus haut point.

Qui pouvait gager où son penchant pour l'adrénaline l'entraînerait ? Oui, mieux valait quitter la gendarmerie sans mot dire, et épargner ce pauvre capitaine avant qu'il arrache le peu de cheveux qu'il lui restait ou se mette à secouer la tête dans tous les sens comme sa vieille poupée en plastoc.

11 avril 2004

Cette soirée était complètement dingue ! J'en reviens toujours pas d'avoir organisé un truc pareil ! Remercions ce crétin de proviseur adjoint pas fichu de surveiller son trousseau de clés !

Pour éviter de se faire griller si tout le monde était au courant, on n'a invité que des terminales, et quelques élèves de première de la classe d'Elias. Et surtout pas cette sale garce de Charline et ses copines ! J'imagine sa tronche quand elle va apprendre qu'on a donné la fête du siècle sans elle ! Ben ouais, si je suis une looseuse mal fringuée, pourquoi venir à une soirée que j'ai organisée ?

La fête était délirante. C'est pas tous les jours qu'on a l'occasion de danser sur les tables de la cantine ou de piller le stock de glaces des congélateurs ! C'était absolument dingue. Jusqu'à l'arrivée des gendarmes. Les boules. Heureusement que quelqu'un qui se trouvait près de l'entrée principale a entendu les sirènes malgré le bruit, sinon on aurait vraiment été mal. On a coupé la musique, et on s'est tirés vite fait par là où on était entrés. C'était un peu plus court que prévu, mais c'était quand même très chouette.

Il est 4 heures du matin, et mes cheveux puent l'huile de friture. Si maman était encore là, elle l'aurait remarqué et aurait vite grillé mon mytho. J'ai dit que j'allais à une rétrospective Billy Wilder au Rose Bud. Mais lui, il s'en fiche, je pourrais sentir la beuh ou le cadavre, il ne verrait pas la différence. Je rentre à 3 heures du mat' d'une soi-disant soirée au ciné et il me calcule même pas.

Il lève à peine son cul du canapé et ne fiche pratiquement plus les pieds à l'exploitation. Dès qu'Elias rentre du lycée, il balance son sac à dos dans l'entrée, et va contrôler les vignes. Franchement, il m'impressionne. On dirait un adulte. Il ne se dégonfle pas, il demande des comptes aux contremaîtres, et même à Hugo Caltorant ! Je crois qu'il n'aime pas trop le voir dans les parages. J'essaie de lui rappeler qu'il veut aider, que c'est en grande partie grâce à lui que les choses tournent pendant que papa larve devant le Juste Prix. Alors il me sort des trucs comme « C'est pas un Caltorant qui va expliquer à un Valéjane comment diriger son entreprise ! » et je lève les yeux au ciel, mais en réalité je suis hyper fière de lui. Mon petit frère ! Dire qu'il y a un an il ne se rasait pas encore !

C'est aussi pour ça que je voulais organiser un truc énorme. Je voulais lui changer les idées. Je voulais qu'il ait vraiment seize ans, le temps d'une soirée. Je sais qu'un jour, il reprendra l'affaire familiale et qu'il ira loin. Je crois en lui comme en personne d'autre sur terre. Mais cela me fait aussi mal au cœur de le voir froncer les sourcils en essayant de comprendre quelque chose aux livres de comptes.

Il méritait une belle soirée. Un moment d'insouciance. Juste comme ça, parce que c'est mon petit frère et que je l'aime de tout mon cœur. Forcément, je ne vais pas lui dire ça, il se foutrait de ma gueule. À la place, j'ai loué un canon à confettis. On est allés jusqu'à Perpignan avec le cousin de Laura qui a le permis. Je lui ai filé trente euros en plus du prix pour qu'il le loue à son nom et qu'on remonte pas jusqu'à moi. On a rempli sa voiture de sacs de cinquante kilos de confettis et on les a planqués dans un fourré derrière le gymnase, avec l'alcool, la bouffe (on n'était pas certains de ce qu'on allait trouver dans les frigos et les congélateurs pendant les vacances scolaires, et puis la macédoine qui ressemble à du vomi de chat, non merci !). On a aussi pris un tas de gobelets en plastique, car Antonin veut toujours organiser des jeux à boire à la con. C'est mon pote, mais parfois, il est un peu relou. Bref.

Ce soir, enfin hier soir, Gabriel, Antonin, Elias, Laura et moi on a tout rentré discrètement en passant sous le grillage (on n'a rien vandalisé, ce truc est plus vieux que Charles Aznavour), et une heure après, on accueillait les premiers « invités ». On risquait pas grand-chose, le proviseur et sa femme sont partis en Écosse jusqu'à la semaine prochaine.

La tête des potes quand ils sont entrés dans la cantine et ont vu la déco ! C'était épique. Judith Mérieux m'a dit que je pourrais organiser des soirées à Cannes ! Trop mignonne ! Je sais pas pourquoi elle passe son temps collée à son cousin. Il est super effacé, pas très drôle, alors qu'elle, elle est sympa et jolie comme tout. Je la verrais bien avec Elias.

En vrai, la soirée s'est déroulée comme toutes celles qu'on organise chaque samedi. On a dansé, sauté, certains ont trop bu et gerbé, il y a eu des engueulades et des couples qui se sont formés, d'autres personnes ont disparu pendant des heures (je soupçonne Laura et Antonin de s'être envoyés en l'air dans le vestiaire des cantiniers, même si pour le moment, elle nie), tout le monde en a profité pour explorer chaque pièce du bâtiment comme s'ils participaient à Fort Boyard *(on en a entendu crier comme des tarés), il y a eu des embrouilles, des baisers, des larmes, et beaucoup, beaucoup de confettis.*

Je suis rincée, je vais aller dormir.

Demain, enfin, aujourd'hui, c'est Pâques en famille.

Si on peut encore appeler ça comme ça…

15 juillet

23

Elias.

Son frère fut la première personne à laquelle Victoire pensa en ouvrant les yeux.

Elias.

Son ventre se noua.

Sortirait-il enfin aujourd'hui ? Ou, au contraire, sa situation allait-elle se compliquer plus encore ? Ses connaissances en droit étaient maigres, mais il lui semblait qu'une garde à vue pouvait être prolongée de vingt-quatre heures selon la gravité des faits. Et on ne parlait pas d'un vol de carambars. Elias avait-il au moins fait appel à un avocat ? Il était tellement borné qu'elle le savait capable d'avoir refusé cette assistance.

Elle avait laissé un message sur le répondeur de l'office notarial pour annuler leur rendez-vous, prévu à neuf heures trente, puis s'était endormie la tête bouillonnante de questions. Est-ce que Fabien avait découvert un élément qui expliquait la mort de Judith, dix-sept ans après ? Et Eddie ? Comment son meurtre s'imbriquait dans tout cela ? Y avait-il vraiment un lien entre ces deux homicides ou s'agissait-il d'une improbable coïncidence ? Si tel était le cas, est-ce que cela suffirait à infirmer l'implication potentielle d'Elias ? Encore faudrait-il parvenir à prouver qu'il y avait deux tueurs, et cette hypothèse paraissait peu probable.

Son téléphone portable indiquait à peine neuf heures quinze, et déjà le bal des interrogations reprenait de plus belle. Elle éprouva l'envie de plonger sa tête dans l'oreiller pour hurler un bon coup. Ce sentiment d'impuissance l'insupportait. Depuis la disparition de sa mère, Victoire avait toujours œuvré pour être la seule maîtresse de son destin, et les rares fois où elle avait laissé échapper ce pouvoir, elle avait ensuite resserré les rênes avec plus de poigne encore. Elle devait reprendre le contrôle. Par n'importe quel moyen.

Retourner fouiner chez Bugnoli était cependant exclu. Elme avait été clair, il la ferait coffrer en un rien de temps, et elle ne reverrait pas Londres avant que le petit George devienne roi. Même scénario si elle se rendait chez Eddie. Nul doute que le capitaine avait laissé ses chiens de garde en planque là-bas aussi après la tentative d'effraction de la veille. En pénétrant chez Fabien, Johan et elle étaient en quête d'indices. Que cherchait celui ou celle qui avait essayé de pénétrer chez les Arolas ?

Contrairement à Fabien, elle n'imaginait pas son vieux copain Eddie enquêter sur quoi que ce soit, en dehors des meilleurs revendeurs d'herbe de la région. Le lien qui unissait le vidéaste amateur à cette histoire devait être plus ténu. Peut-être avait-il vu ou entendu quelque chose concernant le meurtre de Bugnoli ? Et si Eddie n'avait en réalité été qu'un témoin gênant qu'il fallait éliminer ? Détenait-il une preuve contre le tueur ?

Elle ne pouvait pas passer la journée dans ce lit, à se perdre en conjectures. Elle devait se montrer méthodique.

Si elle voulait mettre fin à la garde à vue d'Elias, elle devait savoir ce qu'il avait fichu le soir où Fabien avait été tué. À défaut de lui dégoter un alibi, à propos duquel les gendarmes avaient déjà dû le cuisiner, il lui fallait en apprendre davantage sur les habitudes et les fréquentations de ce frère qu'elle ne connaissait plus vraiment. Seul son père lui semblait en mesure de répondre à ses questions. Il était celui avec qui Elias passait le plus de temps. Et parce que la vie avait un sens de l'humour tordu, c'était à elle qu'il incombait de s'occuper de lui aujourd'hui, peu importaient ses griefs. Laura avait assuré l'intérim avec brio, mais elle ne pouvait pas se reposer sur son amie indéfiniment. Victoire devait se rendre au domaine et s'assurer que leur père n'était pas en train de se sécher les cheveux dans la baignoire, ou au moins trouver quelqu'un de compétent et disponible à qui déléguer cette tâche. L'idée de lui faire de nouveau face après leurs retrouvailles bancales la stressait plus que pénétrer par effraction chez un mort. Le voir dans cet état l'avait affectée, même si elle aurait préféré rester insensible à son sort. L'adolescente brisée et la femme responsable se livraient un épuisant bras de fer.

Pourtant, elle n'avait plus le choix. Pour sauver son frère, elle devait parler à son père.

Elle attrapa l'oreiller, y enfonça son visage et hurla, laissant s'exprimer son angoisse et sa colère.

24

Elle regrettait de ne pas avoir loué une voiture à son arrivée. Mais elle n'avait pas planifié de se retrouver coincée à Dorville au beau milieu d'une affaire de meurtre susceptible d'envoyer son frère sous les verrous pour des années.

Le seul satisfait de la situation devait être le podomètre intégré de son téléphone portable. En quelques jours, elle avait dégommé toutes les statistiques culpabilisantes et mis un bon coup de pied dans le derrière de la sédentarité. Elias finirait peut-être ses jours en prison, mais elle aurait des cuisses en béton.

Même si elle en avait ras-le-bol de se farcir le chemin qui menait au domaine, elle espérait plus que tout ne pas croiser Gabriel dans sa bagnole ridicule. Elle avançait d'un pas vif et décidé, souhaitant arriver au plus vite pour éviter de tomber sur lui. Sa trahison lui restait en travers de la gorge et elle ne décolérait pas.

La cour de l'exploitation semblait avoir été frappée par un sortilège, et Victoire prit conscience du fait qu'en l'absence du patron, et en plein pont du 14 Juillet, elle ne rencontrerait probablement personne. C'était mieux ainsi. Elle n'éprouvait aucune envie d'épiloguer sur la situation de son frère, surtout sans savoir si elle s'adressait à un saisonnier tout juste engagé ou à quelqu'un qui s'empresserait de colporter des ragots déformés dans toute la commune.

Elle prit la direction de la maison.

Une fois dans l'allée, elle accéléra le pas en entendant le chant du coq. Il ne manquerait plus qu'elle se fasse une nouvelle fois attaquer par cet animal diabolique, amateur de chevilles frêles ! Pourtant, sur le pas de la porte, elle hésita. Et si aujourd'hui encore, son père ne la reconnaissait pas ? Ou pire, s'il y parvenait sur-le-champ ? Le flot de reproches et de colère auquel elle s'était attendue trois jours plus tôt s'abattrait-il enfin sur elle ? Cela serait au moins l'occasion de lui dire franchement ce qu'elle gardait sur le cœur depuis des années. Elle ne parvenait pas à décider lequel des scénarios serait le moins douloureux. Les choses lui paraissaient tellement plus simples lorsqu'elle était à Londres.

Elle toqua à la porte, si faiblement la première fois, qu'elle perçut à peine le son de ses phalanges sur le bois élimé. La seconde occurrence resta sans réponse, et après avoir pris quelques secondes pour réprimer son envie de déguerpir, elle abaissa la poignée.

Elle pénétra dans la maison à pas feutrés.

Le couloir de l'entrée peint en vert d'eau. La patère contre le mur, sur laquelle était accrochée une vieille veste. Le porte-parapluie en forme d'éléphant, qui ne servait jamais parce que tous avaient pris l'habitude de laisser les parapluies mouillés dehors. Le miroir, chiné par sa mère, dans lequel elle lançait un dernier regard tous les matins avant de partir en classe pour vérifier que sa frange était bien lisse ou que son *eye-liner* n'avait pas coulé. Le minuscule secrétaire, toujours encombré par les publicités qui s'amoncelaient dans la boîte aux lettres ou des tickets de caisse oubliés. Tout était encore là, dans une version ternie et vidée de sa chaleur, de ce qui faisait un foyer.

Elle avança dans le couloir, jeta un œil à sa gauche en direction de la cuisine. Là non plus, rien n'avait changé, et l'espace d'un instant, elle crut voir sa mère devant la gazinière, en train de s'agacer parce qu'il fallait toujours insister avant que la flamme prenne et perdure. Qui s'agaçait maintenant ? Elias, sans doute. Pourquoi n'avait-il pas changé cette foutue gazinière ? Elle avait fait son temps. Pourquoi conserver les choses à l'identique, ne pas bouger une chaise, ne pas acheter une table plus petite ou un nouveau paillasson ? Pourquoi n'avait-il pas ressenti comme elle, le besoin de tout brûler, de tout laisser derrière lui, de mettre des kilomètres entre son cœur et sa douleur ? Pourquoi avait-il fallu que l'expression de leur chagrin soit si différente qu'ils ne parviennent plus à se comprendre, à se parler, eux qui étaient plus proches que certains jumeaux ?

La maison était propre en tout cas, ce qui la soulagea. Elle aurait détesté retrouver cet endroit autrefois chéri envahi par la crasse ou délabré, comme l'était le jardin. Elle avisa les escaliers au bout du couloir, songeant un instant à monter à l'étage. À quoi ressemblait sa chambre après toutes ces années ? Elle entendit tousser dans le salon et sursauta. Perdue dans le labyrinthe de ses émotions, elle avait oublié l'objet de sa visite.

Elle devait parler à son père. L'interroger à propos d'Elias. C'était la conversation la plus improbable que l'on puisse avoir avec un parent après dix-sept ans de silence.

Au fait, papa, le seul de tes enfants que tu vois encore, oui, le gentil, le brave, celui qui n'est pas parti, tu crois qu'il peut avoir tué deux personnes, s'il lui reste cinq minutes entre son boulot dans les vignes et toi qui fuis de la cafetière ?

La situation lui parut soudain si absurde qu'elle étouffa un rire nerveux.

Elle s'avança dans le salon et se trouva dos au fauteuil duquel dépassait le crâne grisâtre de son père. Il ne semblait pas s'être rendu compte de sa présence dans la maison. Elle s'efforça de ne pas laisser son regard s'égarer dans la pièce, craignant de ne pas parvenir à contenir son émotion.

Elle fit encore quelques pas pour se placer à côté de lui, près de l'accoudoir. Elle baissa la tête et murmura ce mot qu'elle n'avait pas prononcé depuis dix-sept ans et qu'elle avait été incapable d'articuler deux jours plus tôt :

— Papa ?

Il était assoupi, les yeux à demi clos. Elle réitéra, la bouche sèche :

— Papa ?

Cette fois, il tourna sa tête vers la sienne et la dévisagea longuement avant que naisse un sourire au creux de ses lèvres. Rassurée, elle s'accroupit pour être à la hauteur de son regard.

— Rose, qu'est-ce que tu as fait à tes cheveux ? demanda-t-il.

Il toucha du bout des doigts une des courtes mèches sombres qui encadraient les joues de Victoire. Elle recula imperceptiblement. La situation était encore pire que la fois précédente.

— Papa, c'est moi, Victoire. Ce n'est pas maman, ajouta-t-elle, sentant son cœur se serrer.

— C'est joli, ma Rosita, ça te va bien, continua-t-il comme s'il ne l'avait pas entendue.

Elle ne savait comment réagir. Les clichés véhiculés par la fiction et les médias mis à part, elle ne connaissait rien à la maladie d'Alzheimer ou au comportement à adopter face à une personne perdue dans le temps et les souvenirs. Elle ne voulait pas le brusquer, mais elle était venue chercher des réponses susceptibles d'aider Elias. Elle avait besoin que son père soit ici et maintenant, avec elle.

Elle reprit :

— C'est Victoire, papa. Ta fille, dit-elle fermement, en plantant ses yeux dans les siens tout en essayant de sourire.

Elle vit une ombre passer dans ses iris gris. Les commissures de ses lèvres s'affaissèrent. Il parut perplexe et arrondit la bouche sans pour autant laisser sortir un mot.

— Tu te souviens, continua-t-elle avec plus de douceur, posant sa main sur la sienne.

Le vieil homme tressaillit, comme si elle lui avait transmis une décharge électrique. Elle retira sa main aussitôt.

— Victoire ?

— Oui, papa, c'est moi !

— Tu es déjà rentrée du lycée ? Mais il est quelle heure ?

Les réminiscences d'un passé joyeux l'enserrèrent. Autocar les déposant Elias et elle au bout de l'allée. Soleil sur la nuque. Passage dans les vignes pour lui dire bonjour et goûter quelques raisins. Être réprimandée pour la forme. Ça va dans la cuve, pas dans ta bouche ! Sac à dos lancé dans l'entrée et ruée vers le frigo. Soda et pâte à tartiner trop grasse et trop sucrée. T'as appris quelque chose aujourd'hui ? C'était bien ? On mange quoi ce soir ? On attend votre père et on passe à table. Va te doucher, César ! Spaghettis, boulettes, salade. Qui veut la dernière crème dessert ? Film à la télé. Appel de Laura. Victoire, va te coucher ! Elias, ta musique ! Bonne nuit, les enfants, à demain.

Il n'avait pas toujours été un mauvais père. Il n'était pas le plus démonstratif des hommes, mais il était un autre César, du temps où il y avait quatre assiettes à table. La mort de Rose avait brisé le fil qui le reliait aux autres. Même à ses enfants.

Elle refoula ses larmes.

— Je suis rentrée, papa.

Il se renfonça dans le fauteuil.

— C'est bien. C'est bien, dit-il paisiblement.

Victoire inspira profondément avant de reprendre. Il fallait qu'elle garde les idées claires et son objectif en tête.

— Papa, commença-t-elle, je… Je m'inquiète un peu pour Elias.

Elle hésita sur la formulation.

— Je crois que quelque chose le tourmente, mais tu sais comment il est, je suis sa grande sœur, donc il ne me dit pas tout. Mais vous êtes proches tous les deux. Il t'a parlé d'un truc, à toi ? Entre hommes ?

César Valéjane balaya les questions de sa fille d'un revers de la main.

— Elias va bien, tu t'en fais pour rien. C'est un bon garçon.

— Je sais, bien sûr. Mais il s'est fait de nouveaux copains, et je ne voudrais pas qu'il traîne avec de mauvaises personnes. Tu les connais, ses amis ? essaya-t-elle.

— Mais oui, le fils Caltorant et Antonin Martino. Vous avez les mêmes copains ! Qu'est-ce que tu racontes, enfin ? s'agaça-t-il. Elles sont bizarres, tes questions !

Il se mit à la dévisager, et eut soudain un mouvement de recul, semblant revenir à une autre réalité.

— Vous êtes qui ? Comment êtes-vous entrée chez moi ?

Son regard trahissait une panique évidente.

— Papa, c'est moi, Victoire, répéta-t-elle en tentant de reprendre sa main.

César se déroba à son contact et s'énerva.

— Victoire est partie ! Partie ! Partie ! cria-t-il.

— Mais non, je suis là, je suis revenue à Dorville ! Je veux aider mon frère ! Papa, tu dois me dire avec qui Elias passe son temps libre !

— De l'air ! De l'air ! De l'air ! hurla-t-il.

— Arrête, ne…

— Mais qu'est-ce qui se passe ici ? Qui êtes-vous ?

Une femme d'une quarantaine d'années se tenait dans l'embrasure de la porte du salon. Elle s'avança en hâte vers le fauteuil sans laisser à Victoire le temps de répondre, et se pencha vers le vieil homme qui continuait à gesticuler comme s'il essayait de chasser un essaim de guêpes devant son visage.

— Monsieur César, c'est moi, Amélie. Tout va bien, vous êtes en sécurité, continua-t-elle avec douceur en lui caressant l'avant-bras.

Le père de Victoire esquissa un sourire à la vue de ce visage qu'il semblait désormais mieux connaître que celui de sa fille et s'apaisa.

— Amélie…, murmura-t-il. Amélie, vous êtes là.

— Oui, je vous ai expliqué hier soir que je revenais ce matin. En attendant qu'Elias finisse de travailler, mentit-elle.

— D'accord…, soupira-t-il avant de fermer les yeux.

Quelques secondes silencieuses s'égrenèrent. Puis la femme se tourna vers Victoire :

— Qui êtes-vous ? demanda-t-elle de nouveau.

— Personne. Je ne suis personne.

Elle quitta la maison en pleurant.

25

Elle qui avait tant souhaité oublier sa vie à Dorville, elle était servie.

Son père ne savait plus qui elle était, son ex avait épousé sa pire ennemie pour la faire souffrir ou la faire chier, peut-être même les deux, son frère la haïssait, et son grand projet de le tirer de ce mauvais pas était un ratage complet. Annihilée. Rayée de la carte. Elle ne représentait plus rien pour personne ici, et elle ne pouvait s'en prendre qu'à elle-même. Des dispositions avaient été prises sans elle, sans qu'on cherche à la consulter. Peu importait qu'elle soit la fille de César Valéjane. Et après tout, de quoi se plaignait-elle ? C'était bien ce qu'elle voulait en quittant la ville. Ses larmes étaient à son image, aussi risibles qu'inutiles.

Elle allait repartir sur-le-champ.

Elias s'en sortirait très bien sans elle. Ou pas. Mais elle avait décidé des années auparavant que plus rien de ce qui avait lieu à Dorville n'était son problème, et aurait mieux fait de s'en tenir à cette décision. Jouer les détectives en herbe, quelle prétention !

Elle marchait en direction de l'exploitation, les yeux baignés de larmes, décidée à se tirer vite fait. Longer ces bâtiments vides lui laissait l'impression d'évoluer dans une ville abandonnée du Far West, balayée par les vents et la poussière. C'était si déprimant après avoir connu les années fastes où l'entreprise familiale grouillait de clients et de saisonniers. Des ombres. Voilà ce qu'étaient devenus son père et leur domaine. Elias aussi, d'une certaine manière. Envolé, son petit frère joyeux et enthousiaste. Il était si grave et fermé désormais. Austère. Quoi qu'il advienne, cette histoire d'arrestation n'arrangerait pas son état. Il laisserait la plus belle partie de lui-même se terrer un peu plus loin.

Vlan ! Une nouvelle vague de culpabilité la frappa de plein fouet. Plus son problème, mais son frère quand même. Elle ne pouvait pas renoncer à lui une seconde fois. Il ne méritait pas ça. Il méritait une sœur, une vraie sœur, et son amour inconditionnel en dépit des années de silence, de conflits larvés, d'absence et de regrets. C'était sa dernière chance de retisser un lien avec Elias. Elle ne pouvait pas l'abandonner encore. Elle devait se battre pour lui. Lui faire savoir qu'elle serait là, quoi qu'il advienne. Cette fois, elle ne le laisserait pas tomber.

Il lui fallait faire demi-tour, s'entretenir avec cette femme qui paraissait savoir comment parler à son père et l'apaiser. C'était d'elle dont il avait besoin en l'absence d'Elias, pas d'une fille qu'il avait oubliée en route et qui lui fichait la frousse. Elle devait s'assurer que cette Amélie reste jusqu'au retour de son frère.

Elle essuya ses larmes, résolue à téléphoner à Johan pour savoir s'il avait déniché de nouvelles informations le temps de reprendre ses esprits, lorsqu'une voiture arriva dans la cour de l'exploitation. Elle dut attendre que le véhicule blanc soit à trois mètres d'elle pour parvenir à identifier les passagers. Laura était au volant et lui adressa un petit signe de la main tout en se garant. Assis à côté de la conductrice, elle aperçut Elias et demeura interdite pendant quelques secondes, le temps nécessaire à son frère pour s'extraire de l'automobile de Laura. Victoire laissa tomber son sac à main sur le sol, et se rua vers lui sans réfléchir. Elle se jeta dans ses bras et recommença à pleurer.

— Ouhla, doucement ! lança-t-il, surpris par cette effusion inattendue.

— J'ai eu tellement peur, haleta-t-elle.

— Peur de ne jamais pouvoir signer la vente ? railla-t-il, sans réaliser qu'il lui rendait son étreinte.

— Roh ! La ferme, andouille !

Soudain gênée, elle se dégagea malgré tout, et frotta une nouvelle fois son visage rougi et humide. Elias regardait en l'air à la recherche d'une mouche imaginaire susceptible de capter son attention.

— Vous êtes deux imbéciles, leur lâcha Laura en soupirant.

— Alors, c'est fini ? Ils vont te laisser tranquille ? demanda Victoire, aussi bien pour changer de sujet que pour s'informer de la situation.

— Tranquille, tranquille, je n'en sais rien. Je ne vais pas en taule, c'est déjà ça, mais uniquement parce qu'ils n'ont pas d'éléments concrets contre moi. Je pense que je reste dans leur ligne de mire, faute de mieux.

— Ils n'ont pas d'autre suspect ?

— Pas d'après ce que sait mon avocate.

Ouf, il n'avait pas décidé d'assurer sa défense seul comme un crétin !

Elle avait pléthore de questions en tête, mais décida de ne pas inonder les oreilles d'Elias immédiatement, craignant qu'après ce soupçon de complicité fraternelle il se rétracte comme un bigorneau si elle le titillait trop.

— Mais comment ça se fait que Laura…, commença-t-elle néanmoins.

— Mon bureau est juste à côté de la gendarmerie, la coupa son amie, anticipant sa question. J'ai vu Elias sortir du bâtiment alors que j'allais me garer, j'ai donc proposé de le ramener.

Elle adressa un sourire à ce dernier et poursuivit :

— Je vais d'ailleurs vous laisser, et vraiment aller travailler cette fois. Mais Vic, si tu veux, on peut dîner ensemble. Antonin est parti ce matin pour trois jours, il emmène Jules chez sa sœur qui a loué à Alicante pour le mois. Je suis donc célibataire et sans enfant ce soir. Et franchement, avec tout ce qu'il se passe, je n'ai pas envie de manger seule…

— Avec grand plaisir, acquiesça-t-elle.

Après toutes ces émotions, un repas entre amies lui apparaissait comme le plus parfait des plans.

— Je viendrai te chercher à l'hôtel dans ce cas. Je vous abandonne. Je crois que vous avez beaucoup à vous dire de toute façon, conclut Laura avec un clin d'œil complice.

Une fois sa voiture hors de la cour, un silence maladroit s'installa entre le frère et la sœur. L'atmosphère n'était plus chargée de colère comme les jours passés, mais la communication entre les deux n'était pas devenue plus fluide pour autant. Victoire avait le sentiment de faire face à un chevreuil rencontré au détour d'un bois. Si elle avançait d'un pas trop preste, l'animal risquait de fuir.

Finalement, Elias prit les devants.

— Vic, je pue. Je porte les mêmes fringues depuis deux jours. J'ai vraiment besoin d'une douche et de me raser.

— Bien sûr, je comprends ! répondit-elle, confuse de ne pas avoir pensé à cet aspect de son séjour à la gendarmerie. Je vais te laisser moi aussi.

Elle ramassa son sac à main resté à terre.

— Ou alors tu m'attends ? osa-t-il, marchant à son tour sur des œufs. Et on boit un café ensuite ?

Elle soupira de soulagement et lui adressa un immense sourire.

Surtout, ne pas se remettre à pleurer.

26

En dépit de ses résolutions, retourner à l'intérieur de la maison lui semblait insurmontable. Elle ne pourrait pas supporter de voir son père la confondre avec sa mère, ou pire, la prendre pour une étrangère. Ses propres émotions la dépassaient. Aussi, Victoire proposa à Elias de la rejoindre dans le jardin, sous la tonnelle, une fois sa douche terminée.

Il vint à sa rencontre vingt minutes plus tard, tenant à la main deux tasses fumantes qu'il posa sur la vieille table en plastique. Il lutta contre une envie manifeste de pouffer en constatant que sa sœur avait posé ses pieds sur la chaise et ramené ses genoux vers elle, tandis que l'affreux coq campait sous le siège, comme s'il surveillait cette intruse suspecte.

— Vraiment, je ne comprends pas pourquoi vous n'avez pas un chien au lieu de cette chose, souffla-t-elle.

— Allez, mon pauvre Lucifer, dit-il en attrapant l'animal qui émit un cri offusqué. Je vais te remettre dans le poulailler le temps de discuter avec ma sœur.

Il plaça le coq devant son visage et continua en s'adressant à lui :

— Elle vit à la ville depuis trop longtemps, tu représentes un vrai choc culturel pour elle !

— Moque-toi de moi, j'aimerais bien te voir au milieu de Piccadilly Circus ! Tu ferais moins le malin !

Elias tendit Lucifer dans sa direction et elle sursauta, provoquant l'hilarité de son frère.

— J'avais oublié à quel point tu étais désopilant, railla-t-elle.

Il s'éloigna avec le gallinacé et revint deux minutes plus tard.

— Il est plus calme ? demanda-t-elle.

— Qui ça, le coq ?

— Mais non, papa, imbécile !

Elle lui tira la langue et reprit, d'un ton plus grave :

— Je ne voudrais pas avoir provoqué une crise que tu doives gérer en plus de tout le reste…

Dire qu'elle avait pensé que ce serait elle qui perdrait son sang-froid face à lui !

— Ne t'en fais pas, la rassura Elias. Amélie est une perle. On a eu de la chance de tomber sur elle. Elle sait l'apaiser en un rien de temps. C'est plus compliqué avec l'auxiliaire de nuit, qui vient parfois quand je dois m'absenter comme… hier soir. Papa trouve qu'il ressemble à Karl Marx, et quand il est mal luné, il lui hurle « Aux chiottes *Le Capital* ! ». Je te laisse imaginer l'ambiance.

— Je dois donc m'estimer heureuse qu'il ne m'ait pas prise pour Margaret Thatcher ! ironisa Victoire.

— Il parle de toi parfois, tu sais. Jamais avec colère. La plupart du temps, il demande si tu vas bientôt rentrer de chez Laura.

— Tout à l'heure, il a cru que je revenais du lycée…

— Il replonge souvent dans cette période… Avant la mo… avant que tout parte en vrille.

Elias marqua un temps d'arrêt puis continua :

— Ce n'est pas facile d'avancer lorsque tu vis avec quelqu'un dont la tête est coincée plus de quinze ans en arrière.

— Pourquoi… Pourquoi tu n'es jamais parti de la maison ? Avant sa maladie, je veux dire.

— J'aimerais te répondre que c'est par sens du devoir, et passer pour un type exemplaire, mais ce n'est pas vrai. Je suis resté par culpabilité, mais par peur surtout. Maman était morte, toi à Paris, lui picolait toujours pour se couper du monde et de la réalité… J'avais l'impression que si je m'installais même à seulement deux kilomètres, il n'y aurait plus de famille Valéjane. C'était idiot, parce que ça m'a rendu frustré et aigri. Quand j'ai enfin envisagé de déménager, on a diagnostiqué son Alzheimer, et c'était comme si l'univers me disait que j'avais manqué le coche, regretta-t-il en se frottant la tempe.

Il avait manqué le coche parce qu'elle avait fui la première, l'avait distancé, laissant les vicissitudes de l'existence le rattraper et le happer. Il ne lui en fit pas le reproche, évidemment. La vie était une série de choix et de routes non prises. Mais une fois encore, Victoire fut incapable de ne pas s'en vouloir, sans regretter pour autant de s'être autorisée à passer au premier plan. Qu'aurait été sa vie si elle n'était jamais partie ? Elle était convaincue qu'elle se serait montrée bien plus amère et renfrognée qu'Elias. Ses derniers mois à Dorville l'avaient prouvé. Elle aurait tout brûlé autour d'elle, pas seulement ce stupide hangar, et elle était persuadée qu'en dépit de sa rancœur, son petit frère, à la différence de Gabriel, avait compris cela depuis longtemps.

— J'étais venue pour essayer d'apprendre quelque chose sur ton alibi, expliqua-t-elle, désireuse de ramener la conversation au présent. Je… Je voulais t'aider.

Il scruta sa sœur, surpris, et esquissa un sourire qui réchauffa le cœur de Victoire.

— Malheureusement, mon alibi pour le meurtre de Bugnoli, c'est papa, et d'après mon avocate, cela ne vaut pas grand-chose compte tenu de son état de santé. Quant au soir où Eddie a été tué, c'est tout l'inverse. Des gens m'ont vu à la buvette, mais personne n'est fichu de dire à quelle heure exactement, moi le dernier ! Il y avait trop de monde, trop de bruit, surtout avec ce foutu bar pour *fashionistas* au bout de la plage. Eddie a été tué pendant le film, mais pour le moment, ils n'ont pas déterminé une heure précise. Et même si c'était le cas, je ne vois pas en quoi cela pourrait me sortir de la panade, soupira-t-il.

— Ton avocate t'a dit ce qui allait se passer maintenant ?

— Pas vraiment. Enfin, les trucs classiques qu'on entend dans les films. Je ne dois pas quitter Dorville, je dois rester à la disposition des autorités, blablabla. Ils ont aussi pris mes empreintes pour les comparer à celles relevées sur la cabine de projection. Je n'ai pas touché cette fichue porte ! Cela devrait jouer en ma faveur, du moins je l'espère.

Victoire ayant découvert le corps, elle avait elle aussi donné ses empreintes le soir du crime afin que la scientifique puisse les éliminer lors de l'analyse.

Elias soupira et continua :

— Pour que je sois vraiment tranquille, il faudrait qu'ils trouvent le coupable. Sinon, cela va être l'enfer pour moi. Mais les preuves matérielles sont maigres, d'après mon avocate. Le câble électrique qui a servi à étrangler Eddie a été essuyé. J'ai peur que l'enquête prenne des mois… Si tu avais vu les regards que m'ont lancé le peu de personnes que j'ai croisées en sortant de la gendarmerie !

Étant donné la manière dont on la toisait pour ses erreurs de jeunesse, elle imaginait aisément. Sans meurtrier sous les verrous, qu'importe l'absence de ses empreintes ou d'éléments tangibles l'incriminant, Elias resterait suspect aux yeux des habitants de Dorville, et l'avoir elle pour sœur n'arrangerait pas son cas. Comme les deux vipères croisées la veille, les gens auraient tôt fait de dire que c'était dans leurs gènes, que les

Valéjane étaient mauvais jusqu'à la moelle, récriraient l'histoire à leur guise, occupant ainsi leurs soirées d'hiver quand les touristes seraient repartis et que la télévision diffuserait pour la énième fois *La Septième Compagnie*.

— Laura m'a raconté ce qui s'était passé il y a quelques semaines avec Eddie.

— C'est la dernière fois où je lui ai adressé la parole..., commenta Elias, la voix emplie de regrets. Je m'en veux... Quand maman disait qu'il ne fallait pas se quitter fâché...

Qu'il évoque ainsi leur défunte mère surprit Victoire. Dans les jours qui avaient suivi son décès, il avait déposé un voile de pudeur sur tout ce qui la concernait. Ne plus l'entendre prononcer le mot « maman », le sentir se raidir à chaque fois qu'elle, au contraire, s'y hasardait, avait contribué à rendre son absence plus palpable et insupportable. Occupée à tracer sa propre route, elle n'avait pas envisagé que son frère avait lui aussi avancé sur le chemin du deuil. S'il n'avait pas réussi, plus tôt dans la conversation, à parler de sa mort, elle trouva sain et appréciable que leur mère se fraye de nouveau une place dans leurs échanges.

— Mais par contre, qu'est-ce qu'ils ont pour te relier à Bugnoli ? Le capitaine n'a rien voulu me révéler. J'ai entendu parler de « contacts » entre vous.

— C'est complètement tiré par les cheveux, expliqua Elias. Des appels. Des appels de Fabien vers mon portable et vers le fixe, dit-il, en indiquant la maison d'un mouvement du menton. Des appels que je n'ai pas pris en plus !

— Comment ça ? Je ne comprends pas...

— Moi non plus, figure-toi ! Bugnoli, je ne lui ai pas adressé la parole depuis le bahut ! On se croisait parfois en soirée ou dans la ville, mais c'est simple, ce mec, je ne le calculais pas !

Et voilà qu'il y a quelques semaines, après la commémoration pour Judith, il a tenté de me joindre. Je n'ai pas répondu, je ne connaissais pas son numéro. Il m'a laissé un message, me demandant de le rappeler, qu'il fallait qu'il me parle d'un truc. Il a réessayé plusieurs fois, mais je n'ai jamais pris la peine de décrocher. J'avais pas le temps, et honnêtement, je m'en fichais. C'était Bugnoli, quoi. Et là, les flics me sortent une liste avec les appels et les messages laissés. Je n'ai écouté que le premier, j'ai supprimé les autres directement.

— Et tu n'as aucune idée de ce dont il désirait discuter ?

— Non ! Tu te doutes bien que je l'aurais dit aux gendarmes sinon.

— C'est quand même étrange ce mec qui te recontacte des années après le lycée…

— Surtout qu'on s'était aperçus à la commémoration, le fameux soir où Eddie m'a pété une dent. Il aurait pu venir me trouver à ce moment-là, nota Elias.

— Il cherchait peut-être à rester discret…, suggéra-t-elle.

— Oui, mais de quoi voulait-il discuter exactement ? On n'avait rien en commun lui et moi, à part le fait de vivre dans la même ville et d'avoir fréquenté la même bande de potes ados.

— Tu dis qu'il a téléphoné sur le fixe ?

— Apparemment. Mais la sonnerie est toujours coupée, pour éviter de réveiller papa. J'ai gardé la ligne uniquement au cas où lui aurait besoin d'appeler. Il paume son portable toutes les semaines. Sans les gendarmes, je n'aurais jamais su que Bugnoli avait cherché à me joindre à ce numéro.

— Et le vieux répondeur ? Vous l'avez toujours ? demanda-t-elle, repensant à leur salon resté figé en 2004.

— Euh… Oui, s'étonna Elias. Je suppose qu'il est encore branché.

Elle se leva sous le regard perplexe de son frère.

— Ça vaut le coup de vérifier, non ?

Arrivée devant la porte d'entrée, elle recula. Elle s'était laissé emporter par sa curiosité et son envie de savoir ce que Fabien avait à dire de si important, mais elle hésitait désormais à s'aventurer de nouveau dans la maison. Elle s'écarta, invitant silencieusement Elias à passer devant elle.

— Il n'attaque pas, tu sais, il n'est pas comme le coq, plaisanta-t-il.

— Mais si je le perturbe encore plus ?

— Amélie est là, je suis là, et quand je suis sorti te rejoindre, il piquait un somme. Tout ira bien, promit Elias.

Face à la mine peu convaincue de sa sœur, il réitéra.

— Je t'assure, entre. Sinon, je vais chercher Lucifer !

Elle lui donna une petite tape sur l'épaule et le suivit à l'intérieur.

Pénétrer dans la maison avec Elias était très différent de ce qu'elle avait éprouvé une heure plus tôt. Cela semblait si… normal.

Il l'entraîna dans la salle à manger, et elle lutta contre l'envie de jeter un coup d'œil dans le salon pour observer son père à la dérobée. N'en déplaise à Elias, mieux valait sans doute qu'il ne l'aperçoive pas. Ou peut-être tentait-elle de se protéger elle-même. Le voir si démuni et paniqué l'avait ébranlée. Le mur qu'elle avait minutieusement érigé entre elle et lui s'effritait à chaque rencontre. L'alcoolisme et l'écroulement de leur famille qui en avaient résulté étaient l'œuvre de César. Elle avait beau en connaître les raisons, elle n'avait jamais réussi à lui pardonner d'avoir sombré. De les avoir oubliés, elle et Elias, alors qu'il était le seul parent auxquels les deux adolescents pouvaient, devaient, se raccrocher. Puis, tandis qu'elle construisait sa vie, la maladie s'était insinuée en lui. César, comme tant d'hommes et de femmes touchés, n'était pas en mesure de lutter. Elle ne pouvait pas se montrer insensible face à cette vulnérabilité. Elle voyait toutefois une certaine ironie dans l'enchaînement des événements. Alzheimer finissait de l'effacer, elle, pour de bon. Quelles que soient les forces à l'œuvre, Victoire semblait vouée à disparaître de la conscience de son père.

Le téléphone fixe et le répondeur avaient été relégués sur l'étagère inférieure d'une console ayant appartenu à leur arrière-grand-mère.

— Voyons si ce truc fonctionne encore, fit Elias en prenant l'appareil en main.

— Le voyant clignote, c'est bien que tu as des messages.

Il appuya sur le bouton. La cassette à l'intérieur s'enclencha et une voix féminine noyée derrière un léger crépitement commença :

« Bonjour Madame, Monsieur, ici la société Electroplus, nous avons une offre très compétitive à vous proposer... »

Elias passa au message suivant sans laisser le temps à la télévendeuse de lui annoncer le prix de l'arnaque. Forfait Internet plus télévision, isolation thermique, double vitrage... Il fit défiler les propositions qui polluaient le répondeur, et Victoire désespérait qu'ils obtiennent autre chose qu'une ristourne sur l'installation d'une piscine hors-sol ou d'un nouveau chauffe-eau.

« Elias ? Bonsoir, c'est Fabien Bugnoli. »

Victoire et son frère cessèrent de respirer et penchèrent leurs têtes vers le répondeur.

Bugnoli avait une voix d'homme qu'elle ne lui avait jamais connue, teintée d'hésitation. Il était si étrange de l'entendre alors qu'à cette heure-ci son corps reposait sans doute sur une table d'autopsie, attendant d'être rendu à sa famille. Elle frissonna.

« J'ai essayé de te joindre sur ton portable, mais tu n'as jamais répondu, c'est pour ça que je me permets d'essayer le fixe de ton père. Je… J'ai vraiment besoin de te parler. C'est… C'est à propos de Judith. »

27

Judith.

Tout depuis le retour de Victoire à Dorville semblait la ramener à elle. L'endroit où le corps de Fabien Bugnoli, son cousin, avait été retrouvé. Les dates entourées par ce dernier sur ce vieux calendrier. Si le dimanche où elle avait sauté depuis la falaise était encerclé, il ne faisait plus aucun doute que le samedi de la soirée clandestine devait avoir un lien avec elle, mais lequel ? Et maintenant, ce message laissé à Elias, sa volonté de le joindre à tout prix pour lui parler de Judith, dix-sept ans après sa mort.

Judith.

Judith que Victoire avait oubliée sitôt la ville quittée. Judith qui ne cessait de se rappeler à elle. Que voulait-elle lui dire ? Quels secrets avait-elle emportés en se jetant du haut de la falaise ?

Son frère n'avait pas été en mesure de l'aider sur ce point-là. Ils avaient réécouté le message de Fabien, discuté un moment. Comme Victoire, Elias gardait le souvenir d'une jeune fille souriante, un peu effacée, gentille, mais dont il connaissait, en définitive, peu de chose. Rien de ce qui aurait pu la conduire à se donner la mort. Il avait souri lorsque Victoire avait évoqué son journal intime, et le passage où elle imaginait Judith comme une potentielle petite amie pour lui.

— Elle était jolie, c'est sûr. Mais je ne l'envisageais pas comme ça. C'était juste une copine de classe. La fille avec qui tu blagues en attendant que le prof te fasse entrer dans sa salle, rien de plus.

Alors pourquoi était-ce avec lui que Fabien désirait parler d'elle ? Là encore, Elias s'était révélé incapable de lui répondre.

— Peut-être que je ne suis pas le seul à qui il a téléphoné ? Peut-être qu'il essayait de contacter d'autres élèves ? Qu'il cherchait encore à comprendre pourquoi elle s'était tuée ?

— Et Eddie ? Il aurait un lien avec tout ça ? s'était-elle interrogée.

Leur échange n'avait été qu'une succession de questions et d'incertitudes. Il lui semblait que l'on avait mélangé les pièces de trois puzzles différents dans une seule et même boîte, et qu'elle devait recomposer leurs trois images distinctes sans modèles. Au centre de tout cela, le visage de Judith se dessinait, sans qu'elle sache vraiment pourquoi.

Et il y avait Elias. Son petit frère, cette part d'elle-même tout juste retrouvée, cette relation fragile mais si précieuse qu'elle voulait plus que tout protéger et voir grandir de nouveau. Le laver de tout soupçon comptait toujours parmi ses priorités.

Ce dernier ayant fort à faire au domaine après son absence involontaire, il avait déposé sa sœur en ville, et elle avait regardé sa voiture s'éloigner avec un pincement au cœur. Elle refusait de le perdre une fois encore.

Elle décida de reprendre contact avec Johan. Le journaliste zélé aurait peut-être déniché de nouvelles informations depuis leur passage à la gendarmerie la veille. Elle doutait qu'il soit du genre à prendre « Arrêtez vos bêtises ! » comme une conclusion acceptable à leur enquête. La lueur de curiosité qu'elle avait lue dans son regard lorsqu'ils avaient examiné le calendrier n'était pas de celles qui s'éteignent au premier coup de vent.

Johan lui donna rendez-vous pour déjeuner dans un vieux restaurant, niché sur une place moins fréquentée.

— Les gens commencent à jaser. Ton retour, l'arrestation d'Elias. Vous êtes sur toutes les lèvres. Nous serons plus discrets ici, expliqua-t-il lorsqu'elle le rejoignit.

— Je suppose que tu sais que mon frère a été libéré.

— L'édition du jour étant déjà en kiosque, c'est le gros titre de notre site Internet avant la parution de demain !

Elle lui parla du message sur le répondeur.

— Tout est lié à Judith, conclut-elle.

— Reste à savoir comment. Si c'est bien ce qui a entraîné la mort de Fabien Bugnoli, et probablement celle d'Eddie Arolas, même si je ne vois pas encore comment il vient s'imbriquer dans cette histoire, ça signifie que Bugnoli avait déterré un truc énorme, et potentiellement dangereux pour quelqu'un.

— Et si Judith ne s'était pas suicidée ? Si une personne l'avait poussée, comme son cousin il y a trois jours ?

— C'est la première chose que j'ai cherché à vérifier ce matin, expliqua Johan, visiblement satisfait d'avoir pris les devants. Quand tu as évoqué sa mort hier, je me suis dit que cela valait la peine de se renseigner.

— Et ? s'enquit Victoire, qui ne goûtait guère sa manie de jouer les rois du suspense.

— Ne me demande pas comment j'ai obtenu l'info, mais le légiste était formel. Son corps ne portait pas de traces de lutte, elle n'a pas été poussée ou jetée par-dessus le parapet.

— Quelqu'un aurait pu la contraindre ? tenta-t-elle. L'inciter à sauter ?

— C'est une hypothèse, admit Johan. Mais c'est impossible à prouver sans témoin et je n'y crois pas vraiment. En tout cas, mon informateur va m'obtenir son rapport d'autopsie, ajouta-t-il avec fierté. On verra si un élément nous interpelle, mais je crois que c'est plutôt aux raisons de son suicide qu'il faut s'intéresser qu'à l'acte en lui-même.

— Et si l'on suit cette logique, la première date entourée, celle de la fête, doit avoir un lien avec son choix d'en finir…, fit Victoire, pensive.

— Ce que j'aurais aimé être à cette soirée, regretta le journaliste, affichant le regard d'un enfant devant un jouet convoité.

Victoire avait entendu cela pendant des semaines après son coup de maître. Même si la rumeur courait qu'elle était l'instigatrice de cette fête, elle n'avait jamais cédé à l'envie de fanfaronner, craignant qu'un élève vexé de ne pas avoir été invité la dénonce et qu'elle risque l'exclusion. Elle avait eu le nez creux si l'on considérait la manière dont les choses avaient tourné pour elle après l'incendie.

— J'y étais, et je ne suis pas plus avancée que toi, trancha-t-elle sans nostalgie. Tout cela paraît si loin ! Dix-sept ans après, je ne vois pas qui pourrait se souvenir d'un détail susceptible de nous aider à comprendre l'enchaînement des événements.

Quelle ironie qu'il lui faille interroger ce passé, elle qui avait fui à des milliers de kilomètres pour le laisser derrière elle ! C'était comme devoir passer un test de rattrapage sans avoir révisé.

Mais peut-être se trompaient-ils d'angle ? Après tout, Fabien Bugnoli comptait parmi les heureux invités de cette fameuse soirée. Et il était rarement loin de sa cousine. Il paraissait donc le plus à même de savoir comment Judith avait occupé les heures passées dans le réfectoire. Pourtant, ce n'était que maintenant qu'il avait commencé à poser des questions. Un élément du présent avait dû faire office de déclencheur. Comme l'avait suggéré Johan, il devait s'agir de quelque chose de suffisamment conséquent pour remettre en cause ses certitudes, pour qu'il en arrive à téléphoner à Elias, plusieurs fois, alors qu'il ne lui adressait pas la parole depuis le lycée. De suffisamment explosif pour qu'on le balance d'une falaise.

Faute de machine à remonter le temps, c'était ce point de bascule qu'ils devaient découvrir pour comprendre ce qui avait poussé Judith au suicide, puis conduit au meurtre de deux personnes près de vingt ans plus tard.

La tâche lui sembla soudain vertigineuse.

Mais elle avait affronté bien pire.

Elle ne baisserait pas les bras.

28

VICTOIRE COMPRENAIT CEPENDANT qu'il lui faudrait désormais faire preuve d'un peu plus de jugeote pour mener son enquête. Le capitaine Elme avait beau s'être montré conciliant, il ne lui offrirait pas une seconde carte « sortie de la gendarmerie » s'il la surprenait à flirter avec les limites de la loi. Elle devait, dans la mesure du possible, rester dans les clous. Réfléchir avant d'agir. Ne pas laisser *Calamity Valéjane* refaire surface à la moindre anicroche. Éviter les problèmes. Éviter Gabriel, aussi, serait judicieux, compte tenu du lien de cause à effet entre sa personne et les emmerdes.

Si Fabien Bugnoli tentait de faire la lumière sur le suicide de Judith, et qu'il possédait d'autres éléments à son domicile, dans son ordinateur par exemple, les gendarmes étaient déjà sur cette piste. Mais Victoire était dubitative. Elme et ses collègues n'avaient posé aucune question à Elias au sujet de Judith ou de la fête de 2004, son frère avait été formel. Bugnoli craignait-il pour sa vie ? Dans les films, les types qui sont sur une piste brûlante sauvegardent souvent leurs éléments de preuve sur une clé USB qu'ils planquent dans une consigne à la gare ou dans la cave à cigares d'un club réservé à une élite friquée et fripée. Elle imaginait mal le pâlot Fabien Bugnoli en arriver à de telles extrémités. Mais quelques jours plus tôt, elle n'aurait pas non plus imaginé se retrouver à mener sa propre enquête sur deux meurtres et un suicide vieux de dix-sept ans.

— Tu peux tenter son casier à la salle de sport de Port-Grives, j'ai appris qu'il y était abonné, avait suggéré Johan sans grande conviction, tandis qu'il terminait sa tasse de café à la hâte après un appel de sa rédactrice en chef.

Bien que résolu à enquêter avec Victoire, le journaliste devait continuer à donner le change et à écrire quelques lignes quotidiennes pour justifier son salaire et ses notes de frais. Il avait d'ailleurs réglé l'addition avant de prendre congé.

Marchant seule dans les ruelles de Dorville, Victoire renonça à l'idée d'explorer le casier de la salle de sport, convaincue qu'elle ne trouverait rien de plus explosif que des chaussettes sales et malodorantes.

Faute de mieux, elle décida de retourner à l'agence immobilière où Fabien travaillait. C'était sans doute un coup d'épée dans l'eau, mais peut-être qu'en discutant de nouveau avec son collègue, en l'interrogeant sur les derniers biens qu'il avait visités, les clients rencontrés, elle parviendrait à glaner un semblant de piste pour comprendre ce que son ancien camarade de classe avait découvert.

Elle pénétra dans le local commercial et balaya la pièce des yeux, sans apercevoir l'agent que Johan lui avait présenté la veille, ou tout autre adulte responsable des lieux. Seule derrière un bureau qui paraissait immense en comparaison de sa maigre carrure, une adolescente coiffée d'une queue-de-cheval tirée à l'excès jouait avec son téléphone portable. Elle avait à peine levé la tête de son appareil lorsque la jeune femme était entrée, et avait ânonné un « bonjour » aussi inaudible que mou. Victoire regretta d'avoir fait le déplacement. Jamais la gamine ne pourrait lui révéler quoi que ce soit d'utile, à part les dernières tendances de TikTok.

Elle allait rebrousser chemin sans piper mot lorsque l'adolescente l'interpella :

— Vous venez pour les affaires ?

— « Les affaires »…, hésita Victoire.

— Le carton avec les trucs du mec qui est mort, continua-t-elle, tout en agitant son index sur l'écran de son mobile. Ils ont vidé ses tiroirs ce matin.

Elle indiqua une boîte brune posée sur un meuble de style industriel.

— J'bosse pas ici. J'suis la sœur d'Alicia, je rends service parce que tout le monde est en vacances ou en visite. Il paraît que pendant l'été, les touristes sont motivés pour acheter une résidence secondaire, compléta la gamine sans quitter son écran des yeux.

— OK…, fit Victoire qui ne savait comment réagir.

— Vous le prenez du coup ? Comme ça, on n'en parle plus !

Elle jeta un œil au carton. Ce n'était pas très honnête. Cependant, une telle opportunité ne se reproduirait pas deux fois. Et Elme ne pourrait pas dire qu'elle interférait avec l'enquête officielle, puisque cette adorable adolescente lui proposait gentiment cette boîte si tentante, non ?

— Je suis là pour ça ! se décida Victoire en attrapant le carton comme si c'était le dernier macaron d'un buffet de desserts.

— Nickel alors, répondit l'autre sans plus d'émotion, mais souriant à la vue de ce qui devait être un chaton dansant ou une manucure parfaite.

Hors de l'agence, Victoire, bien que tentée d'explorer sans attendre le contenu de la boîte sur le premier banc qui croiserait son chemin, se rendit compte qu'il n'était sans doute pas très malin de rester dans les parages avec ce carton dans les bras. Elle aurait l'air fine si celui ou celle qui était vraiment censé venir le récupérer débarquait. Elle prit donc la direction de l'hôtel à grandes enjambées, espérant que personne ne la remarquerait.

Une fois à l'abri des regards, elle posa la boîte sur son lit et inspira profondément. Surtout, ne pas avoir trop d'attentes. Il était fort probable qu'elle ne contienne rien de plus palpitant que des stylos et des cartes de visite.

Elle s'assit sur le bord du lit et ouvrit le carton avec une précaution ridicule.

Il y avait en effet une dizaine de stylos dans un pot à crayons aux couleurs de l'équipe de rugby locale. Des tickets de caisse, un vieux magazine corné, une barre chocolatée un peu écrasée, un roman de Thomas Hardy. Le collègue qui s'était chargé de rassembler les affaires de Bugnoli n'avait pas jugé utile de trier ce qui n'aurait d'intérêt pour personne, encore moins pour une pseudo-enquêtrice. Plusieurs chemises colorées sans mention aucune tapissaient le fond de la boîte. Victoire les déposa devant elle, puis les ouvrit une à une. Elle laissa courir son regard sur les pages qu'elles contenaient, mais aucun élément n'attisa sa curiosité. La plupart étaient des notes, des estimations, des brouillons de comptes rendus de visite. Rien de personnel. Il n'était fait mention de Judith nulle part.

Elle soupira. Même si elle s'était attendue à faire chou blanc, elle était déçue. Déçue et dans l'impasse. Comment faire avancer son enquête sans éléments probants ?

Elle allait refourguer ce fatras de papiers dans le carton lorsque ses yeux se posèrent sur le roman de Thomas Hardy. *Tess d'Uberville*. N'étant pas férue de classiques, elle ne pensait pas l'avoir déjà lu. Il lui sembla incongru de trouver un bouquin au milieu de ces documents professionnels ennuyants. Fabien Bugnoli se délectait-il de quelques chapitres en attendant ses clients pour une visite ?

Elle prit le livre et commença à faire défiler machinalement les pages, mais arrêta net son mouvement en constatant qu'elles étaient vierges. Elle s'aperçut qu'il ne s'agissait pas d'un ouvrage imprimé. C'était un carnet. Elle le rouvrit au début.

Les premières feuilles avaient été laissées blanches, comme si le propriétaire avait voulu prendre une précaution supplémentaire, se cacher des regards trop curieux. Elle finit pourtant par découvrir l'écriture serrée et saccadée de Bugnoli, la même qui couvrait les documents qu'elle venait de compulser.

10 avril 2004 – Fête dans la cantine
Elias Valéjane – Victoire Valéjane – Laura Delair –
Gabriel Caltorant – Antonin Martino –
Eddie Arolas – Blanche Simenon – Malik Sada –
Élisabeth Pasteur – Paul Clapard – Mathias Lorne –
Félix Dupin – Jessica Mauve – Alexis Avril – Mélanie T…

Ainsi elle avait vu juste. La soirée qu'elle avait organisée dans le réfectoire était au cœur des recherches menées par Bugnoli. Que signifiaient leurs noms, et ceux des participants ? Pas moins de cinquante individus étaient listés dans ce carnet. Fabien les considérait-il comme des témoins, ou au contraire comme des suspects potentiels ? Suspects de quoi, d'ailleurs ? Que s'était-il produit ce soir-là, et en quoi était-ce lié au suicide de Judith ?

Elle poursuivit sa lecture.

La page qui suivait la fin de la liste ne comportait que quelques mots.

MAIRIE
C.B.
Même scénario ?

La mairie ? Comment la mairie s'imbriquait-elle dans cette affaire vieille de dix-sept ans ? Que signifiait C.B. ? De quel scénario était-il question ? Les dernières lignes rédigées par Fabien soulevaient plus d'interrogations encore.

Elle demeura de longues minutes, le carnet toujours à la main, s'efforçant de trouver un sens à ces bribes cryptiques.

Elle n'en doutait plus, Fabien avait découvert quelque chose qui avait relancé, au moins dans son esprit, l'affaire du suicide de Judith. Il n'avait probablement jamais cessé d'y penser, de chercher à comprendre, si elle en croyait ce qu'elle avait entendu à propos de son discours lors de la commémoration. Cette perte l'avait marqué à vif.

Elle s'efforça de réorganiser ses idées.

En premier lieu, elle devait faire la lumière sur la soirée du 10 avril 2004. La fête apparaissait comme le point de départ. Mais après tant d'années, la tâche ne serait pas aisée. Ses propres souvenirs étaient nébuleux. Quant à ce qui avait poussé Fabien à creuser de nouveau dix-sept ans plus tard, la réponse était peut-être à trouver à la mairie.

Elle se souvint que dans la voiture, Gabriel avait mentionné que Bugnoli travaillait parfois avec la municipalité pour évaluer des biens appartenant à la commune.

Cela semblait maigre, mais c'était l'unique début de piste qu'elle avait en sa possession.

29

— Je suis désolée, Vic, mais Antonin ne m'a jamais parlé de quoi que ce soit en lien avec Bugnoli, regretta Laura. Et je te confirme qu'à ma connaissance il n'a pas cherché à nous joindre. Mais Elias était dans la classe de Judith, c'est peut-être pour ça qu'il voulait discuter avec lui en particulier ?

— C'est possible, concéda Victoire.

Elle se recula dans son siège tandis que Laura fondait vers le bol d'éperlans frits posé sur la table. Elle avait espéré que parler avec son amie la mettrait sur une nouvelle piste. Si seulement Bugnoli n'était pas resté aussi vague dans ses notes !

Semblant lire dans ses pensées, Laura ajouta :

— En attendant qu'Antonin rentre, tu peux toujours interroger Gabriel. Il doit en savoir autant que mon mari sur ce qu'il se passe à la mairie. Il est membre du conseil municipal après tout.

— Ah bon ? s'étonna Victoire.

— Oui, depuis les dernières élections. Sa grand-mère aurait aimé le voir en tête de liste pour prendre sa suite, mais apparemment, cela ne l'intéressait pas. Il aurait gagné pourtant. Il est très apprécié. Mais je pense qu'il s'est présenté seulement pour faire plaisir à Mathilda.

Gabriel vigneron, Gabriel à la mairie. Pour un jeune homme qui rêvait d'aventure et de liberté, son ancien petit ami avait vraiment changé. Il était devenu l'enfant chéri de Dorville, quand sa propre étiquette de paria lui collait toujours à la peau, qu'importent les années ou ses succès professionnels.

— Il ne m'a rien dit, nota Victoire d'une voix atone, espérant ne pas trahir le soupçon d'irritation qui venait de la gagner.

Dans la voiture, la conservation était restée en surface, et lors de leur seconde entrevue, il était assez occupé à lui retirer ses fringues tout en essayant d'éviter les sujets explosifs, tels que son ex-femme démoniaque. Hors de question qu'elle reparle à ce traître ! Elle trouverait un autre moyen d'obtenir des informations.

— Quelle poisse que ton mari ne soit pas là !

— Quoi, t'es pas contente qu'on se fasse une soirée en tête à tête ? plaisanta Laura pour détendre l'atmosphère.

— Bien sûr que si, andouille ! se radoucit Victoire. Mais cela m'aurait arrangée de pouvoir lui demander deux ou trois trucs. Je voudrais tellement savoir ce que Bugnoli avait découvert !

— Tu ne crois pas que tu devrais laisser faire les gendarmes ? Après tout, Elias a été libéré. Franchement, ça m'inquiète de te savoir en train de fouiner. Je… Je ne dors plus depuis la mort d'Eddie. J'arrive pas à me sortir son visage de l'esprit. Dès que je ferme les yeux, je le vois.

Victoire s'avança et posa sa main sur celle de Laura. Elle-même aurait du mal à effacer ce souvenir de sa mémoire.

— Imagine, reprit son amie, on a peut-être affaire à un dingue qui en a après les gens du lycée !

— Et tu penses qu'il va nous éliminer les uns après les autres à coups de hache ? Je crois que tu as regardé trop de films d'horreur ado, plaisanta Victoire.

— Je flippe pour toi, et tu te fous de ma gueule !

— Laura, je pose des questions, c'est tout ! Je ne compte pas suivre le premier psychopathe qui passe dans une cabane au fond des bois !

— Tourne la situation en dérision si ça t'amuse, ça ne change rien ! Chacun son job. Il y a des gens, comme Elme, qui sont formés pour gérer ce genre de chose, pour faire face au danger. Je suis certaine qu'ils finiront par trouver le coupable de ces atrocités.

L'optimisme de Laura était rafraîchissant, mais Victoire n'était pas aussi convaincue qu'elle. Chaque année, rien qu'en France, nombre d'affaires criminelles demeuraient non élucidées, et finissaient par alimenter les programmes télévisés du dimanche après-midi. Si le vrai meurtrier n'était pas mis sous les verrous, Elias resterait à jamais présenté comme le suspect principal, relâché faute d'éléments concrets. On connaissait plus vendeur comme carte de visite.

Par ailleurs, il n'était plus seulement question de son petit frère. Elle ne savait toujours pas pourquoi Judith s'était donné la mort ni de quelle manière cet événement s'imbriquait avec les meurtres de ses camarades de lycée, mais il lui semblait désormais impossible d'agir comme si tout cela ne la concernait pas. Elle était persuadée qu'il lui suffirait de suivre le fil, ce fil que le décès de Judith avait commencé à dévider, pour sortir de ce labyrinthe et découvrir la vérité.

Victoire tourna la tête et laissa son regard se perdre au-delà du rivage.

Laura était venue la chercher devant l'hôtel une heure plus tôt, et avait pris l'initiative de les conduire hors de la ville. Après les montagnes russes émotionnelles des derniers jours, Victoire n'était pas mécontente de quitter Dorville pour la soirée et de s'éloigner des œillades suspicieuses.

Elles avaient rejoint l'anse du Naufragé, à quelques kilomètres de là. Cette crique, à l'époque connue uniquement des autochtones, pullulait de monde. Elle abritait désormais un bar-restaurant « les pieds dans l'eau », fait de bois de récupération et autres matériaux durables, qui charma Victoire sur-le-champ. Même s'il s'agissait du nouveau *spot* à la mode, il émanait du lieu une atmosphère conviviale et bon enfant, et elle se promit de revenir discuter avec les patrons, un couple de quarantenaires fort sympathiques, dès qu'elle serait de nouveau « en service ». À quelques mètres des tables, un orchestre réinterprétait des tubes pop et joyeux, sans pour autant assourdir la clientèle. Victoire appréciait de pouvoir discuter avec son amie sans avoir à hurler tout en profitant de l'ambiance festive.

Le cadre était idyllique, la musique à son goût, et les crustacés, couteaux, palourdes, coques et moules à la plancha, particulièrement savoureux ; pourtant, les questions ne quittaient pas son encéphale.

— Tu te souviens de la soirée dans le réfectoire ? commença-t-elle, tout en essayant de lécher discrètement le jus du citron qui coulait le long de son poignet.

— Bien sûr ! s'enthousiasma Laura. C'était une soirée démente !

— Non, mais je veux dire, tu t'en souviens *vraiment* ? Qui était là, qui a fait quoi, qui est sorti fumer ? Parce que j'ai beau me creuser la tête, tout est flou. J'avais un peu bu, comme tout le monde, mais pas au point d'avoir oublié tant de trucs !

Elle ponctua sa phrase en savourant quelques gorgées de son cocktail sans alcool. La carte proposait de multiples alternatives inventives qui tranchaient avec le traditionnel Perrier rondelle ou le jus de fruits trop sucré.

— Cela s'appelle vieillir, Vic.

— Arrête, on a à peine trente-cinq ans !

— Peut-être, mais ta soirée a eu lieu il y a dix-sept ans, soit presque la moitié de notre vie ! Comment veux-tu que l'on se souvienne de qui a dit ou fait quoi ? Je ne sais même plus ce que j'ai mangé hier midi ! Avec la masse d'informations qu'on emmagasine tous les jours, c'est normal que le disque dur interne fasse de la place pour garder juste les informations importantes.

Victoire eut envie d'argumenter que cette soirée avait vraisemblablement revêtu une importance capitale pour Judith, et par truchement pour Fabien, mais se ravisa. Laura n'apprécierait pas qu'elle remette l'enquête sur le tapis. Au fond, son amie avait raison. Le cerveau était un organe égoïste. Il ne conservait que ce qui avait trait à son propriétaire, et quelques personnages secondaires de l'intrigue. Les figurants, les silhouettes s'effaçaient à leurs profits.

Sans compter que ses derniers mois à Dorville avaient été suffisamment riches en bouleversements intimes. Pas étonnant que son esprit ait opéré une grande purge. Au fond, n'était-ce pas ce qu'elle avait toujours voulu, oublier cette année, cette ville, et toute la douleur qui y était attachée ? Et tant pis pour les autres, leurs histoires, leurs souffrances ? Tant pis pour Judith dont elle n'était pas fichue de se remémorer autre chose que la robe verte et le sourire candide, et encore, parce que les pages de son vieux journal intime avaient rallumé une veilleuse dans le dédale de ses souvenirs. N'était-elle pas terriblement présomptueuse d'imaginer qu'elle pourrait faire la lumière sur le sort de la jeune fille ?

Elle abandonna le citron pressé jusqu'à l'albédo sur le bord de son assiette.

— J'ai commencé à lire le journal que tu m'as rendu l'autre soir. J'y parle de cette fête. J'ai noté qu'Antonin et toi aviez fait des cochonneries dans les vestiaires des cantiniers, même si tu ne voulais pas l'avouer. Alors, après tout ce temps, tu admets ? demanda-t-elle avec malice.

— Si j'avais su que tu écrivais des trucs salaces à mon sujet dans ton carnet, je ne te l'aurais jamais rendu ! s'offusqua Laura en lui balançant son propre morceau de citron.

— Dis donc, c'était bien toi y a deux jours sur la plage, la pauvre femme mariée, qui voulais que je lui vende du rêve, de la passion ? Et ce soir-là, tu as réapparu sur la piste de danse échevelée et rouge comme si tu avais fait des pompes ou un footing ! Si ça ne transpire pas la passion, ça…

Laura piqua un fard mais ne se démonta pas pour autant :

— Pour une fille qui dit ne pas avoir de souvenirs de cette fête, je trouve intéressant de constater ce que tu as gardé en mémoire. Je te prédis un futur de vieille dame lubrique !

Victoire allait répliquer lorsque le chanteur du groupe interpella les clients :

— Comme c'est la tradition le vendredi soir, nous allons maintenant vous laisser le micro et mettre nos instruments à votre service pour l'heure qui vient !

Elle se tourna vers son amie et lui lança un regard à la fois suspicieux et complice.

— Tu le savais, évidemment.

— Ça, je veux bien l'avouer ! reconnut Laura.

Certains souvenirs échappaient à sa prise. Pas ceux qui avaient trait à la passion de sa camarade pour le chant. D'aussi loin qu'elle parvenait à remonter le fil de son amitié avec Laura, cette dernière chantait. Debout sur un banc dans la cour de récréation, en rang deux par deux pour se rendre à la cantine, dans la chorale de l'église alors que ses parents n'étaient même pas pratiquants, à la kermesse ou en chipant le micro de l'orchestre lors de la fête de Dorville, Laura chantait. Lorsque les Spice Girls avaient fait leur arrivée triomphale sur la scène musicale internationale, Laura avait décrété qu'elle et Victoire monteraient un groupe. Le hic, c'était qu'elles n'étaient que deux et pas cinq. Cela n'avait pas entaché la résolution de Laura. Pendant trois semaines, tous les samedis (soit trois samedis, ce qui représentait une abnégation formidable du haut de leurs dix ans), elles s'étaient retrouvées dans la chambre de Victoire pour écrire leurs chansons et travailler à leur futur album. Laura avait décidé que son amie serait leur parolière attitrée, puisqu'elle aimait tant tenir un stylo. Victoire avait vite compris qu'elle était plus douée pour raconter son week-end dans une rédaction que pour écrire les futurs tubes qui feraient lever les foules. Sans compter qu'elle chantait comme un pékinois qui se serait coincé la patte dans un piège à loups. Les séances d'échauffement vocal imposées par Laura réveillaient d'ailleurs tous les chiens de la colline, et provoquaient le courroux d'Elias, qui en plus d'avoir été recalé comme manager, devait supporter l'absence de talent de sa sœur et les *vibes* interminables dont Laura ne pouvait s'empêcher de ponctuer chaque phrase. Si le projet de faire concurrence aux cinq filles épicées était tombé rapidement aux oubliettes, Laura, devenue ado, avait continué à chanter dès qu'elle en avait l'occasion : elle traînait régulièrement Victoire au karaoké et la faisait monter sur scène pour des duos où elle était aussi à l'aise que le personnage de Cameron Diaz massacrant *I Just Don't Know What to Do With Myself* dans *Le Mariage de mon meilleur ami.* La loyauté avait ses raisons que la raison ignorait, mais pas les oreilles des pauvres diables qui sirotaient leurs verres.

— Allez, supplia Laura, ça sera comme au bon vieux temps ! Personne ne veut jamais m'accompagner !

— Il faut peut-être que je t'avoue pourquoi j'ai réellement quitté la ville, railla Victoire.

Elle soupira pour la forme et laissa Laura consulter le catalogue des titres que le groupe maîtrisait, consciente qu'elle pourrait interpréter du Demis Roussos ou du Patti Smith avec la même absence de talent.

— Voilà ! Un tube de notre année de naissance !

Leur tour vint après la prestation d'un père de famille débonnaire qui fit chanter les clients sur *Les Lacs du Connemara*. Au moins, le public semblait bon enfant et se retiendrait de lancer ses coquilles de crustacés en entendant Victoire massacrer Niagara.

En réalité, elle commença par laisser Laura s'en donner à cœur joie, pendant qu'elle marmonnait dans son micro.

Parle-moi, parle-moi d'amour

Je veux tes baisers de velours

— On n'entend pas la brune, fit remarquer le guitariste en profitant de la pause entre deux lignes de texte.

Laura afficha un immense sourire satisfait et Victoire leva les yeux au ciel.

— Allez ! l'invita quelqu'un dans le public.

Plusieurs personnes commencèrent à siffler et applaudir pour la motiver. S'ils le demandaient, alors tant pis pour eux et leurs oreilles. Le ridicule n'était pas mortel.

— *Tu me rends folle, c'est vraiment vraiment trop !* entonna Laura.

— *Mais je dois m'en aller !* répondit Victoire avec entrain.

— *Je ne veux plus t'aimer !*

— *Ouh ouh ouh !* fit le bassiste en guise de chœurs.

— *Mais je dois m'en aller ! Il faut tout oublier !* chantèrent les deux amies.

L'ironie des paroles frappa Victoire, couplée à l'image de Gabriel la veille, penaud et à moitié nu tandis qu'elle lui balançait ses godasses, et elle eut soudain envie d'éclater de rire dans son micro. Tant pis pour les fausses notes et la tonalité hasardeuse, elle s'époumona de bon cœur, espérant qu'à quelques kilomètres de là les tympans de son ex sifflaient au point de l'assourdir.

— *Je ne veux plus t'aimer !*

Une partie de la clientèle les encouragea jusqu'à la fin du titre. Laura irradiait, et sa joie contamina Victoire, qui termina la chanson le visage rougi par la chaleur et une légère honte en s'apercevant qu'elle venait de passer quatre minutes à bramer et à se déhancher devant une centaine d'inconnus. Elles regagnèrent pourtant leur table sous des applaudissements enthousiastes.

****

— C'était vraiment une chouette soirée, reconnut Victoire, tandis que les deux femmes marchaient au bord de l'eau, leurs pantalons relevés à mi-mollet et leurs sandales à la main.

— Tu devrais chanter plus souvent, ça a cet effet-là ! assura Laura.

— Je pense que ça tient plutôt au fait d'être avec toi. Je me rends compte d'à quel point tu m'as manqué…

— Il t'a fallu tout ce temps ? Dis donc, t'es longue à la détente !

Victoire lui tira la langue.

Elle aurait aimé lui dire combien il avait été difficile de partir, de tout quitter, bien plus qu'elle ne l'avait laissé entendre au téléphone ou dans ses mails. Comment elle avait été contrainte de mettre ses émotions sous cloche pour avancer, pour se construire une nouvelle vie, même si elle avait parfois passé de longues heures à pleurer, la nuit, dans cette petite chambre impersonnelle chez ces deux vieux qui sentaient la soupe et empochaient le loyer en espèces sans jamais l'interroger sur ce qui avait conduit une si jeune fille à débarquer à Paris avec un gros sac à dos et son baccalauréat pour seuls bagages. Terminé, les fêtes, les copains, le confort douillet de la maison dans laquelle elle avait grandi. Elle devait désormais bosser, foncer tête baissée, ne plus laisser la douleur et la rancœur la consumer. Elle avait abandonné à Dorville les conneries et la souffrance, mais aussi l'amitié. Si elle avait évidemment noué des liens avec d'autres personnes au fil des ans, rencontrés des copains, des confidentes, elle prenait conscience ce soir combien sa complicité avec Laura était précieuse, inusable, innocente et belle. Avec Laura, elle avait cinq ans, jouait aux billes et aux poupées Barbie, parfois en même temps. Elle avait sept ans, et donnait sépulture, en larmes, à un pauvre oiseau mort après s'être écrasé contre la fenêtre du salon. Elle avait dix ans et regardait *Sailor Moon* en se chamaillant pour la forme afin de décider quelle justicière chacune incarnerait. Elle avait douze ans, un appareil dentaire qui la complexait, et Laura tentait de convaincre ses parents de lui en faire poser un à elle aussi par solidarité. Elle avait treize ans et embrassait Gabriel pour la première fois, et racontait tout à son amie au téléphone, lui assurant que c'était génial, même si sur le moment elle avait trouvé ça un peu dégueulasse. Elle avait dix-sept ans, et sa mère mourrait, et Laura tenait sa main pendant tout l'enterrement. Elle avait dix-huit ans, et elle lui disait au revoir au petit matin sur le quai de la gare de Dorville, car Laura était la seule à qui elle avait avoué qu'elle partait. Elle avait trente-cinq ans, et elle courait dans l'eau, lançant ses chaussures dans le sable et se fichant tout d'un coup de mouiller le bas de son pantalon. Parce que c'était Laura et qu'elle était si heureuse de la retrouver, parce qu'elle ne savait plus vraiment quel âge elle avait en réalité, qu'elle pourrait avoir sept ou quatre-vingt-dix ans, elle ne vivrait qu'une seule amitié de ce genre, de celles qui traversent le temps et se fichent des kilomètres.

Sur le sable, Laura trouva un ballon oublié et le lança à Victoire, qui manqua tomber à l'eau en l'attrapant et éclata de rire.

— Ben alors, Valéjane ! On se ramollit ! singea-t-elle, imitant leur prof d'EPS de troisième qui tentait de motiver ses élèves comme s'il coachait une équipe pour le match de leur vie.

Victoire s'apprêtait à lui jeter le ballon en y mettant toute sa force :

— Prends ça, Delair !

Delair.

Elle suspendit son geste.

Laura continua à rire sans percevoir le trouble qui venait d'envahir Victoire.

De l'air, de l'air ! avait crié son père plus tôt dans la journée lorsqu'elle avait tenté de l'interroger sur les personnes que fréquentait Elias.

Delair ! Delair !

Elle se figea.

Laura, qui lui avait rendu son journal, confié par Elias. Laura, qui connaissait tous les secrets de la famille Valéjane. Laura, qui avait cherché à la joindre hier matin lorsque son frère avait été arrêté et qui avait pris des dispositions pour leur père. Laura, qui avait prétendu partir travailler et avoir croisé Elias à la sortie de la gendarmerie, alors qu'elle ne bossait pas le vendredi et que la plupart des entreprises faisaient le pont. Laura, dont le mari avait repris la cigarette et qui faisait mine de ne rien avoir remarqué alors qu'elle détestait cette addiction.

Delair, Delair. Quelle sotte elle était !

Victoire laissa tomber le ballon sur le sable.

— Laura, depuis combien de temps est-ce que tu couches avec mon petit frère ?

19 avril 2004

Judith Mérieux est morte.

Elle s'est suicidée.

Elle a sauté depuis la falaise, derrière la chapelle abandonnée. Fin de l'histoire.

Les bouquets de fleurs, les nounours, les dessins s'entassent devant les grilles du lycée et sur la plage, à l'endroit où on a retrouvé son corps.

La semaine dernière, elle dansait dans sa belle robe verte, au milieu de la cantine. Tout ceci est absurde.

J'ai pensé à la mort, moi aussi. Quand maman est partie. J'avais tellement mal que j'aurais parfois voulu m'ouvrir les veines, saigner, me vider, pour que ma douleur s'efface enfin. Seulement à chaque fois, je pensais à Elias. Il ne se remettrait pas de nous perdre toutes les deux. Alors exit mes projets sinistres. J'en suis arrivée à le détester de m'imposer, par sa seule existence, de rester en vie.

Je ne sais pas ce qui a manqué à Judith pour qu'elle décide de se foutre en l'air. Un Elias ? Quelqu'un ? Ou peut-être que c'était autre chose…

Elle a essayé de me parler, le soir de la fête.

Je suis allée aux toilettes vers une ou deux heures du matin. J'avais chaud, je transpirais à force de danser et de sauter partout, je voulais me passer un peu d'eau sur le visage. J'ai entendu quelqu'un dans une des cabines. Quelqu'un qui pleurait. J'ai pas vraiment fait gaffe. Dans ce genre de soirée, y a toujours une fille qui finit en larmes parce qu'elle a rompu avec son mec ou parce qu'elle a l'alcool triste. J'ai commencé à m'asperger d'eau comme un golden retriever sans faire attention aux reniflements. Judith a poussé la porte doucement. Elle était toute rouge, sa belle robe verte était froissée, on aurait dit qu'elle sortait de son lit. Elle avait franchement sale gueule, alors qu'elle était super jolie et toute souriante en arrivant. Elle a eu l'air étonnée de me trouver là, je pense qu'elle ne m'avait pas entendue entrer. Vu sa tête, je me suis sentie obligée de lui demander si elle était malade.

J'ai posé la question, mais je m'en fichais un peu, au fond, parce que j'avais pas du tout envie de gérer une histoire de cuite et de vomi ou de l'écouter pleurnicher à propos d'un mec.

Elle a entrouvert la bouche, mais n'a pas répondu. Elle s'est avancée vers le lavabo en mode Bambi. Le robinet coulait toujours et elle s'est passé de l'eau sur le visage. J'étais hyper mal à l'aise.

Je lui ai proposé d'aller chercher Fabien, mais elle a crié « Non ! ». J'ai eu un petit mouvement de recul. Son ton m'a surprise, vu que deux minutes avant, elle avait l'air complètement en vrac.

Elle a répété « Non », plus calmement, les deux mains posées sur le lavabo, comme pour chercher un appui. « Ne l'appelle pas. Ça va aller. »

Elle s'est regardée pendant un long moment dans le miroir sale, comme si c'était la première fois qu'elle voyait son reflet. Je savais pas quoi dire. Une partie de moi avait envie de fuir la pièce, de rejoindre les autres sur la piste de danse. Si elle avait trop picolé, je n'y étais pour rien.

Tout d'un coup, elle s'est mise à parler, sans me regarder. « Je… J'ai pas… À l'étage… »

La porte s'est ouverte d'un coup, et on s'est pris Left Outside Alone *d'Anastacia dans les oreilles à un volume assourdissant.*

Judith a sursauté, mais c'était juste Eddie. Il a fait : « Ah putain ! C'est les meufs ici, désolé ! » et il est ressorti. Il avait l'air franchement déchiré.

Quand il a refermé la porte, je me suis tournée vers Judith. L'intrusion d'Eddie a eu le mérite de la faire sortir de son espèce de transe, mais elle avait de nouveau cet air de lapin jeté devant les phares d'une voiture.

J'ai alors lancé un truc du genre : « Tu sais, Judith, on pense que certaines situations sont catastrophiques, irrémédiables, mais on se trompe. Au fond, il n'y a rien de vraiment grave, à part la mort. C'est la seule chose que l'on ne peut pas arranger. Alors haut les cœurs ! »

J'étais convaincue que mes paroles de grande sage de dix-sept ans allaient lui faire relativiser son problème. Je lui ai fait un sourire et suis sortie des chiottes, en la laissant devant le lavabo, avec sa tête de papier mâché. J'ai pas le souvenir de lui avoir parlé, ou même de l'avoir recroisée plus tard dans la soirée.

Quand ma mère est morte, j'ai souvent repensé à la dernière parole qu'elle m'avait dite. J'avais de la chance, c'était « Je t'aime, ma Victorieuse ». Elle avait eu du mal à articuler, entre la fatigue et les sédatifs. Mais c'était une belle phrase à laquelle se raccrocher. Une phrase qui n'invite pas aux regrets.

Judith avait aussi une dernière phrase à me dire. Mais j'avais été trop égoïste et pressée pour l'écouter.

16 juillet

30

Il ne manquait que la chanson de Sonny et Cher, et elle aurait pu se croire dans *Un jour sans fin.*

Sa chambre d'hôtel lui sortait par les trous de nez. Coup de bol, elle était contrainte de la rendre aujourd'hui. Coup du sort, elle n'avait pour l'heure aucune solution de repli pour la nuit à venir. Laura lui avait proposé de venir s'installer chez eux, mais c'était avant leur dispute de la veille.

La soirée s'était achevée sur une note bien moins joyeuse qu'elle n'avait commencé. Oubliés, la complicité de l'enfance et le karaoké. Ne restait en bouche qu'un arrière-goût amer.

Sur le principe, Victoire se contrefichait de savoir que Laura et Elias entretenaient une liaison. Chacun était libre de faire ce qu'il désirait de ses parties génitales. Elle aurait bon dos de jouer les mères la morale alors qu'elle avait failli recoucher avec Gabriel deux jours plus tôt. Mais, gagnée par cette impression puérile d'avoir été tenue dans l'ignorance de quelque chose d'important, elle n'avait pas très bien réagi sur le moment.

— Bon sang, Laura, tu m'as caché quoi d'autre encore ? s'était-elle emportée lorsque cette dernière avait admis sa relation avec Elias.

Son amie avait répliqué avec une véhémence que Victoire ne lui connaissait pas.

— Je commence à en avoir ma claque de tes reproches ! J'aurais dû te dire ceci, j'aurais dû te dire cela ! Merde à la fin ! Je ne suis pas la voix *off* qui te résume les épisodes passés quand tu te décides à revenir dans l'histoire !

Victoire était restée stupéfaite. Rares étaient les fois où Laura élevait la voix, et encore moins avec elle. Leur dispute la plus violente avait concerné un single des *Cardigans* prêté et perdu. Victoire avait conscience que son amie s'était toujours montrée plus souple qu'elle, se rangeait volontiers à son avis, et que ces traits de caractère avaient sans nul doute contribué à leur bonne entente pérenne. Aussi elle ne s'attendait pas au flot de récriminations auquel Laura s'était adonnée :

— Tu es partie, Victoire ! Et je ne te balance pas ça comme un reproche car je sais pourquoi et je te comprends dans le fond. Par contre, tu es la seule responsable de ton attitude depuis. Tu ne t'es pas déplacée pour mon mariage, parce que c'était trop douloureux pour toi de revenir, et je l'ai accepté. Mais tu n'étais pas là non plus pour la naissance de mon fils. Tu n'étais pas là quand mon post-partum a viré au cauchemar, quand j'avais à peine le courage d'aller prendre une douche. Ce ne sont pas des confidences que l'on fait dans un mail ou lors d'un coup de fil mensuel. Pas plus qu'on dit « Ton père a Alzheimer », « Ton ex s'est marié avec la fille qui a failli te faire coffrer » ou « Au fait, j'ai recommencé à coucher avec ton frère parce que je m'ennuie dans mon couple » ! Notre ville était peut-être trop morose à ton goût, mais on a continué d'y vivre nos vies. Nos petites vies ternes et ennuyeuses, mais nos vies à nous.

— Mais je n'ai jamais pensé à toi, à vous, en ces termes !

— Pas ouvertement, bien sûr, mais tu ne peux pas nier que ce fossé existe. Tu habites à Londres, tu passes à la télé. Tu t'es fait de nouveaux amis. Est-ce que j'en sais autant qu'eux à propos de ta vie actuelle ? Non, évidemment ! Alors, ne nous reproche pas de t'avoir caché des choses. C'est injuste.

Victoire était restée sonnée pendant de longs instants. Et comme si la claque n'avait pas été assez surprenante, Laura avait ajouté :

— Puisque tu en parlais tout à l'heure, je n'étais pas avec Antonin pendant la soirée dans la cantine. J'étais avec Elias.

Sa voix s'était faite plus douce, même si elle dévoilait un ton affirmé qui troubla une nouvelle fois Victoire.

— Je crois qu'Elias et moi avons toujours été attirés l'un par l'autre. Mais c'était ton petit frère, et j'avais passé tellement d'heures chez vous en sa compagnie que j'avais parfois la sensation qu'il était aussi le mien. Tous ces sentiments étaient si… J'avais du mal à y voir clair.

Elle avait repris son souffle, et continué sans regarder Victoire, les yeux fixés sur l'horizon.

— Pendant la fête, Antonin a organisé une partie de *beer-pong* dans la salle de repas des profs. Ils devaient être une vingtaine à rigoler en picolant. J'en ai eu marre d'être une potiche qui regarde son mec jouer, alors je l'ai planté là avec ses potes. Je ne sais plus comment les événements se sont enchaînés. Mais on s'est retrouvés, Elias et moi, dans le vestiaire et on s'est laissé emporter. On n'en a plus reparlé ensuite. J'étais avec Antonin, c'était son ami… Cela ne s'est pas reproduit avant plus de douze ans, quand je suis devenue la comptable de l'entreprise et qu'Elias a commencé à prendre tout en charge et à passer me voir au bureau. Une histoire banale quoi.

Victoire n'avait pas posé plus de questions, même si dans son esprit, un énorme triangle rouge avec en son centre le prénom

« Elias » s'était allumé et mis à clignoter de manière frénétique. Était-il satisfait de cette relation avec une femme mariée ou en souffrait-il ? Laura lui faisait-elle miroiter une séparation qui ne viendrait jamais ? Se taire lui avait coûté, mais elle ne voulait pas risquer d'envenimer la situation. Laura n'était plus l'adolescente effacée qui se laissait entraîner dans son sillage. Elle était une adulte. Tout comme Elias. La manière dont ils géraient leur histoire ne la regardait pas.

Les jeunes femmes n'avaient pas prononcé un mot dans la voiture qui les ramenait à Dorville. Les reproches de Laura, s'ils n'étaient pas injustifiés, n'en restaient pas moins difficiles à avaler.

Une fois dans sa chambre d'hôtel, Victoire avait pris une longue douche, qui n'avait eu aucun effet sur son humeur chagrine. Elle l'admettait, elle n'était pas une amie parfaite. Qui pouvait d'ailleurs se targuer de cela ? Mais était-elle aussi égocentrique que Laura le laissait entendre ? L'agacement avait laissé place à un doute vexant et elle s'était mise à maugréer contre elle pour éviter de réfléchir à ses manquements.

Victoire n'était pas revenue à Dorville pour les grands événements de sa vie de femme, mais Laura n'avait pas traîné ses fesses jusqu'à Paris ou Londres, alors qu'aucun drame n'était rattaché à ces lieux. Elles auraient au contraire pu y imprimer leurs propres souvenirs ensemble, si Laura s'était donné la peine de faire le déplacement. Laura non plus ne savait pas tout. Elle n'était pas la seule à avoir tu certains éléments de son quotidien. Les promesses de contrats qui ne s'étaient jamais concrétisées. Les critiques absurdement assassines et les *haters* frustrés. Les doutes qui la tenaient parfois éveillée jusqu'aux premières heures du matin. L'agression dont elle avait été victime dans le métro londonien. Les rendez-vous foireux. Ce petit être qui avait commencé à grandir en elle et qu'elle avait perdu avant même de savoir si elle le désirait. Tout un pan de sa vie avait échappé à Laura. Oui, elle avait confié cela à d'autres.

Dans les moments de doute, ou même simplement lorsqu'elle avait une bonne nouvelle à partager, elle ne se tournait plus vers Laura en premier. Qui était à blâmer pour cela ? Le temps ? Celui qui passe, celui qui manque ? Ou étaient-elles les seules responsables du délitement insidieux de leur relation ?

Elle s'était ensuite replongée dans son journal, mais devant les pages rédigées juste après la mort de Judith, sa mauvaise conscience, cette nouvelle compagne, n'avait fait que croître.

La jeune fille avait essayé de lui parler. Ses confidences étaient au bord de ses lèvres, mais Victoire l'avait silenciée.

L'expérience de la perte ouvre différentes routes. Victoire avait longtemps emprunté celle du manque d'empathie. S'il n'était pas question de mort ou de maladie létale, elle ne laissait place à aucune plainte, oblitérant le fait que chaque ressenti était valable, que les drames faisaient parfois leur lit sans bruit et dans des recoins sombres, que de fines fêlures qui se craquellent pouvaient détruire au fil du temps. Elle avait expédié Judith parce qu'elle se pensait plus sage, alors qu'elle n'était qu'une enfant, elle se croyait plus mature alors qu'il lui restait encore tant à apprendre. *Maintenant je sais qu'on ne sait jamais*, chantonnait parfois sa mère. Et les mères avaient bien souvent raison. Cela aussi, il lui avait fallu des années pour le comprendre.

Les choses auraient-elles tourné différemment si ce soir-là elle avait pris la peine d'écouter Judith, si elle avait eu pour elle une parole chaleureuse, si elle l'avait mise en confiance, au lieu de retourner folâtrer avec ses camarades ? Cette pensée la glaça. Elle se fit l'effet d'avoir été une Parque, coupant le fil de la vie de Judith sans lui laisser la moindre chance.

Cette entrée de son journal intime était assortie d'une photographie de la soirée. Elle avait dû prendre le cliché en amont de la scène qu'elle avait relatée, car on y voyait Judith et Fabien Bugnoli en train de danser. La jeune fille était radieuse, lumineuse, si différente de la personne au regard fantomatique qu'elle avait décrite dans ses lignes. Bien sûr, ce n'était pas l'image de Judith qu'elle avait cherché à capturer. Au premier plan, Elias, Gabriel, Laura et Antonin, se tenaient par les épaules et souriaient devant son objectif. Car au premier plan, il n'y avait toujours eu qu'eux pour Victoire. Ces quatre-là, les personnes qui avaient le plus compté pour elle, à cet âge charnière où les sentiments sont exacerbés jusqu'à en devenir ridicules, et qui, pour la plupart, lui reprochaient aujourd'hui d'avoir continué à grandir sans eux.

Judith, Fabien et Eddie étaient morts. Elle n'adresserait probablement plus la parole à Gabriel avant la ménopause (et encore), sa relation avec Elias était certes plus apaisée que quelques jours auparavant, mais n'en demeurait pas moins fragile. Et maintenant Laura lui en voulait. En quittant Dorville, elle rêvait de devenir adulte et responsable, plus responsable que son père en tout cas, mais à bien y réfléchir, cela n'avait rien de si exaltant. Surtout si c'était pour se retrouver à bougonner comme une ado sur un lit qui n'était pas le sien, parce qu'elle s'était disputée avec sa meilleure amie et avait lourdement merdé avec une fille en détresse qui avait fait le grand plongeon.

Elle se demandait comment Bill Murray était parvenu à mettre fin à la boucle temporelle dans laquelle il était coincé, et si revoir le film lui permettrait de trouver une issue à ses problèmes, lorsque son téléphone vibra.

— Pas un nouveau meurtre, pas un nouveau meurtre, pas un nouveau meurtre ! supplia-t-elle en constatant qu'il s'agissait d'un SMS de Johan.

Viens chez moi au plus vite.

Quel que soit le scénario que lui réservait la journée, elle était convaincue de le trouver mauvais, mais cela serait toujours mieux que de rester dans cette chambre à attendre la fin du film.

31

À PEINE AVAIT-ELLE FAIT CINQUANTE MÈTRES dans la rue qu'elle regretta d'être sortie de l'hôtel.

Gabriel.

Ce traître ne l'avait pas encore vue mais avançait droit dans sa direction.

Il lui restait quelques secondes pour rebrousser chemin et s'engouffrer dans la première boutique venue pour l'éviter. Elle amorça un demi-tour, mais ses yeux croisèrent le regard de fouine de la vieille Fanchon. Déjà l'ancienne fleuriste ouvrait la bouche pour l'invectiver. Gabriel ou la commère mesquine de la ville. Charybde ou Scylla. Elle reprit sa route initiale. Elle n'avait aucune envie de converser avec son ex, mais c'était au moins l'occasion de lui poser des questions au sujet de la soirée et de la mort de Judith. Elle fit quelques pas dans sa direction, et, lorsqu'il prit enfin conscience de sa présence, se planta devant lui.

Le malaise se lisait sur son visage. Qu'il culpabilise jusqu'à s'en faire un ulcère ! Elle en serait bien aise ! Il ouvrit pourtant la bouche avant elle.

— J'ai su qu'Elias avait été libéré, je suis content pour lui. Pour vous.

— Je te remercie, concéda-t-elle.

Elle s'efforça de garder son sang-froid, même si elle était toujours aussi furieuse après lui. Si elle voulait parvenir à lui soutirer quelques informations, mieux valait éviter de lui balancer des vacheries. Mais il lui restait tout de même des points à éclaircir.

— Quant à moi, j'ai appris que tu faisais partie du conseil municipal. C'est drôle que tu ne l'aies pas mentionné l'autre jour dans la voiture.

— Il n'y a pas grand-chose à en dire, ce n'est pas aussi palpitant qu'on pourrait le croire. C'était surtout pour faire plaisir à ma grand-mère.

— Alors toi aussi, il t'arrivait de côtoyer Bugnoli, embraya-t-elle.

Gabriel parut surpris.

— Rarement. Si les ventes des biens immobiliers se décident lors du conseil, cela n'est pas de mon ressort ensuite. Ma délégation, c'est l'environnement et la viticulture, pas l'urbanisme.

Victoire afficha une moue déçue.

— Je ne l'ai pas tué parce qu'il nous prenait trop d'honoraires, si c'est ça ta question, plaisanta-t-il d'une manière forcée.

Elle soupira, agacée. Elle n'avait aucune envie de s'adonner à un concours de boutades idiotes.

— Il y a bien quelqu'un qui l'a fait en tout cas, souffla-t-elle entre ses dents.

— Tu crois que je n'y pense pas ? rétorqua-t-il. Mon portable sonne sans arrêt, justement parce que je suis à la mairie. Les touristes s'en tapent peut-être, ils sont trop occupés à se faire dorer la couenne, mais la plupart des habitants paniquent ! Comme si je pouvais y changer quelque chose !

Un blanc s'installa dans cette conversation déjà peu amène. Sentant Gabriel irrité et prêt à y mettre fin pour continuer son trajet, elle reprit en vitesse :

— Il a essayé d'appeler Elias. Bugnoli, précisa-t-elle. Il lui a laissé plusieurs messages. Apparemment, il voulait parler de Judith.

— De Judith ?

— Je crois qu'il enquêtait sur les raisons de son suicide.

Hors de question de lui dévoiler tout ce qu'elle savait.

— Il n'a pas tenté de te joindre ?

— Non, trancha-t-il. Comme je te le disais l'autre jour, on ne s'était jamais rabibochés après le lycée. Et qu'est-ce que j'aurais pu lui apprendre au sujet de sa cousine ?

— Nous étions tous avec elle, le week-end avant sa mort. C'était celui de la soirée dans le réfectoire.

Elle avançait ses pions comme aux échecs.

— Avec elle, avec elle… ce n'était pas notre meilleure pote non plus.

— Il n'empêche que l'un de nous aurait pu remarquer un détail, quelque chose, qui explique son geste.

— On était une bande d'ados bourrés. Il espérait quoi ? Que quelqu'un ait une illumination dix-sept ans plus tard ?

— Je ne sais pas… Il arrive que les gens aient peur de parler, tenta-t-elle. Surtout à l'âge que nous avions, comme tu le soulignes.

Gabriel balaya sa remarque d'un geste de la main.

— Tu te poses trop de questions, Victoire, comme toujours. Parfois, il n'y a rien à gratter, rien à comprendre. Judith avait probablement des soucis chez elle, ou des problèmes de mec, et elle s'est suicidée. Cela arrive tous les jours malheureusement. Il n'y a pas de quoi remuer le passé.

— Mais deux personnes sont mortes en l'espace de deux jours.

— Ça, c'est l'œuvre d'un taré, c'est certain ! Rien à voir avec cette pauvre Judith.

— Et l'appel de Fabien à Elias ? T'en fais quoi ?

— Je n'en fais rien du tout parce que ce n'est pas mon métier ! s'agaça-t-il. Et ce n'est pas le tien non plus, je te le rappelle, Miss Marple ! ajouta-t-il avec un petit rire qui n'avait rien de spontané.

Elle connaissait trop bien ses tactiques pour changer de sujet en faisant mine de détendre l'atmosphère et en lui laissant croire qu'elle exagérait. Mais Victoire était une femme désormais, sûre d'elle et de ce qu'elle avançait. Néanmoins, elle joua celle sur qui ses manœuvres avaient encore de l'effet. Elle soupira pour donner le change.

— Entre les meurtres et l'arrestation d'Elias, je crois que j'y vois plus très clair…

— Ça touche à des gens qu'on connaît… qu'on connaissait, se reprit-il. On est tous stressés, concéda Gabriel en posant une main compatissante sur son épaule.

Il affichait un sourire aussi satisfait que factice.

— Encore une fois, laisse le passé à sa place, et concentre-toi sur ton frère. Il a été relâché, c'est tout ce qui compte, et bientôt ils trouveront le coupable. J'en suis convaincu. À force de le répéter à ceux qui me harcèlent au téléphone, j'ai fini par m'en persuader, et crois-moi, c'est pas plus mal. On va devenir cinglés si on passe notre temps à ressasser ces horreurs.

Victoire débita quelques platitudes d'usage pour mettre fin à cette conversation frustrante, puis le regarda s'éloigner en grinçant des dents. Gabriel ne voulait pas qu'elle fouine, et il cachait quelque chose, elle en était certaine.

Elle se retourna pour reprendre sa marche, et se cogna dans la vieille Fanchon.

— Tu ne peux pas faire attention, délinquante ! rouspéta la tique sur pieds.

— Si vous étiez à votre place dans un hospice ou dans un zoo au lieu d'espionner toutes les conversations du canton, personne ne vous rentrerait dedans ! répliqua Victoire.

Elle s'écarta, n'ayant plus le temps ou la patience de se lancer dans une joute verbale, mais la vieille avait encore un stock de fiel en réserve.

— En tout cas, le petit Caltorant, lui, il a fait quelque chose de sa vie, il n'a pas besoin de jouer l'imbécile à la télévision ! C'est devenu un homme respectable. Il a eu du nez de te quitter !

— Votre mari aussi ! Il paraît que la poissonnière est une seconde épouse formidable ! rétorqua-t-elle.

Les joues de la Fanchon tiraient désormais sur le violet. Victoire pensa un instant qu'elle allait éclater comme un ballon de baudruche. Elle en profita pour s'esquiver et reprendre son chemin. La vieille resta figée sur place, pleine de sa colère et de ses certitudes. Comme la plupart des habitants de Dorville, elle croyait tout savoir.

32

L'APPARTEMENT DE JOHAN embaumait le bon café et Victoire en saliva dès qu'elle eut franchi le seuil.

— J'ai préféré que l'on se voie ici plutôt qu'à l'extérieur, expliqua le journaliste. Mon patron a reçu un courrier anonyme lui expliquant que « la presse n'avait pas à frayer avec des criminels notoires comme les Valéjane, sous peine de corrompre l'information ».

— Charmant.

Elle imagina sans mal que la Fanchon et ses congénères étaient à l'origine de cette missive.

— Tu connais les gens d'ici. Même libéré de sa garde à vue, Elias reste le seul nom qu'ils ont en bouche. Et on sait que tu poses des questions. Donc on va s'efforcer de se faire oublier le temps que ça se tasse.

— Tu ne veux plus m'aider ? s'alarma Victoire.

— Bien sûr que si ! Mais autant s'assurer que la population ne nous mette pas de bâtons dans les roues.

La jeune femme se détendit.

Elle lui fit part de ses découvertes de la veille. Elle sortit le faux livre appartenant à Bugnoli de son sac à main et lui présenta la liste, puis lui résuma ce qu'elle avait lu dans son propre journal intime. Johan l'écouta attentivement avant de se lever et de se diriger vers son bureau.

— De mon côté, j'ai aussi déniché des choses intéressantes, commença-t-il.

Il laissa sa phrase en suspens, affichant un léger sourire à la commissure de ses lèvres.

— Alors ? se sentit-elle obligée de demander par crainte qu'il n'embraye pas de lui-même sans y être invité.

Il lui tendit une liasse de feuilles imprimées.

— J'ai reçu la copie du rapport d'autopsie de Judith. Ne me demande pas comment, car ce n'est pas plus glorieux que la manière dont tu as obtenu le carnet de Fabien.

— Alors ? répéta-t-elle, rageant intérieurement contre sa manie de diluer l'information.

— Comme je te le disais hier, pas de traces de lutte. Son suicide ne fait aucun doute. Mais regarde néanmoins la description du corps, la partie 5.2.

Victoire tourna les premières pages pour en arriver à la section en question. Sexe, taille, cheveux, éléments d'identification, absence de ponction veineuse, description des phénomènes cadavériques, de l'abdomen, du thorax, des organes génitaux externes. Son regard s'arrêta sur les quelques lignes qui suivaient cette entrée.

Lésions génitales antérieures au décès. Absence de fluides corporels.
Ecchymoses extra-génitales (face interne des cuisses) datant d'environ huit jours.

Comprenant qu'elle était sonnée, Johan prit les devants :

— Si l'on relie tout ça à ce que tu viens de me raconter à propos de la soirée, cela ne peut signifier qu'une chose…

— Judith a été violée, termina Victoire.

Ils gardèrent le silence le temps d'assimiler cette information.

— Pourquoi le légiste de l'époque et les gendarmes n'ont-ils pas ouvert une enquête après de telles conclusions ? s'énerva-t-elle finalement.

— Probablement parce qu'il n'y avait aucune plainte déposée.

— « Lésions génitales », « ecchymoses », ça ne leur a pas mis la puce à l'oreille ?

Johan hésita.

— Je ne cherche à défendre personne, mais tu sais comme moi que ce genre de traces peut résulter d'un rapport consenti un peu… sauvage. Sans compter que les bleus ne précédaient pas directement le décès.

— Elle avait dix-sept ans, bordel ! Et elle venait de se suicider !

Victoire enserra son crâne entre ses mains et ferma les yeux quelques secondes, le temps de digérer cette information. Au fond, c'était bien ce qu'elle redoutait après avoir lu la scène de leur rencontre dans les toilettes du réfectoire. Judith venait d'être violée. Elle était seule, effrayée, perdue, et Victoire ne l'avait pas écoutée. Elle avait merdé sur toute la ligne. Le légiste de l'époque n'avait pas cherché plus loin, mais elle, elle avait refusé d'entendre, parce qu'elle préférait faire la fête avec ses copains, parce qu'elle ne voulait pas que les problèmes de Judith viennent gâcher sa soirée.

— Pourquoi maintenant ? demanda-t-elle à haute voix. Pourquoi tuer Fabien et Eddie ?

— Laissons Eddie de côté un instant. Le lien avec Judith, c'est son cousin. Est-ce qu'il savait déjà en 2004 qu'elle avait été violée, ou est-ce qu'il l'a appris, compris, récemment ?

— Peut-être qu'il a toujours eu un doute…, commença Victoire. Ils étaient venus à la soirée ensemble.

Elle repensa à la page de son journal et à la réaction de Judith lorsqu'elle lui avait proposé d'aller chercher Fabien.

— Elle ne lui a rien dit, déduit-elle. Elle avait trop honte, trop peur. C'était son cousin, mais c'était un mec. Elle ne pouvait pas se confier à lui.

Elle voulait parler à une femme. Elle a essayé.

— Elle ne lui a rien dit, continua-t-elle, mais il a compris qu'il s'était passé quelque chose ce soir-là. Le suicide de Judith une semaine plus tard a confirmé son hypothèse. Mais elle n'était plus là pour répondre à ses questions. Il est resté dans le flou pendant toutes ces années…

— Jusqu'à ce qu'un élément refasse surface et le mette sur une piste…, enchaîna Johan.

Victoire reprit le carnet de Bugnoli.

Même scénario ? avait-il écrit après la liste des participants à la soirée.

Il n'enquêtait plus seulement sur ce qui était arrivé à sa cousine lors de la fête.

Judith avait été violée. Mais elle n'était probablement pas la seule.

33

La discussion avec Johan l'avait chamboulée.

Après la lecture de son journal intime la veille, elle s'attendait à quelque chose de sordide quant à ce qui avait poussé Judith au suicide, mais en avoir la confirmation l'avait néanmoins assommée. Les souffrances, physiques comme psychiques, endurées par la jeune fille la hanteraient jusqu'à son dernier souffle.

Par ailleurs, une autre pensée abjecte avait fait son nid dans son esprit, et cette dernière lui était tout aussi insupportable.

Elle connaissait les gens présents à la soirée. Ils étaient ses amis, ses camarades de classe. Elle avait grandi avec la plupart d'entre eux. Parmi ces garçons, avec lesquels elle avait joué ou fait la fête, quelqu'un avait violé Judith. En y songeant, elle se sentait aussi nauséeuse que lorsqu'elle avait trouvé le corps d'Eddie. Le doute, les soupçons, se répandaient dans sa chair.

Elle éprouvait le besoin de faire le vide, de s'éloigner du monde et de ses atrocités.

Elle avait revu Laura, Gabriel, son frère et son père. L'heure était venue de rendre visite à sa mère.

Dans les séries télévisées que Victoire affectionnait, les cimetières étaient des endroits sombres et brumeux, aux sépultures couvertes de mousse et de lierre. À Dorville au contraire, les tombes baignées de soleil étaient érigées au cœur d'une pinède aux allées recouvertes d'aiguilles couleur terracotta.

Dans les séries, toujours les mêmes, l'héroïne s'agenouillait devant la tombe d'un être aimé, un père ou une mère disparus pendant l'enfance, et se lançait dans un long monologue poignant qui transpirait les regrets et le manque. Victoire ne s'était jamais livrée à l'exercice, et ne comptait pas commencer aujourd'hui. Elle ne se voyait pas enquiquiner sa mère, si tant est que ses ossements aient la capacité de l'entendre, avec cette affaire.

Pourtant, dans les jours qui avaient suivi son décès, elle avait pris l'habitude de se rendre régulièrement au cimetière. Elle s'installait sur la tombe, s'y étendait même, ce qui lui avait valu les remontrances du gardien la première fois qu'il l'avait surprise, le dos contre le marbre et le regard perdu dans les nuages. Elle l'avait rabroué vertement. C'était sa mère, son chagrin, et d'un point de vue purement pratique, son marbre. À la maison, jusqu'aux derniers instants, elle s'était couchée dans le lit auprès d'elle en rentrant du lycée pour lui raconter sa journée ou la regarder dormir. Quelle était la différence ? Sa mère n'était pas là. Ce n'était qu'un lieu sur lequel se recueillir, un endroit où se sentir proche d'elle, loin du climat délétère qui régnait chez eux. Le gardien avait ronchonné quelques mots dans sa barbe pour ne pas perdre la face, mais ne l'avait plus jamais confrontée. Mieux, il l'avait laissée en paix, tandis qu'elle restait, parfois une heure, parfois dix minutes, couchée sur la pierre.

Elle hésita néanmoins en arrivant devant la tombe. Cela faisait si longtemps. Le marbre, recouvert d'une fine pellicule de poussière et de sable, paraissait plus foncé que dans ses souvenirs. En dehors de ce détail, rien n'avait changé en dix-sept ans. Point de fleurs ou de plaques déprimantes, leur mère avait insisté sur ce point. Elle refusait que sa dernière demeure devienne une charge pour les siens et leur avait fait promettre de ne pas orner sa pierre de babioles nécessitant un quelconque entretien. César avait ainsi pu rester le postérieur cintré sur son canapé, tandis qu'Elias n'avait pas remis les pieds dans cet endroit depuis les funérailles, pour ce que Victoire en savait. Elle seule s'y rendait, sans parvenir à définir si elle y trouvait un vrai bénéfice.

Aujourd'hui, cependant, elle éprouvait un besoin de paix et de sérénité.

Elle commença par s'asseoir sur le bord de la tombe, soudain intimidée. Elle n'était plus une ado. Elle s'étonna de la sacralité que le temps conférait à certaines choses. Elle regarda de part et d'autre pour s'assurer qu'elle était bien seule. Il ne manquerait plus que les vieilles bigotes du coin aillent colporter que la Valéjane adulte se couchait sur la pierre tombale de sa mère. Elles seraient capables de raconter qu'elle s'adonnait à des rites de sorcellerie pour disculper son frangin ou causer plus de tracas encore aux habitants de la commune. Mais à cette heure de la matinée, la chaleur, même à l'ombre des pins, était déjà écrasante, et personne n'avait osé s'aventurer dans les allées du cimetière.

Elle s'allongea. La fraîcheur du marbre dans son dos lui arracha un frisson. Elle trouva la position inconfortable. Elle n'en avait pas ce souvenir. Paradoxalement, elle se sentait bien. À sa place. Impossible en revanche d'ouvrir les yeux pour observer la course des nuages. La lumière était bien trop vive. Les paupières closes, elle laissa ses pensées vagabonder à leur guise. Les réminiscences des heures passées à cet endroit durant sa terminale cédèrent pourtant vite la place aux tragiques événements du présent. Un présent qui avait développé ses racines des années plus tôt.

Dans son journal, elle avait narré l'arrivée des invités, et sa rencontre avec Judith dans les toilettes. Des heures s'étaient écoulées entre ces deux moments. Il devait bien en rester quelques bribes, dissimulées dans les tréfonds de sa conscience ! Elle expira de manière sonore. Ne pas s'énerver. Cela ne l'avancerait à rien.

Elle s'efforça de remonter le fil de ce samedi d'avril. L'inévitable séance d'habillage, maquillage et coiffure avant la fête. Chez elle ? Oui, chez elle. Avec Laura forcément. Elle s'en rappelait désormais. Comment s'était-elle rendue au lycée ? Avec Gabriel. Dans la voiture de Mathilda. Il avait obtenu son permis un mois plus tôt. Puis l'arrivée des invités, Judith dans sa robe verte, accompagnée de Fabien Bugnoli. Flou, flou, flou, le reste demeurait flou. Elle s'agaça.

Elle tenta de se concentrer sur les lieux, de se les représenter distinctement. La grande salle dans laquelle ils déjeunaient tous les jours de l'année scolaire depuis plus de deux ans. L'entrée principale, avec son dédale de barrières métalliques qui ralentissait leur accès aux plateaux. Oui, un ou deux petits groupes s'étaient massés à cet endroit pour discuter plus au calme. Personne de mémorable. Les cuisines. Là, c'était un joyeux bazar. Des dizaines d'ados avaient profité de l'occasion pour inspecter les frigos et les congélateurs, faisaient mine de cuisiner, et certains, plus hardis, avaient allumé une des énormes friteuses. Elle avait haussé le ton. C'était un coup à déclencher l'alarme incendie, mais Gabriel avait temporisé.

— *Ça va, c'est pas grave ! Et puis, à quoi ça sert de faire la fête ici si on peut toucher à rien !*

Il affichait son sourire enjôleur, celui qui, couplé à sa gueule d'ange et à son nom de famille, lui permettait de passer partout, mais il n'avait réussi qu'à l'irriter plus encore. Si les choses tournaient mal, c'était elle qui serait incriminée. Peu importait que la fête ait été son idée à lui en premier lieu.

— *Une soirée dans la cantoche, ça serait le pied!*

Il avait lancé cela, l'air de rien, un après-midi où ils s'étaient retrouvés aux ruines, tandis qu'elle jouait avec les poils de son torse en écoutant les battements de son cœur mêlés à la cymbalisation des cigales. Il l'avait mise au défi. Jamais elle ne parviendrait à faucher les clés au proviseur adjoint. Elle lui avait rapporté le trousseau en triomphe à peine une semaine plus tard. Et là, il faisait le malin, minimisant les risques, alors qu'elle avait géré toute l'organisation de l'événement.

Elle avait quitté la cuisine en rogne, résistant à l'envie de lui exprimer le fond de sa pensée en public, parce qu'une fille qui s'énerve après son mec est une casse-couilles et une hystérique. Il n'avait qu'à se débrouiller avec ses frites et si d'aventure la cuisine prenait feu, il pourrait compter sur son allure de Superman pour éteindre l'incendie. Elle préférait danser, et c'était ce qu'elle était allée faire. Sans lui.

Elle avait perdu de vue Gabriel pendant des heures. Elle s'en souvenait maintenant.

Elle s'en souvenait, parce que c'était durant ce même laps de temps qu'elle n'avait pas réussi à retrouver Laura, l'avait suspectée de faire des folies de son corps avec Antonin, quand en réalité elle était dans les bras de son petit frère. Ils avaient tous disparu, et elle avait longtemps dansé avec d'autres copains, maudissant intérieurement ses quatre piliers pour leur absence. Elle avait fait tout cela pour Elias, pour eux, et ils n'étaient même pas à ses côtés pour profiter de la fête. C'était pour cette raison qu'elle avait bu un peu plus d'alcool que d'ordinaire – elle s'ennuyait – et que le reste de la soirée était noyé dans une brume éthylique. Venaient ensuite, même si la chronologie manquait toujours de limpidité, le moment où elle avait croisé Judith aux toilettes, l'incursion d'Eddie. Après cela, elle avait regagné la piste et retrouvé ses amis. Gabriel l'avait prise dans ses bras, et grisée par la vodka et le plaisir d'être enfin avec lui, elle avait oublié ses griefs au profit de ses baisers. Ils avaient tous dansé jusqu'à l'arrivée des gendarmes, et elle n'avait plus prêté attention à Judith ou à quiconque.

Gabriel avait disparu. Elle ne pouvait s'ôter cette idée de la tête désormais. Elle l'avait oublié jusqu'alors, mais il n'avait pas passé toute la soirée avec elle comme elle l'avait toujours pensé, son esprit comblant les blancs à coups de faux souvenirs et de visions éthérées d'une nuit qu'elle avait toujours cru parfaite alors qu'une existence avait basculé.

Est-ce que… Non, c'était impossible. Elle se refusait à y croire. Il n'était pas avec elle, cela ne signifiait pas qu'il s'était livré à un acte aussi abject. Il y avait des dizaines d'autres garçons à la soirée, dont elle n'avait pas fait cas et qui avaient tout aussi bien pu agresser Judith sans que personne ne les remarque. Le monde, la musique, le bruit, toutes ces pièces et recoins inexplorés.

Le lieu importait-il, cependant ? Car à en croire les notes de Bugnoli, ce dernier pensait que le violeur sévissait toujours. Peut-être à la mairie, d'où la mention dans son carnet ? La mairie de Dorville, où elle venait d'apprendre que Gabriel officiait et pour laquelle Fabien Bugnoli travaillait parfois. Ce même Fabien avec qui Gabriel s'était disputé sur la plage peu de temps après le suicide de Judith. Il avait prétendu ne plus se souvenir de la raison de leur querelle… Et si Bugnoli le suspectait déjà à l'époque et l'avait confronté à ce sujet ? Cela suffisait à expliquer la réaction violente de Gabriel, le fait qu'Elias et Antonin avaient été obligés de les séparer.

— *Celui-là, on le dégage ! C'est un malade, on l'invite plus aux soirées !*

Le souvenir de cette phrase prononcée par son petit ami qui rajustait son T-shirt au col distendu tandis que Fabien quittait la plage la frappa de plein fouet, et elle se releva pour reprendre son souffle.

C'était impensable.

Gabriel était loin d'être parfait, mais ce n'était pas un violeur.

Elle ne pouvait pas l'imaginer.

Il s'agissait forcément de quelqu'un d'autre, quelqu'un de plus sournois, de plus vil. Ce ne pouvait pas être Gabriel. Les gendarmes l'avaient interrogé dans le cadre du meurtre d'Eddie, il l'avait admis lui-même. Mais ils l'avaient également laissé repartir. Néanmoins, Gabriel avait déjà glissé entre les mailles du filet par le passé.

Même s'il était bien moins angélique que les gens pouvaient le supposer, il ne s'était jamais montré violent ni même pressant avec elle. Leur première fois avait eu lieu après des mois de pelotages et de baisers audacieux, et si Gabriel connaissait déjà chaque partie de son anatomie sur le bout des lèvres, ils n'avaient franchi le cap que lorsque Victoire lui avait assuré, plongeant ses iris noisette dans ses yeux clairs, qu'elle était prête. Leurs ébats, à la fois maladroits et fougueux, n'avaient jamais été autre chose que le reflet de leur passion d'adolescents. Comment pouvait-elle envisager qu'il ait profité de quelques heures d'absence pour faire du mal à Judith ? Ne cherchait-elle pas à l'incriminer uniquement parce qu'elle lui en voulait pour Charline ?

En sortant de chez Johan, elle avait un instant envisagé de l'interroger de nouveau à propos de la mairie, mais avait renoncé à ce projet. Elle serait incapable de le regarder en face après avoir déroulé de tels soupçons à son égard.

Elle se leva et observa la stèle de sa mère.

Rose Valéjane
1959 – 2003

Que lui dirait-elle si elle était là ? De suivre son instinct ? D'écouter son cœur ? Probablement. Ce sont des phrases que disent les mères. Mais son instinct l'avait poussée à tant d'extrémités. Quant à son cœur… On connaissait plus fiable comme organe, et il n'y avait pas plus douée pour se voiler la face qu'une jeune fille amoureuse.

Gabriel lui cachait quelque chose, elle n'en démordait pas. Cela ne faisait pas de lui un coupable pour autant. Elle songea que ses réponses fuyantes avaient peut-être trait à Charline Naillard, à ce pan de sa vie dont elle ignorait tout. Il était possible qu'il craigne de dévoiler une information qui la mettrait de nouveau dans une rage folle. Ou peut-être était-elle en train de se faire des films plus immondes encore que ce que la réalité recouvrait.

Elle comprit qu'elle était plus efficace dans l'action et décida de cesser ses atermoiements. Si elle n'était pour l'heure pas en mesure d'y voir clair au milieu de tous ces sentiments contradictoires, il y avait toutefois une autre Caltorant qu'elle pouvait interroger. Avec un peu de chance, cette dernière se montrerait plus loquace que son petit-fils.

Elle déposa un baiser sur ses doigts, puis les laissa glisser à la surface de la pierre tombale.

— Tu me manques tellement…, murmura-t-elle.

Elle quitta le cimetière.

34

Victoire eut un moment d'hésitation une fois devant la maison. Tant de souvenirs se cachaient derrière la haie de lauriers-roses. Ceux-là avaient un goût de chlore et de marbré Savane, dont les miettes restaient collées à leurs doigts encore flétris par un long séjour dans l'eau. Elle se remémora son excitation lorsque sa mère les déposait, Elias et elle, pour « aller jouer chez la mamie de Gabriel », en leur faisant promettre d'être sages et polis, parce que c'était tout de même la mairesse de Dorville qui les recevait dans sa fastueuse demeure.

En réalité, la maison était laide et sans charme. C'était une de ces villas construites au début des années 1980, rondes et imposantes, crépies d'un beige jaunâtre et grossier, dont l'objectif était de montrer au voisinage que les finances des propriétaires allaient pour le mieux. À la mort de son mari, Mathilda Caltorant avait pris une décision qui avait surpris sa famille comme les habitants de Dorville. Elle avait abandonné la propriété familiale, où résidait depuis son fils Hugo, le père de Gabriel, et fait construire cette énormité bétonnée dans le nouveau quartier résidentiel de la commune. La piscine, là encore conforme aux standards de l'époque, c'est-à-dire trop grande et trop profonde, avait fait le bonheur de son petit-fils et de ses camarades, Victoire la première, ravis de venir se baigner au milieu d'animaux gonflables multicolores que le vent ne risquait pas d'emporter au large comme cela se produisait sur la plage.

L'adolescence, en revanche, avait déplacé le groupe de gamins barbotant dans le bassin vers d'autres lieux, les criques, les ruines et la chapelle abandonnée, loin des yeux des adultes. Car Mathilda veillait toujours. Rares étaient les fois où les enfants échappaient à sa surveillance, et leurs envies de liberté les avaient poussés hors de ce grand jardin qui avait abrité leurs jeux d'été.

C'était pourtant sur le regard aiguisé de Mathilda que Victoire comptait aujourd'hui. Elle n'avait quitté la mairie que l'année précédente, et si quelque chose s'était produit sous ses mandats, la vieille femme devait être au courant.

Elle poussa le portillon et fit le tour de la maison pour rejoindre la terrasse à l'arrière, comme elle en avait l'habitude enfant. L'immense étendue carrelée de dalles couleur paille avait en partie été transformée en véranda. Le jardin demeurait aussi bien entretenu qu'à l'époque, mais aucune bouée ne flottait à la surface de la piscine, désormais protégée par une bâche.

Elle aperçut la silhouette aussi robuste que courte sur pattes de Mathilda à l'intérieur de la véranda, et toqua timidement contre la vitre. La vieille dame afficha un large sourire en reconnaissant Victoire. Elle s'avança et fit coulisser la baie vitrée, l'invitant à entrer.

— J'ai bien cru que tu allais repartir de Dorville sans venir me saluer !

— Pour cela, il faudrait déjà que Grillon nous propose un nouveau rendez-vous, soupira Victoire. Mais je n'aurais jamais osé vous faire ça, mentit-elle en l'embrassant sur ses joues rebondies.

Rentrer à Londres n'était plus en haut de sa liste de priorité. Il restait ici tant de questions en suspens, et le futur d'Elias dépendait en grande partie des réponses qu'elle obtiendrait.

— Parfois Gabriel passe cinq jours sans venir me voir, alors qu'il habite à deux pas, donc avec vous autres, les jeunes, je me méfie ! Mais puisque tu es là, on va boire quelque chose.

Elle lui fit signe de s'asseoir.

— Qu'est-ce que tu veux ? Du porto ?

— C'est un peu tôt, vous ne trouvez pas ?

— À mon âge, plus rien n'est trop tôt ! Déjà que cet idiot de médecin m'a obligée à arrêter les cigarillos, je ne vais pas me priver d'un petit verre ! Mais si tu as décidé de te la jouer *dadame* bien correcte, j'ai aussi des jus de fruits très ennuyants !

— Cela sera parfait !

Mathilda amorça un mouvement laborieux pour se relever de son fauteuil.

— La cuisine est toujours au même endroit, je suppose ? intervint Victoire. Je peux y aller !

— Dis donc, je suis vieille, mais pas encore grabataire !

Elle n'insista pas et observa Mathilda s'éloigner par ce qui était avant une porte-fenêtre menant à la salle à manger, désormais transformée en arche.

En l'absence de la propriétaire, Victoire laissa couler son regard sur cette nouvelle pièce. Elle était baignée de soleil, sans que la chaleur y soit étouffante, notamment parce qu'un petit climatiseur posé au sol diffusait une légère brise, et peu chargée, même si l'imposant buffet sombre installé contre l'ancienne façade tranchait avec le salon en rotin où Victoire patientait. Elle repéra sur ce meuble une photo de Gabriel enfant qu'elle connaissait bien, celle où il exhibait son sourire édenté après un double passage de la petite souris en un même week-end. Il avait frimé le lundi matin à la récréation avec ses deux pièces de dix francs, qu'il avait dépensées intégralement en bonbons chez la boulangère en sortant de l'école, puis rechigné à partager avec sa bande, avant de les vomir plus tard dans la soirée. Un autre cliché, qu'elle n'avait jamais vu, attira son attention. La moitié de la photographie comportait une masse blanche qu'elle identifia sans avoir besoin de s'approcher. Elle se leva pourtant, les entrailles serrées. Elle n'osa pas prendre le cadre dans ses mains, comme si elle craignait qu'il brûle ses paumes. Le mariage de Gabriel. Lui, dans un élégant costume bleu marine qui soulignait parfaitement sa carrure. Et elle, Charline Naillard, pareille à une sirène magnifique conduisant les marins à leur perte. Elle était si parfaite qu'elle aurait pu couler le Titanic à elle seule. Tous deux souriaient à l'objectif, comme les gens les plus heureux du monde. Une heure plus tôt, elle le suspectait de viol, et voilà que maintenant elle se languissait en l'imaginant s'avancer vers l'autel le regard vissé sur Charline. Elle ne verrait jamais son propre portrait à côté du mot « cohérence » dans un dictionnaire.

— Ce mariage m'a coûté une bonne partie de la peau du derrière ! lança Mathilda, revenant de la cuisine. J'aurais mieux fait de m'acheter une nouvelle voiture !

— Et vous séparer de la 2CV ? enchaîna Victoire, tentant de se frotter discrètement le coin de l'œil. Ça aurait été dommage !

— Je lui avais dit qu'ils étaient trop jeunes, continua la vieille dame, qui ne semblait pas saisir que son interlocutrice aurait préféré changer de sujet. Mais tu connais Gabriel, c'est une bourrique. Il est pire que son père ! Pire que moi, même ! Au bout de deux ans à peine, les assiettes volaient. C'était bien la peine de leur offrir un service Villeroy & Bosch ! S'il se remarie un jour, j'irai chez Casa !

Mathilda s'assit et servit le jus de fruits, tandis que Victoire la rejoignait.

— Je vais être honnête : quand il a ramené Charline à déjeuner la première fois, j'ai fait la tronche. C'est elle qui t'avait donnée aux gendarmes, et même si tu avais commis une énorme ânerie, je n'ai jamais aimé les gens qui se comportent comme en 43. Je pense qu'elle l'a senti, parce qu'elle est restée sur la réserve pendant longtemps. Et moi, j'ai fait un effort, par amour pour mon petit-fils.

Victoire n'avait aucune envie d'entendre le récit de la manière dont Charline Naillard s'était incrustée dans la famille Caltorant, en les faisant tomber sous son charme avec son regard de boa constrictor, mais elle n'osa pas couper Mathilda. Elle avala une gorgée de jus qui eut du mal à passer.

— Avec le temps, on s'habitue à tout, même aux gens. Elle s'est avérée gentille, au fond. Toujours prête à rendre service. Même maintenant qu'elle n'est plus avec Gabriel, elle vient régulièrement me voir. Par contre, elle m'apporte des pâtes de fruits, soupira Mathilda. Je n'ai jamais osé lui dire que je déteste ça.

— Cela ne vous ressemble pas ! s'étonna Victoire, habituée au côté direct et sans fard de la vieille dame.

L'attitude de Mathilda en disait long sur l'affection qu'elle semblait porter à Charline, ce qui piqua un peu plus Victoire. Il n'y avait pas que dans le cœur de Gabriel qu'elle avait pris sa place. Une place qu'elle avait laissée vacante, délaissée, certes, mais une place qu'elle avait chérie plus que tout il y a longtemps.

— Elle va passer, d'ici une demi-heure, la prévint Mathilda. Je préfère que tu le saches.

Dans trente minutes Charline serait donc assise sur cette même banquette en rotin, à boire du jus, ou peut-être du porto, avec celle qui avait fait figure de grand-mère de substitution pendant toute son enfance. Victoire se contenta d'acquiescer du menton. Elle s'était rendue chez Mathilda pour une raison précise, et elle devait en venir au fait. Elle hésitait néanmoins sur la stratégie à adopter.

— Vous savez qu'Elias a été interrogé pour les meurtres de Fabien Bugnoli et d'Eddie Arolas, commença-t-elle, optant pour la franchise.

Elle n'avait pas de temps à perdre à tourner autour du pot.

— Ton frère est innocent, si c'est ce qui te tracasse ! trancha Mathilda comme si c'était un sujet qui ne valait pas la peine d'être abordé. C'est un ours mal léché, mais pas un meurtrier.

— J'en suis convaincue, mais tant que l'on n'aura pas arrêté le vrai tueur, tout le monde va le considérer comme un assassin. Alors forcément…

— Forcément, tu as décidé de t'en mêler ! embraya la vieille dame en lui lançant une œillade faussement réprobatrice.

Victoire lui résuma ses découvertes des jours précédents. Elle passa sous silence l'intrusion nocturne chez Bugnoli, même si Mathilda n'était probablement pas dupe quant à la manière dont elle avait obtenu ces informations. Lorsqu'elle lui fit part de la conclusion à laquelle Johan et elle étaient arrivés, l'ancienne mairesse pâlit.

— Si ce que vous pensez est vrai et que cette pauvre gamine est morte pour ça…

Elle laissa sa phrase en suspens. Cette révélation était rude à encaisser.

— En tout cas, je pense que Fabien avait compris. Un événement, peut-être quelque chose en lien avec la mairie, a relancé son enquête. C'est pour cette raison qu'on l'a tué, j'en suis persuadée.

Mathilda se recula dans son siège, visiblement affectée. Face à son visage blanchi, Victoire hésita à continuer. Mais elle n'avait pas le temps de la ménager. Elle laissa passer quelques secondes et reprit :

— Quand vous étiez encore en poste, vous n'avez rien entendu à propos de Judith ?

— On parlait parfois de cette petite, bien sûr… mais comme on aborde les vieilles histoires liées à la ville… rien de plus.

— Et des accusations de viol ? D'agression sexuelle ? Il y en a eu à la mairie ?

— Pas quand j'étais aux commandes ! s'offusqua-t-elle. Notre génération était peut-être plus laxiste, mais jamais je n'aurais fermé les yeux sur une chose pareille !

— Je n'en doute pas, Mathilda, mais même avec la meilleure volonté du monde, il est impossible de tout savoir et de contrôler la manière dont les gens se comportent.

— Les Néanderthaliens qui pensaient que les secrétaires de mairie s'appelaient « mon petit cœur » ou « ma chérie » ou qui laissaient traîner leurs mains ailleurs que dans leurs poches étaient bien reçus avec moi ! s'anima la vieille dame sans prêter attention à la dernière remarque de Victoire. Si l'on m'avait rapporté de telles horreurs, crois-moi, le type m'aurait lui-même supplié de l'emmener chez les flics ! De mon temps, ça filait droit !

Elle marqua une pause et tendit la main pour attraper son verre et se désaltérer. Devenue plus calme, elle ajouta :

— Je ne voudrais pas passer pour celle qui crache sur la nouvelle équipe…

Victoire leva un sourcil. C'était au contraire tout à fait le genre de Mathilda. Elle avait déployé l'énergie d'un aspirateur Dyson pour Dorville pendant des décennies, et trouverait à redire sur la manière dont la commune était désormais gérée jusqu'à la fin de ses jours, comme beaucoup de ceux qui laissaient derrière eux à contrecœur l'œuvre de leur vie.

— En tout cas, à mon époque, le personnel restait ! Maintenant, d'après ce que j'ai entendu, c'est un vrai défilé. Même Cécile, mon assistante, que j'avais embauchée et formée. Une perle. Elle s'est envolée sans rien dire ! Après plus de dix ans ! Impossible de la joindre depuis. Quand j'étais mairesse, on n'abandonnait pas son poste comme ça. Ils ne savent pas garder leurs employés, ces nigauds !

À la mention de cette assistante partie en catimini après des années de bons et loyaux services, Victoire se redressa. Une adolescente qui saute d'une falaise. Une femme qui fuit. Leurs motivations pouvaient-elles être les mêmes ?

La lumière qui traversa son regard n'échappa pas à Mathilda. Elle avait suffisamment fréquenté la jeune femme pour déceler sur son visage la marque d'un intérêt soudain, et tout ce que cela pouvait impliquer pour une tête brûlée de son acabit.

— Cécile comment ?

— Ah non ! Tu ne vas pas recommencer à fourrer ton nez partout ! Tu crois que je ne sais pas pour l'autre soir ? Je suis à la retraite, ça ne veut pas dire que je suis hors circuit ! J'ai toujours des yeux à la gendarmerie. Surtout depuis que tu es rentrée…

— La confiance règne, merci…, soupira Victoire, vexée.

— Parce que si je te donne son nom, tu ne vas pas t'empresser de mener ta petite enquête ?

— Non…, mentit-elle sans conviction.

Elle comptait mettre Johan sur cette piste. Le journaliste possédait des ressources et des canaux d'informations dont Victoire ne disposait pas. Donc techniquement, elle n'irait pas enquêter sur cette Cécile.

— Tu perdrais ton temps. Elle doit avoir pas loin de cinquante ans. Elle n'est pas de votre génération, et son départ remonte à environ deux mois. Tout ça n'a rien à voir avec les meurtres.

La jeune femme ne répliqua pas. Quelques jours plus tôt, personne n'aurait imaginé que le suicide de Judith referait surface, alors qui pouvait gager de ce qui était ou non en lien avec les assassinats de Fabien et d'Eddie ?

— Fais attention à toi, Victoire ! ajouta Mathilda. Je sais que tu as de bonnes intentions, mais tu as aussi une fâcheuse tendance à te mettre dans les ennuis jusqu'au cou. Et cette fois, on ne parle pas de parasols chipés ou d'un incendie. Il y a un meurtrier en ville, lui rappela la vieille dame.

La recommandation pouvait paraître inutile. Pourtant, le corps de Victoire se raidit. Concentrée sur le viol de Judith et le sort des défunts, elle en arrivait à occulter une autre réalité : le responsable de ces horreurs n'avait pas été appréhendé. Il était libre. Libre de frapper de nouveau et à tout moment.

— Je serai prudente, pr…

— Ne promets rien ! la coupa Mathilda. Les promesses, c'est pas ton truc, tu le sais comme moi.

Victoire baissa les yeux sans parvenir à réprimer le fourmillement d'un sourire au coin de ses lèvres, comme une enfant qui admet avoir chapardé le dernier bonbon. Puis, elle planta ses iris dans le regard de la vieille femme.

— Blanchard, capitula cette dernière. Cécile Blanchard.

C.B., pensa Victoire. Il s'agissait bien d'initiales. Elle avait enfin une piste.

— Chapeau à toi si tu arrives à la retrouver ! Elle a changé de numéro et n'a laissé aucune adresse. Encore que, avec vos gadgets modernes, tu es sans doute plus à même de la débusquer ! Mais j'insiste, fais attention ! Laisse les gendarmes enquêter ! Tu nous toises encore avec ta moue d'ado en colère, mais Elme n'est pas un fumiste. Il sait faire son travail.

Victoire ne répondit pas. Elle ne remettait pas en question le professionnalisme du capitaine… ou alors juste un tout petit peu… mais il était question d'Elias et de la réputation qui allait lui coller à la peau si on ne trouvait pas le coupable. Sans compter la dette qu'elle avait envers Judith, et dont les intérêts couraient depuis bien trop longtemps. Elle ne parviendrait jamais à s'en acquitter. Mais elle lui devait de faire éclater la vérité.

— Je vais vous laisser, annonça-t-elle après avoir jeté un regard furtif sur sa montre.

Hors de question de se trouver nez à nez avec Charline. Elle avait d'autres chats à fouetter, et aucune envie de sortir les griffes alors qu'elle avait une piste à explorer.

— N'attends pas dix-sept ans avant de revenir me voir, lui lança la vieille femme pendant qu'elle quittait la véranda. Je serai probablement morte !

35

Victoire fit le tour de la maison et chemina dans l'allée, le sourire encore aux lèvres après la dernière remarque de Mathilda. Son humeur changea plus vite qu'un ciel d'orage lorsqu'elle aperçut Charline Naillard marchant vers elle. La peste était en avance, et plus surprise qu'elle. En dépit de l'ombre qui passa sur son visage, la déesse diabolique ne resta pas décontenancée bien longtemps et accéléra le pas, toisant Victoire comme si elle était un insecte à écraser avec ses espadrilles à talons qui devaient coûter un bras.

— Tu baisses les yeux comme au lycée, ce que c'est drôle ! persifla Charline.

— Non, je me disais juste que tu devais avoir les pieds dégueulasses à la fin de la journée, renchérit Victoire, songeant à l'état de ses propres orteils lorsqu'elle pensait encore que porter des chaussures ouvertes dans une ville où personne ne dallait ou bétonnait ses allées était une bonne idée.

Charline fit une grimace offusquée mais continua à avancer, dépassant Victoire en levant le menton d'un air bravache.

— Elle n'aime pas les pâtes de fruits, lâcha cette dernière avec satisfaction.

Dans son dos, elle entendit Charline cesser sa marche. Elle aurait adoré voir sa tête à cet instant.

— Peut-être, mais elle m'a laissée garder sa bague de fiançailles après le divorce.

La pique était douloureuse, mais Victoire l'avait cherchée. Si elle s'emportait maintenant, Naillard aurait gagné. Elle ravala sa rage, se maudissant de ne pas avoir été capable de se taire.

Elle s'apprêtait à pousser le portillon, mais se retourna. Elle n'aurait sans doute pas d'autre occasion d'avoir une explication, si tant était qu'il y en ait une. Quelle que soit la réponse, elle se révélerait déplaisante, mais cela ne serait pas pire que le coup que venait de lui asséner Charline. Elle n'était plus à une estocade près.

— Est-ce que c'était à cause de Gabriel ? Ta méchanceté. La manière dont tu me traitais au lycée. Tu avais déjà des vues sur lui ?

— Donc t'es comme ça, railla Charline.

— Je ne comprends pas ce que tu veux dire…

— T'es une de ces personnes qui pensent que la seule raison pour laquelle deux filles s'écharpent, c'est forcément un homme.

Surprise, Victoire prit un instant pour réfléchir. Elle n'aurait jamais pensé Naillard assez subtile pour soulever ce genre de problématiques.

— Non, finit-elle par répondre. Je ne crois pas. Mais admets qu'en ce qui nous concerne je suis en droit de m'interroger. Je n'ai jamais compris pourquoi tu t'en prenais systématiquement à moi. J'aurais peut-être dû te le demander à l'époque. Mais on ne fait pas ce genre de chose à dix-sept ans. Alors je te pose la question aujourd'hui. Pourquoi ?

Charline la fixa. Pour se donner une contenance, elle rajusta les anses de son sac à main, les ramenant plus près de son cou.

— Ma mère aussi est morte. Un an avant la tienne.

— Je l'ignorais, fit Victoire, sans saisir où Charline voulait en venir.

— Cela faisait seulement dix-huit mois qu'on avait emménagé à Dorville. Alors ça n'a ému personne, à part quelques patients de mon père. Les gens s'en fichaient. Par contre, quand ta mère est morte, c'était comme si la ville entière portait le deuil. On ne parlait que de ça, de la gentille Rose Valéjane et des pauvres gamins qu'elle laissait derrière elle. Et toi, tu as eu droit à tous les égards.

— Je n'ai rien fait pour ça, se défendit Victoire.

Elle se remémora la solitude qu'elle avait éprouvée. Les égards qui semblaient avoir tant blessé Charline n'avaient eu aucun effet sur sa douleur. Elle les aurait tous troqués contre l'épaule de son père.

— Peut-être, mais j'ai trouvé ça tellement injuste. On aurait dit que ta peine valait plus que la mienne. Que *ta* mère valait plus que la mienne. J'avais envie de hurler chaque fois que j'entendais quelqu'un s'apitoyer sur ton sort.

Ses joues s'étaient teintées de vermillon et elle marqua un temps d'arrêt pour reprendre son souffle.

— Tu n'y pouvais rien, au fond, mais je t'ai haïe pour cela. Et je te l'ai fait payer.

Victoire resta sonnée. Elle s'était attendue à toutes les explications du monde, sauf à celle-ci.

— Je ne sais vraiment pas quoi te répondre. Mon premier réflexe serait de te dire « Je suis désolée », sauf qu'en effet, je n'y étais pour rien. Mais je suis triste, vraiment, d'apprendre que tu t'es sentie aussi seule. Malgré les attentions et les bons sentiments des gens, je sais ce que c'est.

Elle était sincère, et regrettait d'autant plus qu'elle et Charline n'aient pas crevé l'abcès à l'époque. Parce que c'était peut-être le seul sujet qui les aurait rapprochées. Ce gouffre invisible que seuls les orphelins affrontent.

Les épaules de Naillard se détendirent. Elle continua, baissant légèrement sa garde :

— Je crois que c'est ce qui nous a réunis, Gabriel et moi. Ce qui m'a fait l'aimer en tout cas. Il savait. Il comprenait. Ce vide, il l'avait affronté avec toi. Je n'avais pas besoin de tout expliquer. C'était… (Elle hésita sur le terme). Reposant. Apaisant même.

— Il a cet effet-là, nota Victoire sans amertume.

Comment lui reprocher d'avoir été séduite par la plus grande des qualités de Gabriel ?

— Mais cela ne suffit pas à faire fonctionner un couple, ajouta Charline.

— Je le sais autant que toi, acquiesça Victoire avec un sourire triste.

— Il… Il m'a avoué la vérité. Pour l'incendie, continua Charline, avec moins d'assurance.

La confidence souffla Victoire. Personne ne savait. Pas même Laura. Elle gardait ce secret depuis si longtemps qu'elle avait fini par se persuader que les événements s'étaient déroulés comme tout le monde le croyait.

— Oh…, parvint-elle tout juste à articuler.

— Je l'avais vu entrer dans le hangar avec toi, ce soir-là. Mais j'étais tellement… obnubilée par toi, aveuglée par ma colère… À aucun moment je n'ai pu imaginer que c'est lui qui avait mis le feu.

Victoire se souvint du moment où il avait laissé les tickets enflammés tomber sur le sol. La manière dont les vieux journaux délavés et les brindilles s'étaient embrasés, si vite, trop vite. La panique dans les yeux de Gabriel, faisant écho à la sienne, et leurs regards affolés cherchant la sortie quand ils avaient compris qu'ils n'avaient rien sous la main pour éteindre le brasier naissant.

— Gabriel est un homme plein de surprises, ironisa Victoire, déstabilisée.

— J'étais mortifiée. Je me suis sentie tellement idiote.

— Tu vois, c'est là où la pitié des gens pour la pauvre petite Valéjane m'a sauvé la mise. Sans Mathilda, je me serais retrouvée en taule, avec tes conneries ! Je venais de fêter mes dix-huit ans, ne put s'empêcher de lui faire remarquer Victoire, en dépit de la contrition affichée par Charline. En plus, continua-t-elle, tu ne t'es pas gênée pour me traiter de pyromane, l'autre matin, chez Fernand ! Alors que tu savais que j'étais innocente !

Sa Némésis baissa les yeux.

— Quand je t'ai vue devant le comptoir, c'était comme si j'avais dix-sept ans de nouveau. Je n'ai pas réussi à me contrôler. C'était stupide…

Elle hésita, comme si les mots l'écorchaient.

— Je suis désolée…

Victoire n'était pas décidée à lui donner l'absolution et se tut. Elle avait beaucoup d'informations à digérer. Elle fit un pas en direction du portillon, gagnée par l'envie de quitter le jardin sans en dire plus. Tant pis pour la politesse. Mais Charline reprit :

— Il y a une chose que je n'ai jamais comprise. Pourquoi tu n'as pas avoué que c'était Gabriel qui avait allumé l'incendie ? Au moins à Mathilda.

Parce que je croyais que c'était ma faute.

— Parce que je l'aimais, se contenta-t-elle de répondre.

Ce n'était pas un mensonge. Seulement une version amputée de la réalité. Cette partie de l'histoire n'appartenait qu'à Gabriel et elle.

Elle quitta le jardin de Mathilda, sans parvenir à définir ce qu'elle ressentait désormais.

36

VICTOIRE reprit la direction du centre-ville, le nez vissé à l'écran de son téléphone portable, déterminée à trouver au plus vite les coordonnées de Cécile Blanchard pour l'interroger sur les raisons de son départ précipité. Hélas, à part de vieux documents relatifs à la mairie, son moteur de recherche fit chou blanc. Elle injuria l'appareil tout en essayant de se frayer un chemin parmi les touristes. Pourquoi ne s'étaient-ils pas barrés en apprenant qu'il y avait un tueur en ville ? Ils n'avaient pas eu leur lot de sensations fortes ? Ils lui faisaient l'effet d'un troupeau de bétail, qui à la vue d'un ours, s'entasse au bord d'un précipice pour échapper au prédateur au risque d'y sombrer. Elle enviait leur insouciance. Ou leur stupidité. Tout ce qui semblait les tracasser à cette heure était de remplir leurs panses. Ils se massaient devant les terrasses des restaurants pour espérer glaner une table, bien que les cloches de l'église aient sonné quatorze heures depuis longtemps. Elle s'aperçut que, focalisée sur ses investigations, elle en avait oublié de manger. Comme pour la récriminer, son estomac émit un gargouillement disgracieux, et elle remercia le brouhaha ambiant de masquer ses borborygmes. À quelques mètres de là, la terrasse de Fernand semblait lui tendre les bras… mais des bras aussi chargés que ceux des établissements qu'elle venait de croiser en chemin. Elle tenta néanmoins sa chance. Le vieux cafetier l'enverrait probablement sur les roses, mais Félix aurait peut-être pitié d'elle et la laisserait avaler le plat du jour sur un coin du bar.

Il fit mieux que cela, et profita du départ d'un couple d'Allemands pour l'installer dehors à une petite table ronde, au nez et à la barbe des gens qui patientaient.

— Si Fernand te voit me faire passer avant tout le monde, tu vas prendre une soufflante ! nota-t-elle tandis qu'il donnait un rapide coup de chiffon avant de disposer un set en papier et des couverts.

— Il est bien trop occupé derrière le bar pour gérer le placement des clients. Et de toute façon, il adore râler, autant lui offrir une bonne raison de le faire ! Il ne peut plus chouiner à l'idée de voir son chiffre d'affaires baisser, on n'a jamais eu autant de clients !

Elle commanda un jus de pomme pour patienter avant l'arrivée de son plat, et replongea dans son téléphone portable. Elle effectua une nouvelle vérification, ouvrant plusieurs profils Facebook au nom de Cécile Blanchard. Aucun ne correspondait. De guerre lasse, elle envoya un SMS à Johan, lui résumant ce qu'elle avait appris de Mathilda. Le journaliste aurait, elle l'espérait, plus de chance qu'elle.

Cette matinée l'avait épuisée. Ou, plutôt, cette semaine l'épuisait.

Ses pensées vagabondèrent vers Londres et son quotidien rassurant. Son pauvre ficus devait commencer à faire franchement la tronche après cinq jours sans lumière et sans flotte. Elle avait l'impression d'avoir quitté son appartement depuis une éternité. Sans compter les mails auxquels elle n'avait pas encore répondu. Son interlocutrice pour le séjour dans les Alpes suisses l'avait relancée également sur Instagram, et comme Victoire n'avait rien posté depuis trois jours, soit une éternité dans le monde des réseaux sociaux, elle devait penser qu'elle était morte ou qu'on l'avait kidnappée. Elle se promit d'essayer de grappiller quelques minutes pour traiter ses courriels en attente. Ce soir peut-être. Mais il faudrait également qu'elle se préoccupe de trouver un endroit où dormir. Sa valise l'attendait à la conciergerie de l'hôtel. Encore un problème à résoudre ! Finalement, se poser pour déjeuner n'était pas une si bonne chose. Lorsqu'elle était dans l'action, ces détails prosaïques s'effaçaient devant son enquête… ce qui était aussi la raison pour laquelle elle passerait probablement la nuit sur la plage à se faire attaquer par des mouettes. Si seulement elle ne s'était pas disputée avec Laura !

Le retour de Félix avec une assiette fumante mit fin à ses tergiversations logistiques.

— Madame est servie ! lança-t-il triomphal en déposant devant elle une cuisse de canard pas du tout light et une montagne de frites qui l'étaient encore moins.

Elle saliva sur-le-champ.

— Viande française et frites maison ! insista-t-il.

— C'est parfait ! répondit-elle en prenant un morceau de pomme de terre du bout des doigts.

Elle s'apprêtait à le porter à sa bouche avec gourmandise lorsqu'une image lui traversa l'esprit, interrompant son mouvement. « *Frites pour tous !* », s'était écriée une voix enjouée dans les cuisines de la cantine, juste avant qu'elle s'agace face au risque de déclencher l'alarme incendie.

Félix.

Elle le revoyait désormais, versant un sac de vingt kilos de patates surgelées dans le gigantesque panier de la machine en riant comme une des hyènes du *Roi Lion*.

— Tu fais une drôle de tête, remarqua-t-il. Tu voulais de la salade finalement ?

— Non, je viens juste de me rappeler que tu avais préparé des frites lors de la soirée dans le réfectoire, en 2004.

— Tu te souviens de ces trucs, toi ! Moi, c'est à peine si je peux te dire ce que j'ai fait le week-end dernier !

Victoire soupira intérieurement. Elle ne pourrait pas compter sur Félix pour lui livrer un élément intéressant, encore moins pour l'éclairer sur ce qu'avait fait Gabriel lorsqu'elle avait quitté les cuisines. Elle tenta néanmoins sa chance.

— Tout de même, c'était une soirée de folie ! Tu dois bien en avoir gardé quelques images.

— Je revois surtout la tête de mon père le lendemain, quand j'ai passé la matinée à vomir de la tequila ! se souvint-il en grimaçant. C'est toi qui l'avais organisée, cette fête, non ?

— Il paraît…

— Félix ! beugla Fernand depuis l'entrée de la salle. Y a des assiettes qui attendent d'être servies ! Si t'es venu pour blaguer avec la Valéjane, autant rendre ton tablier tout de suite !

— Le bénévolat, c'est devenu Cayenne ! plaisanta-t-il avant de s'éclipser vers l'intérieur.

Elle avala son repas tout en réfléchissant à la suite à donner à ses recherches.

Johan était lancé sur la piste Cécile Blanchard, même si Victoire ne pouvait gager de ce qu'il en ressortirait. Son départ de la mairie n'avait peut-être rien à voir avec la découverte de Bugnoli, auquel cas son acolyte et elle repartiraient de zéro. Elle serait alors contrainte d'interroger Gabriel, et la liste des raisons pour lesquelles elle renâclait à le faire s'allongeait au fil des heures.

Parler de l'incendie avec Charline avait ravivé les réminiscences des derniers instants passés avec lui, ceux qu'elle s'était efforcée d'oublier pour ne pas ternir les souvenirs heureux. Le cœur se montrait parfois plus sélectif que la mémoire, mais elle se revoyait désormais, face à Gabriel dans le vieux hangar, et les mots qu'il avait prononcés alors lui lacéraient de nouveau les tympans, brûlaient sa chair comme ce soir de juillet.

Elle posa une frite entamée sur le bord de l'assiette, ayant soudain perdu l'appétit. Elle ferma les yeux et tenta de faire le vide en elle.

L'enquête. Elle devait se concentrer sur l'enquête.

Mais pourquoi fallait-il que ses souvenirs de la fête soient aussi diffus et embrouillés ? Sans compter qu'à force de questionner les uns et les autres, elle avait bien compris qu'elle ne tirerait guère plus d'informations de la part de ses anciens camarades. Le temps et l'alcool faisaient de piètres Dr Watson ! Si elle n'avait pas couché le récit de la soirée dans son journal, jamais elle ne se serait remémoré ces détails. Quelques pages écrites en 2004 et une photo. C'est tout ce dont elle disposait.

Mais quelle idiote ! Elle ne possédait pas qu'une seule photographie de la fête ! Elle en avait probablement des pochettes entières ! Pourquoi n'y avait-elle pas songé plus tôt ?

Elle chercha Félix des yeux pour régler l'addition au plus vite. Tant pis pour le café. Elle se leva. Il fallait absolument qu'elle sache si son père et Elias avaient conservé ses affaires. Ce qui signifiait retourner à la maison. Elle interrompit son mouvement un instant. Laura avait probablement fait part de leur dispute à Elias. En tout cas, il devait être au courant qu'elle savait pour leur liaison. Anticipant une nouvelle prise de bec avec son petit frère tout juste retrouvé, elle hésita. Elle revit le visage souriant de Judith, à l'arrière-plan de la photo qu'elle avait collée dans son journal. Elle ne pouvait pas se permettre de tergiverser.

Félix n'ayant pas réapparu, elle laissa un billet sur la table et quitta la terrasse.

Direction, le domaine Valéjane. Encore une fois.

37

— Je n'ai pas de drapeau blanc, mais j'ai des meringues ! lança Victoire.

Cachée par un pan de mur, elle tendait sa main tenant le sachet de pâtisseries dans l'encadrement de la porte de l'espace de vente, où elle avait aperçu Elias en train de travailler.

— Elles sont de chez Lorca ? demanda-t-il, sans qu'elle parvienne à déterminer, ne voyant pas son visage, s'il la battait vraiment froid ou faisait semblant pour la forme.

— Évidemment. Je n'aurais pas osé te faire un tel affront.

— Alors tu peux entrer, concéda-t-il avec plus de douceur dans la voix.

Victoire pénétra dans la pièce, affichant un air contrit.

— Ce n'est pas à moi que tu devrais apporter une offrande.

— Je sais, mais tu es le plus gourmand des deux. Et vu la manière dont j'ai parlé à Laura, c'est la boulangerie entière que je devrais lui acheter pour m'excuser. Ou un poney.

— Pas moins, en effet, acquiesça Elias sans réussir à réprimer un sourire en coin.

Y voyant une invitation, Victoire s'assit sur la chaise face au bureau et lui donna le sachet de meringues, leur péché mignon depuis l'enfance. Il dénoua l'attache de l'emballage avec gourmandise, et croqua un des petits monticules blancs. Son sourire s'élargit et elle éclata de rire.

— Tu es tellement facile à soudoyer ! J'aurais dû y penser avant de venir l'autre jour. Tu n'as jamais su résister aux meringues de chez Lorca !

— Je t'en veux quand même toujours un peu !

— T'as des miettes sur le menton.

Elle le laissa s'essuyer et engloutir une deuxième meringue avant de reprendre.

— Alors… Toi et Laura…

— Moi et Laura.

— J'ai fait bien des plans sur la comète plus jeune concernant ta vie sentimentale, mais ça, je ne l'avais pas anticipé.

— C'est parce que tu ne regardais pas au bon endroit. Toi, tu as toujours vu plus loin, dans tous les domaines. Mais parfois, les plus jolies choses sont les plus proches de soi.

— Tu l'aimes ? demanda-t-elle sans ambages.

— Je l'aime, répondit-il avec la même franchise.

Son petit frère le pudique qui avouait ses sentiments sans se dérober. Elle eut presque envie de pleurer. Elle avait tant craint que les épreuves et le manque l'aient rendu dysfonctionnel, froid, insensible, à l'image de leur père.

— Elle est mariée, nota-t-elle cependant.

De toutes les femmes de Dorville, le choix d'Elias s'était porté sur la plus indisponible, et en couple avec leur ami de lycée de surcroît. Son frère n'était peut-être pas si équilibré que cela en fin de compte. Ou alors très très amoureux. Ce qui rendait aussi très très bête dans de nombreux cas, et Elias n'échappait probablement pas à cette vérité universelle, surtout si elle en jugeait par le regard constellé d'étoiles qu'il affichait depuis qu'elle avait prononcé le prénom de Laura.

— Je sais, se contenta-t-il de répondre.

Victoire n'insista pas. Elle avait dispensé assez de leçons de morale à trois euros la veille. Une seule relation à réparer par jour lui suffisait. Il était grand, désormais, son petit frère. Elle n'avait pas à se poser en garde du cœur.

Elle embraya sur l'autre raison de sa venue, et lui résuma ses dernières découvertes. En apprenant ce qui était arrivé à Judith, les couleurs s'affadirent sur le visage d'Elias. Puis ce fut au tour de Victoire de se décomposer de nouveau en lui racontant la scène qui s'était déroulée dans les toilettes lors de la soirée. La culpabilité la reprit à la gorge comme une bête sauvage.

— C'était à des adultes de gérer ça, Vic. Tu avais dix-sept ans, qu'aurais-tu pu faire ?

— L'écouter. Lui conseiller d'aller voir la police, de parler à ses parents. Tout aurait été mieux que repartir danser comme une écervelée et la laisser seule avec sa détresse ! Cela aurait peut-être tout changé !

— Mais tu n'en sais rien. Tu récris l'histoire dans ta tête pour essayer d'y donner une autre fin.

Elle continua néanmoins sur sa lancée :

— Peut-être qu'elle m'aurait dit qui l'avait violée.

— Et tu aurais fait quoi, Lady Vengeance ? Tu aurais confronté son agresseur ? On parle de quelqu'un qui a également buté deux hommes adultes pour couvrir son crime !

Elle soupira de rage. Elle détestait quand son petit frère se montrait plus logique et sensé qu'elle. Qui pouvait dire comment les choses auraient tourné pour elle et pour Judith si elle avait su la vérité à l'époque ?

En revanche, elle ne risquait rien à observer une série de photographies.

— Ta chambre est restée en l'état, annonça Elias. Ton bazar devrait donc être là où tu l'as laissé. Et il paraît que tu es à la rue ce soir, ajouta-t-il avec malice.

Laura ne lui avait pas seulement fait part de leur dispute.

— On va aller récupérer ta valise, et ensuite, on épluchera tes clichés.

Deux « on » dans la même phrase. Elias et elle feraient équipe, reformeraient leur tandem d'autrefois.

Elle sentit son cœur enfler comme la gorge d'une frégate, puis son pouls s'accélérer à l'idée que ce soir, elle dînerait et dormirait sous le même toit que son père, qui, dans le meilleur des cas, la confondrait avec sa version adolescente ou Angela Merkel.

Elle ne pouvait pas tout avoir.

La soirée s'avéra moins pénible que Victoire l'avait craint. En grande partie parce que leur père avait à peine fait cas de leur présence, ce qu'elle préférait encore à sa crise de la veille, lorsqu'il l'avait prise pour une intruse. Il mangea seul, devant son cher téléviseur, un plateau sur les genoux. Elle se surprit à regretter son absence à table. Peut-être que cela aurait ravivé sa mémoire… Ou peut-être que cela aurait été pire. La maladie de son père la déboussolait. Elle qui avait passé tant d'années à se convaincre d'avoir refermé pour toujours le chapitre « papa » se surprenait par moments à imaginer un nouveau départ pour leur relation.

Depuis la cuisine, Elias jetait de temps à autre un œil dans sa direction, comme l'on surveille un enfant en train de jouer en silence pour s'assurer qu'il n'est pas en train de mettre ses doigts dans une prise ou des olives dans son nez. Plus que la santé de son père, c'était voir Elias dans cet état d'hypervigilance qui lui faisait de la peine. Parvenait-il parfois à profiter d'un moment de répit ? Peut-être était-ce ce qu'il trouvait dans les bras de Laura. Une parenthèse dans son quotidien, sans les attaches et les responsabilités inhérentes à une vie de famille.

Malgré tout, ses sentiments pour la jeune femme paraissaient forts et sincères. Aurait-il aspiré à plus, si la charge de leur père ne reposait pas sur ses épaules ? En dépit de ses bonnes résolutions, Victoire ne pouvait s'empêcher de se préoccuper des amours de son frère. Là encore, elle avait replongé dans ses vieilles habitudes avec une aisance sidérante. Elle garda néanmoins pour elle ses questionnements. Ils auraient tout le temps d'avoir une conversation à bâtons rompus sur la vie sentimentale d'Elias, ou sa vie tout court, lorsque cette affaire serait résolue.

Après un dîner rapide, elle gagna sa chambre à l'étage. Elias monta la valise qu'elle avait laissée au bas des escaliers en arrivant.

Elias n'avait pas menti. La pièce était restée à l'identique, comme si elle attendait que sa propriétaire rentre du lycée et se jette sur son lit une place pour téléphoner à Gabriel qu'elle avait quitté une heure plus tôt.

— Tu n'avais pas trié mes affaires lorsque tu as rendu mon journal à Laura, comprit-elle.

— Non, admit-il. Je voulais que tu l'aies… Mais j'étais trop borné pour te l'envoyer moi-même. On ne s'était pas parlé depuis des mois…

— Mais Laura a oublié…

— Et j'ai cru que tu t'en foutais.

Ils avaient perdu tant d'années.

Elle ouvrit le placard coulissant. Même les vêtements qu'elle avait abandonnés demeuraient pliés sur les étagères. Sous la plus basse, au ras du sol, se trouvait la boîte en plastique dans laquelle elle rangeait ses photographies. Elle l'extirpa du placard et ils regagnèrent la salle à manger.

Ils dénichèrent sans mal les pochettes contenant les clichés réalisés lors de la fête. Victoire regretta de ne pas avoir pris la peine de les classer dans un album à l'époque, et maudit son goût pour les pellicules trente-six poses en constatant qu'elle en avait utilisé cinq ce soir-là.

— Pourquoi tu ne t'étais pas déjà mise au numérique, comme tout le monde ! soupira Elias.

— Si c'était le cas, nous n'aurions aucune photo ! Tu connais des personnes qui possèdent encore leur ordinateur des années 2000 ? Avant l'arrivée des applis qui nous poussent à faire des albums ou à imprimer nos clichés, les gens laissaient leurs photos dormir dans leurs PC, et la plupart ont perdu celles de cette époque. Alors regarde les miennes attentivement au lieu de râler !

Les visages souriants se succédaient dans leurs mains. Mais ils n'avaient pas le temps de s'attendrir devant leurs airs juvéniles et leurs tenues datées.

— Quelque chose ?

— Nos têtes et encore nos têtes, au milieu d'autres têtes dont j'avais oublié l'existence ! souffla Victoire. Un beau gâchis de papier !

Arrivée à la fin de la quatrième pile, elle commençait à désespérer. Elle s'apprêtait à remettre les photographies dans la pochette d'un mouvement agacé lorsqu'un visage à l'arrière-plan attira son attention. Celui de quelqu'un qui n'avait pas mentionné sa présence à la soirée alors que l'événement était au cœur de leur enquête. De quelqu'un qui avait même fait semblant de regretter de ne pas avoir été invité.

Johan.

Johan Clermont, élève de seconde, se tenait quelques mètres derrière Laura et Antonin, un verre à la main.

38

— Je suis une imbécile !

— Tu ne pouvais pas savoir, répéta Elias pour la sixième fois, sans quitter la route des yeux.

— Le coup du type qui m'aide gentiment dans mon enquête, c'était cousu de fil blanc ! Il voulait savoir ce que je découvrais, pour se protéger ou protéger quelqu'un d'autre ! Je suis certaine qu'il est mouillé là-dedans jusqu'à la racine des cheveux !

— On va s'efforcer de tirer ça au clair, modéra son frère.

— T'étais pas obligé de m'accompagner…

— Et te laisser seule face à un violeur et un tueur potentiel ? Mais bien sûr !

Malgré l'empressement de sa sœur, Elias lui avait intimé de patienter, le temps qu'il contacte au pied levé le garde-malade de nuit de leur père. Une fois Ulrich (qui ressemblait effectivement à Karl Marx, barbe, moustache et capillarité ébouriffée comprises) arrivé, ils avaient pris la direction de l'appartement de Johan, au centre de Dorville.

— Je suis tout à fait capable de lui faire cracher le morceau ! persista-t-elle.

— Vu ton état d'énervement, tu es surtout capable de lui faire cracher ses dents sur le parquet !

— T'as bouffé un bouquin de développement personnel pour rester aussi calme ? Je te rappelle que tu es suspect à cause de ce mec !

— Quand je m'emporte, il n'en ressort rien de bon. Si je n'avais pas envoyé valdinguer Eddie, j'aurais eu moins d'emmerdes. Alors j'attends de voir ce que Johan a à dire. On avisera ensuite.

La tempérance de son frère l'agaça autant qu'elle la laissa admirative. Quand apprendrait-elle enfin à ne pas foncer tête baissée au premier coup de sang ? Dans son quotidien, elle avait la sensation d'être parvenue à plus de mesure dans ses prises de décision. Mais depuis cinq jours, ses bonnes habitudes avaient été balayées par les événements. Qui était la vraie Victoire en fin de compte ? La voyageuse londonienne, pondérée et réfléchie, ou *Calamity Valéjane*, qui semblait attirer les problèmes comme d'autres les moustiques ?

— Il sait quelque chose, réitéra-t-elle. Sinon, pourquoi est-ce qu'il aurait menti ?

— On ne va pas tarder à le découvrir.

— Si on arrive à approcher de chez lui ! souffla Victoire. Bordel, mais ils ne peuvent pas se remuer, ces abrutis !

La petite rue pavée dans laquelle ils tentaient d'avancer était envahie de piétons. Cheminant au pas et au milieu de la chaussée, les touristes évoquaient des moutons en transhumance.

— Je suis sûre qu'ils en ont ramené en bus ! Ils doivent organiser des séjours spéciaux à Crimeville, sponsorisés par « Faites entrer l'accusé » ! pesta-t-elle.

— Les hôtels ont dû faire des promos pour remplir.

— On irait plus vite à pied !

Elias soupira, visiblement plus habitué à supporter le trafic ralenti que les jérémiades de sa sœur. Il bifurqua à la première intersection et roula jusqu'à trouver une porte de garage devant laquelle stationner. Il enclencha les *warnings* et éteignit la voiture.

— Au pire, ils appelleront Elme. T'as raison, en marchant, on y sera en cinq minutes.

****

— Alors ? Tu nous expliques ?

À le voir plaquer le journaliste contre le mur de son hall d'entrée, Elias n'avait plus rien d'un adepte des accords toltèques. La peur et l'incompréhension se lisaient dans les yeux de Johan, qui ne quittaient pas la main du vigneron, suspendue à quelques centimètres de sa tempe.

— Parce que c'est bien toi, sur cette photo, je me trompe ? Derrière Antonin, en train de regarder la partie de *beer-pong* tout en sirotant du punch ?

— Je… Euh…, bredouilla Johan.

— Pardon ? Pour un mec qui écrit, tu manques un peu de vocabulaire ! railla Elias, lui collant le cliché plus près de l'œil. Alors ?

— Oui, oui, oui ! C'est moi ! cria le journaliste, la voix cassée.

Le frère de Victoire relâcha sa prise, laissant les pieds de Johan reposer sur le sol. Il réajusta le col de son T-shirt pour se donner une contenance, mais n'en menait pas large. La carrure d'Elias n'avait déjà rien de rassurant, mais si l'on ajoutait à cela les visages furieux qu'affichaient les Valéjane, le reporter avait de bonnes raisons d'être nerveux.

— Cela fait trois jours qu'on enquête soi-disant ensemble, reprit Victoire, qui ne comptait pas se satisfaire de son aveu face à l'évidence. Trois jours que l'on parle de cette soirée, et trois jours que tu me prends pour une imbécile ! Alors maintenant, tu accouches ! C'est toi qui as violé Judith ?

— Mais non, enfin ! s'offusqua-t-il.

— Tu étais sur la plage, se souvint-elle. Le soir où Eddie a été tué ! Aux premières loges, juste derrière le cordon de sécurité ! Tu as violé Judith, Fabien a fini par le découvrir, il t'a confronté, tu l'as tué. Manque de bol, Eddie t'a vu, et tu l'as étranglé pour le faire taire !

— Je n'ai violé ni tué personne ! se défendit-il avec fermeté. Et je te rappelle que c'est moi qui t'ai fourni le rapport d'autopsie de Judith. Pourquoi je l'aurais fait si j'étais coupable ?

Effectivement, cela n'avait pas de sens. Pas plus que son mensonge.

— J'étais bien à la fête, admit-il.

— Alors pourquoi tu n'as rien dit ? Pourquoi tu as fait mine de regretter de ne pas avoir été invité ?

— Justement, parce que je n'étais pas invité.

— T'as resquillé une soirée en 2004, je pense qu'il y a prescription, nota Elias.

— Je n'ai pas fait que m'incruster, soupira Johan.

Il hésita. Dans un mimétisme presque imperceptible, les mâchoires de la sœur et du frère se contractèrent simultanément.

— C'est à cause de moi si les gendarmes ont débarqué.

Ou plutôt, à cause de sa mère.

Le petit Johan, quinze ans à peine, élève de seconde, n'avait en effet pas été convié à la fête organisée par Victoire. Seuls les terminales et les amis d'Elias comptaient parmi les heureux élus, elle n'avait pas dérogé à cette règle, même face à l'insistance de certains camarades. Mais Johan Clermont était déjà un fouineur-né, qui laissait traîner ses oreilles dans tous les recoins et couloirs du lycée. Cette soirée serait la plus importante de l'année, et y participer lui donnerait l'occasion de fanfaronner comme jamais. Adieu sa réputation de *loser* ! Il envisageait même de rédiger un article pour le journal du lycée, à la manière de ces canards universitaires qui infiltraient les sociétés secrètes des campus américains.

Le 10 avril 2004, il avait suivi sa voisine, Juliette Morel, terminale S1, lorsqu'elle était sortie de chez elle, et l'avait prise en filature avec une facilité déconcertante. Après l'avoir vue se glisser sous le grillage à l'arrière du réfectoire, il avait attendu quelques minutes, et fait de même. Une fois à l'intérieur, il avait pu se reposer sur le monde présent et l'alcool ingurgité pour dissimuler sa présence. Mais l'alcool, justement, comptait parmi ces plaisirs inédits auxquels Johan n'avait jamais goûté. Grisé par l'ambiance, il s'y était abandonné avec trop d'avidité et aucune habitude, enchaînant les verres de Malibu et de vodka comme s'il consommait de la grenadine. Son projet d'article retentissant s'était noyé dans sa bile en quelques heures, et effrayé par son état, il avait pris la seule bonne décision de sa soirée. Il avait appelé sa mère.

— Je ne sais même pas comment j'ai réussi à ressortir, confia-t-il à Victoire et Elias. Elle est venue me chercher sur le parking, et nous sommes partis pour l'hôpital en trombe avant que je sombre dans un coma éthylique. J'ai eu de la chance, j'ai été pris en charge rapidement. Mais ma mère avait la trouille que d'autres gamins se retrouvent dans la même situation que moi, alors elle a prévenu les gendarmes. C'est moi qui ai bousillé votre soirée. En quelque sorte. Tu comprends maintenant pourquoi je ne voulais pas te dire que j'y étais, alors que je n'avais rien à y fiche à l'origine.

Victoire soupira en esquissant un sourire.

— Je suis d'accord avec Elias : dix-sept ans après, il y a prescription.

— Mais elle t'aurait repeint en vert jusqu'aux poils pubiens si elle l'avait appris à l'époque, nota toutefois Elias.

— Probablement, reconnut-elle.

— Je regrette de t'avoir menti. J'étais loin d'imaginer que cette soirée deviendrait le cœur de l'enquête.

— Et moi, si j'avais su les conséquences qu'elle aurait, je me serais abstenue de l'organiser.

— Ma sœur pense qu'elle a une part de responsabilité dans les actes de tout un chacun, fit Elias. Mais ce n'est pas toi qui as agressé une jeune fille, compléta-t-il à son égard.

— Étant donné l'état dans lequel tu étais, je suppose que tu ne souviens de rien ? demanda-t-elle par acquit de conscience.

— Crois-moi, je le regrette…

Elle se retint d'ajouter « pas autant que moi » après le laïus auquel Elias venait de se livrer.

Avant qu'ils le quittent, Johan lui assura qu'il ne lâcherait pas la piste Cécile Blanchard sans avoir retrouvé l'ancienne secrétaire. La culpabilité était un moteur puissant, mais à force de tomber sur des impasses et des murs, Victoire commençait à douter de l'issue de leur enquête.

— Il n'était pas sur la liste, prit-elle conscience une fois dans la voiture.

Elias lui lança un regard interloqué.

— La liste, dans le carnet de Bugnoli. Celle des participants à la fête. Johan n'y était pas mentionné. Pourtant, il était présent ce soir-là.

— Fabien n'avait pas tous les noms, et alors ? C'est normal, ce n'est pas lui qui s'était chargé des invitations. Et toi non plus, tu ne savais pas que Johan était venu.

— Justement, s'agaça-t-elle. C'était ma fête, et même à moi sa présence a échappé. Combien d'autres types je n'ai pas vus ce soir-là ? Combien manquent dans le carnet du Bugnoli ?

Elle se renfrogna sur son siège et soupira.

— Le violeur pourrait être n'importe qui. Même quelqu'un venu de l'extérieur.

3 juillet 2004

Je crois que je suis dans une merde noire.

Si quelqu'un nous a vus et l'ouvre, je suis foutue.

Putain, putain, putain.

J'ai mon bac avec mention bien. C'était censé être une belle soirée, le début de ma vie d'adulte, et tout est parti en vrille à cause de Gabriel.

Après l'affichage des résultats, on est allé fêter ça avec une bonne partie des terminales sur la plage des rafiots, comme des générations de lycéens de Dorville depuis que Napoléon a inventé le bachot. Tout le monde avait apporté de la bouffe, de l'alcool, certains jouaient de la guitare autour du feu. En théorie, on n'a pas le droit d'en allumer sur la plage, mais on n'est pas non plus supposé se saouler dans l'espace public. Les gendarmes sont tolérants pour la soirée des résultats, même ce relou de Elme.

Bref, tout était fait pour qu'on passe une bonne soirée. En théorie, là aussi.

J'avais pas vraiment le cœur à la fête en réalité.

Ça fait des semaines que je me prends la tête, et maintenant que j'ai le bac en poche, je ne peux plus reculer. Il faut que je me décide. J'ai l'impression d'être face à un précipice. Soit j'intègre la fac de socio à Perpignan à la rentrée (aka, le plan officiel). Ça veut dire que je rentrerai tous les soirs à la maison comme une brave petite fille pour retrouver mon père et mon frère. Soit je me barre. Je quitte Dorville. Ciao la compagnie, je commence une nouvelle vie. Et je respire.

Autour du feu, les potes dansaient, se roulaient des pelles, buvaient du vin à la bouteille. Du vin Valéjane, d'ailleurs. Un coup d'Elias qui avait chipé un carton au stock. Il attend encore de passer son oral de français, mais hors de question de ne pas participer à la fête. En le regardant rire aux éclats à une connerie que venait de dire Antonin, je me suis sentie hyper mal. Je ne lui ai pas parlé de mon envie de partir. Ni même à Laura ou à Gabriel. Je ne l'ai dit à personne. Je suis une hypocrite. Ils sont ma famille, je les aime, et je leur mens depuis des semaines.

J'étais donc pas du tout dans l'ambiance. Gabriel est allé acheter des clopes, je ne l'ai même pas calculé, et quand il est revenu et qu'il m'a enlacée, j'ai sursauté. Il fallait que je crève cet abcès, au moins avec lui, sinon j'allais disjoncter… Je lui ai proposé que l'on s'éloigne, et on est entrés dans le vieux hangar. En théorie, encore un truc interdit mais dont tout le monde se fiche. Elme aurait dû mettre un cadenas ou une clôture électrique.

Si j'avais tout fait comme la théorie le recommande, rien de ce qui va suivre n'aurait eu lieu.

Une fois dedans, j'ai fini par lancer « J'étouffe, Gabriel ».

Il a cru que je parlais de nous, de notre couple, et j'ai vu son visage se fermer, les muscles de son cou et de ses épaules se contracter. J'ai essayé de le rassurer, mais franchement, plus je parlais, et plus j'avais l'impression de me noyer. Je ne sais pas ce qu'il m'est passé par la tête, mais j'ai dit : « On devrait partir. »

Il n'a pas compris où je voulais en venir. Il s'est mis à me parler de la fac, de la rentrée, que c'était un nouveau départ, ce genre de conneries. Là j'ai vrillé : « Mais c'est à quinze kilomètres d'ici ! Qu'est-ce qui va changer ? Rien. On picolera tous les week-ends sur la plage, on verra les mêmes gens, on parlera des mêmes trucs. J'en peux plus de tout ça ! »

Il me regardait comme si je m'exprimais en serbe.

J'ai répété : « Partons ! Demain. On se barre, on quitte Dorville, et on commence une nouvelle vie, ailleurs. Loin de tout ça. Ce n'est pas comme si on n'en avait jamais parlé ! »

On avait aussi parlé d'une maison à Dorville, d'un labrador et d'un monospace. Je ne pensais pas qu'il était sérieux. Ou plutôt je le savais mais j'ai fermé les yeux parce que j'avais la trouille de le perdre. C'est pour ça que je ne lui avais pas parlé de mon envie de quitter la ville après le bac. Parce qu'on n'aspirait pas à la même chose et que je savais ce que ça voulait dire pour la suite.

Il a lancé: « On peut pas partir. Toute notre vie est ici. Nos potes, ton frère, nos familles. Tu imagines, mes parents, mon père ? »

J'ai pété un câble. Je lui parle de moi, de nous, et il me parle de son père ! Il m'a toujours dit qu'il ne voulait pas lui ressembler, qu'il ne voulait pas suivre sa voie, être obsédé par les vignes. Et maintenant, quoi ? Il voulait faire comme Elias ? Prendre la succession de son papounet chéri alors qu'il ne fait pas la différence entre deux cépages ? Il allait être joli, le domaine des Caltorant !

Ça l'a vexé, il a dit que, de toute façon, nous, on courait à la faillite, et on s'est mis à s'engueuler à propos des vignes et de nos domaines. C'était débile, mais en même temps ça résumait bien le problème. Je n'en pouvais plus de ces conneries à propos de l'héritage familial. Ça serait toujours entre nous. Et moi, j'en ai ma claque d'être seulement « la fille » Valéjane.

Je l'ai supplié une dernière fois de partir avec moi, de me suivre. Je n'avais plus rien à perdre. Je nous avais déjà perdus en route. J'ai dit « En tout cas, moi, je vais partir ».

Il n'a pas bougé, pas moufté, alors je me suis dirigée vers la porte.

Il a crié « Attends ! ».

J'y ai cru. L'espace d'un instant, j'y ai cru.

Je me suis retournée.

« Épouse-moi ! »

J'aurais préféré avoir mal entendu. Mais il a répété, « Épouse-moi ! Marions-nous ! ».

Je lui ai balancé « T'es cinglé ! On a dix-huit ans, j'te rappelle ! ». La question n'était pas vraiment là, mais j'étais tellement choquée que c'est le premier truc qui est sorti. Je venais de lui annoncer que je voulais partir, et lui me demandait en mariage, c'était totalement incohérent !

Il est parti en sucette. Vraiment. Il a dit que le mariage, c'était ce qui nous pendait au nez, que c'était notre destin. Bordel, c'était justement ça, le problème !

C'est là que j'ai compris.

Je ne voulais pas seulement fuir Dorville. Je voulais le fuir, lui aussi. Si je lui avais lancé cet ultimatum, c'était pour le tester. Pour pouvoir le quitter et lui rejeter la faute dessus.

Je lui ai dit que tout était terminé. Je l'ai répété plusieurs fois, parce que je voyais bien qu'il ne comprenait toujours pas, on aurait dit qu'il venait de se manger un bus en pleine poire. J'aurais voulu ajouter quelque chose, mais je n'ai rien trouvé d'autre. Tout avait été dit. Je lui ai jeté un regard désolé et je me suis dirigée vers la sortie.

J'étais à deux mètres de la porte et c'est là qu'il m'a crié : « Tu brûles tout. Pas seulement nos rêves, nos souvenirs aussi. »

Je me suis retournée. Son regard avait changé. Il n'était plus seulement blessé. Il était en colère.

J'ai tenté de l'apaiser, de lui expliquer que nos souvenirs seraient toujours là, mais qu'on n'avait pas les mêmes rêves, que ça ne servait à rien de s'entêter. J'ai ajouté « Je ne brûle rien que tu n'incendies pas, toi aussi, ce soir ». Je pensais que je venais de dire un truc très intelligent et poétique, mais j'aurais mieux fait de me taire.

Il a sorti deux billets cartonnés de la poche de son short : «J'avais pris des places de concert, pour le festival de Port-Grives, le mois prochain. C'était ton cadeau pour fêter le bac. Eux aussi, je les brûle ?»

Il avait sa tête de gamin rageur, de ceux qui préfèrent casser un jouet plutôt que de laisser quelqu'un d'autre s'amuser avec. Je le détestais dans ces moments-là, et plus encore ce soir. Il salissait tout.

J'ai lâché : «Tu fais ce que tu veux.»

Hors de question de me laisser prendre à son manège.

Sans un mot, il a de nouveau glissé sa main dans son short et en a tiré un briquet. Il a embrasé la pointe des billets. Des flammes bleutées ont commencé à lécher le papier.

Je l'ai trouvé pathétique et je n'ai pas bougé. J'espérais qu'il se cramerait le bout des doigts. Mais avant même que le feu atteigne la moitié des billets, il les a laissés tomber sur le sol.

«Autant tout brûler.»

Il n'y avait aucune émotion dans sa voix.

Je n'ai pas compris immédiatement ce qui allait se passer.

Sur le sable, il y avait des aiguilles de pin, des algues séchées, des papiers emportés par le vent et plein de déchets que personne n'avait jamais pris la peine de nettoyer. Le sol s'est embrasé en quelques secondes. Gabriel est resté un instant sidéré. Je crois qu'il ne s'attendait pas du tout à cela, pas vraiment, pas aussi vite. Les flammes commençaient à monter, je pouvais sentir leur chaleur.

J'ai hurlé «Sors !».

Il m'a regardée, pétrifié, et a mis plusieurs secondes avant de me rejoindre. J'ai réussi à ouvrir la porte pour nous extraire de ce brasier. Il n'y avait plus rien à faire.

J'étais à la fois impressionnée et épouvantée par la rapidité avec laquelle tout a pris feu. Dix minutes plus tôt, c'était un bâtiment que j'avais toujours connu. Au moment où j'écris ces lignes, il ne doit rester qu'un tas de braises et de cendres fumantes.

Je tremblais, je suppose. Elias a passé ses bras autour de moi. J'ai balayé la plage de part et d'autre. Gabriel avait disparu. Sa lâcheté ne m'a même pas étonnée. On dit que les pyromanes restent pour se délecter du spectacle. Les petits garçons effrayés partent eux en courant.

En observant les alentours, j'ai aperçu Charline Naillard, à quelques mètres de là. Elle me fixait. Je n'avais pas envie de détourner les yeux, par principe, mais son regard m'a dérangée. Qu'elle demande à ses parents de lui acheter une vie au lieu d'être toujours après moi !

Les flammes sont montées à cinq ou six mètres, et on a entendu la sirène des pompiers. Tout le monde s'est dispersé en quelques secondes. Laura et Antonin nous ont fait signe, puis Elias et moi sommes partis à notre tour.

Mon frère n'a pas posé de questions. Je ne sais même pas s'il nous a vus sortir, s'il savait qu'on était à l'intérieur. Tant mieux. Je n'ai pas envie d'incriminer Gabriel, parce que cela m'aurait obligée à expliquer à Elias les raisons de notre dispute, et je n'ai plus le courage de revenir sur ce sujet ce soir.

Je veux juste dormir, et oublier tout cela. Fermer ce cahier et mes paupières, et que demain au réveil, cette histoire de hangar en feu ait disparu.

17 juillet

39

Un son aigu et déplaisant l'extirpa de son sommeil.

Elle se tourna sur le côté, ouvrit les yeux et hurla.

— Elias, bordel !

Face à elle, sur la descente de lit, se tenait Lucifer le coq qui la scrutait d'un regard inquiet. Derrière la porte, elle entendit son frère pouffer comme un gamin.

— Bienvenue à la maison ! railla-t-elle tout en tirant le drap sur son visage.

— Cooooot, tenta Lucifer, manifestement peu rassuré d'avoir été arraché à son habitat naturel au profit d'une blague douteuse.

— Bon, tu viens enlever ta bestiole que je puisse me lever ! cria-t-elle.

La porte ne bougea pas, et Victoire grogna.

— Cot, renchérit le gallinacé.

Dix-sept ans après son départ, elle se retrouvait dans son lit d'adolescente, Elias était toujours aussi idiot, et rien ne semblait avoir changé d'un iota.

À deux exceptions près. Un coq se baladait dans sa chambre et ils avaient une enquête pour meurtre à mener. Ces deux variables l'effrayaient presque autant l'une que l'autre.

En rentrant de chez Johan, ils avaient de nouveau passé en revue les photographies de la fête, détaillant tous les visages à l'arrière-plan. Certains noms s'étaient frayé un chemin jusqu'à leur conscience, et la plupart figuraient sur la liste de Fabien, mais aucun des adolescents dont Victoire avait capturé le reflet n'attira leur attention plus qu'un autre.

Lorsqu'elle descendit prendre son petit déjeuner, elle aperçut son père par la fenêtre de la cuisine, assis à la table de jardin. Il émiettait du pain pour Lucifer qu'Elias avait remis dehors le temps qu'elle passe à la salle de bains. L'animal picorait avec bonheur. Au moins, il arrivait à leur père de faire autre chose que regarder la télévision. Elle observa cet endroit, jadis si accueillant. Il ne faudrait pas grand-chose pour lui redonner son lustre d'antan. Arracher les mauvaises herbes, replanter des fleurs çà et là. Installer un salon de jardin neuf. Peut-être que si elle restait quelques jours de plus, elle pourrait s'y atteler. Ils n'auraient pas de nouvelles du notaire avant lundi, et le temps qu'il fixe un nouveau rendez-vous, elle devrait bien trouver à s'occuper. Autrement qu'en résolvant un crime, si possible.

Mais pour l'heure, les clichés étalés sur la table la narguaient toujours. Elias leur prépara deux cafés, et tout en soufflant sur sa tasse, Victoire s'assit et recommença à compulser les images avec une frénésie désabusée.

— On passe à côté de quelque chose, j'en suis certaine !

— Vic, on a regardé ces photos sous tous les angles pendant des heures ! Rien n'a bougé depuis hier. Tu ne verras personne tenant une pancarte avec marqué « C'est lui, le violeur ! ».

Elle émit un râle désespéré et posa son front sur la table au milieu des clichés.

— On n'y arrivera jamais ! gémit-elle.

Elle releva la tête au bout d'une minute, mais une photo resta collée au-dessus de ses sourcils. Elias éclata de rire.

— Ravissant ton accessoire ! Tu devrais sortir comme ça !

— Il ne me manque qu'une coiffe faite avec les plumes de ton affreux volatile ! répondit-elle du tac au tac tout en détachant la photographie.

Elle la regarda distraitement. Elle l'avait minutieusement observée plusieurs fois depuis hier, espérant y apercevoir quelqu'un de suspect, ou au moins un détail faisant sens, avec à chaque fois un pincement au cœur. Au premier plan, Eddie, tout sourire, semblait agiter sa main libre pour saluer Victoire. De l'autre, il tenait sa chère caméra.

— Rien n'a bougé…, répéta-t-elle en un murmure.

— Qu'est-ce que tu dis ?

— Rien n'a bougé… Rien n'a bougé parce que ce sont des photos ! Des photos, pas une vidéo ! Mais Eddie filmait tout, lui ! s'exclama-t-elle, extatique.

— Les DVD qu'il gravait ! s'écria Elias à son tour.

Ils se lancèrent un regard complice et se ruèrent vers les escaliers.

Une fois dans sa chambre, Victoire fouilla la commode au-dessus de laquelle trônait son vieux poste de télévision au tube cathodique démesuré. Ce meuble n'était pas aussi bien rangé que son placard et il lui fallut plusieurs longues minutes avant de tomber sur l'enveloppe plastifiée dans laquelle se trouvait le disque convoité, temps dont Elias profita pour rebrancher le téléviseur et le lecteur.

Assise sur le bord du lit à côté de son frère, elle pressa le bouton lecture avec fébrilité.

Les premières mesures de *What You're Waiting For* de Gwen Stefani résonnèrent, accompagnées par l'image de l'horloge de la cafétéria, avant d'enchaîner sur un petit groupe d'élèves passant sous le grillage. Eddie avait compilé la soirée façon vidéo-clip, avec un talent que personne n'avait su déceler à l'époque.

Chaque fois que Judith apparaissait à l'écran, Victoire et Elias retenaient leur souffle. Mais les photogrammes étaient fugaces, se succédaient trop rapidement pour qu'ils parviennent à détecter quoi que ce soit d'utile, même en tentant de nombreux arrêts sur image. Lorsque le noir revint, Victoire relança la vidéo depuis le début, pour un résultat tout aussi peu probant.

— On doit voir Judith deux ou trois fois, c'est peine perdue !

— Attends, réalisa soudain Elias. Il existe d'autres vidéos !

— Comment ça ?

— Lors de la commémoration pour l'anniversaire de Judith, Eddie a monté un petit film à la demande de ses parents. Je ne me souviens plus exactement, mais je suis certain qu'il y avait d'autres extraits de la fête ! Des extraits centrés sur elle.

— Il devait avoir conservé les *rushes* et les a utilisés pour réaliser une nouvelle vidéo…

— Et vu le temps qu'il passait l'œil vissé à sa caméra, il doit y avoir des heures de bandes.

— Elias, je t'aime ! T'es génial ! s'exclama-t-elle en lui infligeant un baiser sonore sur la joue, digne d'une vieille tante.

Ne manquait que la trace de rouge à lèvres écarlate.

— Roh mais arrête ! Si tu refais un truc aussi dégueulasse, je préfère qu'on soit de nouveau fâchés !

S'ils avaient eu quinze ans et du temps devant eux, la scène aurait tourné à la bataille de chatouilles ou d'oreillers. Mais les jeux régressifs attendraient. Ils devaient se rendre chez la grand-mère d'Eddie au plus vite.

40

L'IDÉE D'ALLER ENQUIQUINER une vieille dame en deuil la fit hésiter. D'autant que sans Elias à ses côtés, elle se sentait moins intrépide. Ces quelques heures de complicité avaient été les plus belles qu'elle ait passées depuis longtemps. Big Ben et la basilique Saint-Pierre, Éphèse et Versailles, le Colisée et la Sagrada Familia ne faisaient pas le poids face au rire d'Elias, à ses mimiques incomparables, à sa grande bonté, qu'elle percevait toujours en dépit des années et des soucis qu'il rencontrait. Son frère était le plus magnifique et le plus imparfait des monuments, unique et inoubliable. Malgré les kilomètres qui les séparaient, elle ne le laisserait plus s'éloigner comme elle l'avait fait. Elle lutterait pour lui, prendrait des trains ou des touk-touk, viendrait à pied, le ferait monter dans un avion de force s'il le fallait, mais elle ne passerait plus des mois, des années, sans partager la vie d'Elias.

La porte en bois peinte en vert pâle l'invitait à pénétrer dans le jardin, dissimulé derrière de hauts murs recouverts de vigne vierge. Elle ne s'était jamais rendue chez Eddie. Sa grand-mère était une petite femme aussi dynamique que douce, présente à toutes les réunions parents-professeurs, son minuscule sac à main serré contre son ventre et le regard inquiet de celle qui espérait que le gamin dont elle avait la charge suivait la bonne voie.

Eddie aussi était un orphelin. En quelque sorte. Né de père inconnu selon les formulaires administratifs et d'une mère qui avait pris la tangente dès que son fils avait su marcher, le petit garçon avait été tacitement confié aux bons soins de sa grand-mère, abandonné comme un chiot devenu trop imposant et dont on ne sait que faire. On disait sa mère putain ou droguée, son père pirate ou peintre venu immortaliser la région, des repris de justice, façon Bonnie et Clyde, ou des espions, beaucoup trop occupés pour s'encombrer d'un mouflet. Eddie ne s'en était pas trop mal sorti, au milieu de ces zones d'ombre et ces légendes. Sa grand-mère y avait veillé, suscitant l'admiration des habitants pour le sacerdoce que représentait le fait d'élever de nouveau un enfant à plus de cinquante ans.

Dans quel état devait-elle se trouver, alors qu'elle s'apprêtait à enterrer ce petit-fils qu'elle avait tant chéri ? Victoire aurait aimé pouvoir se dérober à cette rencontre. Elle ne se sentait pas capable d'absorber le chagrin de la vieille dame, d'essuyer les grosses larmes qui risquaient d'inonder ses joues. Elle éprouvait l'irrépressible envie de fuir, cette maison devait puer la mort et le malheur, elle ne pourrait pas affronter cela. Quelqu'un d'autre aurait dû y aller, quelqu'un qui n'avait perdu personne, vu mourir personne, quelqu'un qui ne connaissait pas cette béance laissée par l'absence. Quelqu'un qui ne risquait pas de faire un transfert indécent et de s'écrouler dans ses bras maigrelets. Elle était celle qui fuit, elle semait les fantômes, elle ne pouvait pas s'arrêter et cueillir la peine des autres, elle n'était pas prête, elle ne le serait jamais.

Du regard, elle chercha la voiture d'Elias dans la rue. Mais les minutes s'étaient égrenées, il l'avait déposée et était reparti, il avait leur père à charrier d'un rendez-vous médical à l'autre comme un enfant souffreteux. Elle était seule. Elle était seule et devait faire face.

Elle poussa la porte comme on entre dans l'arène.

Le calme qui régnait dans le salon tranchait avec le tumulte intérieur qui avait agité Victoire. Bien sûr, le visage de Solange Arolas portait des marques de fatigue, ses traits étaient tirés, ses yeux cernés d'une teinte violacée, mais la vieille dame faisait preuve d'un sang-froid qui forçait le respect. Pas étonnant qu'elle ne se soit pas démontée et soit sortie armée d'un fusil lorsque quelqu'un avait tenté de pénétrer chez elle quelques jours plus tôt. Même dans le drame, cette femme paraissait inébranlable.

Elle n'en était pas moins en colère, mais faute de coupable, celle-ci se perdait dans le vide.

— Mon Eddie était un gentil garçon. Il n'a jamais causé de tort à personne. Alors, pourquoi s'en prendre à lui ? Quel monstre a pu faire une chose pareille ? Étrangler quelqu'un… Cela prend plusieurs minutes… Ce n'est pas l'acte d'un fou, c'est réfléchi ! Je ne comprends pas qui pouvait lui en vouloir à ce point…

Elle posa sa main sur celle de Victoire comme pour prendre appui, mais elle ne flancha pas, ne pleura pas. Elle semblait simplement lasse.

Victoire ne put qu'acquiescer à ses interrogations. Elle-même avait déjà retourné la question tant de fois dans son esprit.

Elle s'était présentée comme une camarade de lycée d'Eddie, ce qui était la vérité, ajoutant qu'ils avaient renoué contact il y a peu. Mais elle avait passé sous silence que c'était elle qui avait découvert son cadavre. Mieux valait que la vieille dame ignore les détails sinistres.

— Cela va vous sembler idiot, et probablement déplacé, s'excusa Victoire, mais je sais qu'Eddie avait gardé de nombreux films de la période du lycée. Des vidéos où nous apparaissons tous, mon frère, moi… Judith Mérieux… On m'a dit qu'il avait réalisé quelque chose de très joli pour sa dernière commémoration…

— Il a livré des publicités pendant des week-ends et travaillé tout l'été 2002 pour se payer cette caméra, expliqua la grand-mère avec un sourire nostalgique. Je n'avais pas les moyens de lui offrir un appareil aussi sophistiqué. Il était tellement heureux ! Je suis fière de voir que, des années après, vous êtes nombreux à reconnaître son talent et à vouloir revoir ses vidéos !

— Nombreux ? s'étonna Victoire. Qu'est-ce que vous entendez par là ?

— Un jeune homme est passé il y a quelque temps. À propos du film sur la petite Mérieux. Lui aussi trouvait que mon Eddie avait fait un travail remarquable, très émouvant.

Le rythme cardiaque de Victoire s'emballa.

— Vous vous souvenez de son nom ?

— Comment l'oublier en ce moment… C'est ce beau garçon, celui qui a été tué lui aussi, Fabien Bugnoli.

41

La vérité ne tarderait pas à éclater, elle en était convaincue.

Fabien était venu. Leurs recherches les avaient menés au même endroit. La clé était à trouver dans les vidéos d'Eddie.

Tout en l'accompagnant vers la pièce où son petit-fils montait ses films, Solange Arolas raconta à Victoire comment les choses s'étaient déroulées.

Bugnoli avait sonné un matin où Eddie était au travail. Elle lui avait conseillé de repasser à un autre moment, mais il avait insisté. Cela faisait déjà plusieurs jours qu'il cherchait à voir Eddie, mais le vidéaste et sa grand-mère avaient quitté Dorville près de deux semaines pour se rendre à des funérailles en Espagne, dont ils venaient tout juste de rentrer.

Fabien disait avoir aimé le film réalisé en hommage à sa cousine et tenait absolument à visionner les autres vidéos, les images brutes, qu'Eddie avait tournées en 2004. Il y avait une telle urgence dans sa voix que la vieille dame avait fini par téléphoner à son petit-fils, afin d'obtenir son aval avant de le laisser pénétrer dans son antre et regarder les bandes. Les deux hommes s'étaient parlé quelques minutes. Elle avait entendu Fabien dire que, durant son absence, il avait cherché à contacter certains anciens camarades de classe pour mettre la main sur des DVD, sans succès. Eddie lui avait alors indiqué où il pourrait trouver les vidéos en question et donné des explications quant au fonctionnement de son matériel. Solange l'avait donc conduit dans le repaire de son petit-fils et l'avait laissé seul. Il en était ressorti des heures plus tard, le visage plus grave encore qu'en arrivant, avait balbutié quelques mots de remerciements et était sorti, sonné. Elle l'avait pensé très ému d'avoir revu des images de sa cousine.

Victoire à son tour fut abandonnée dans la pièce lambrissée, aux murs recouverts d'affiches de films et d'étagères remplies de DVD.

— Bienvenue au royaume des geeks ! soupira-t-elle.

Par où commencer, sans les précisions téléphoniques d'Eddie ? Elle souleva quelques boîtiers posés sur le bureau où trônaient également deux écrans. La pièce n'était pas en désordre mais elle contenait tellement d'objets qu'elle espérait que le rangement des vidéos obéissait à un semblant de classement.

Elle n'eut pas à chercher longtemps. Une petite armoire accolée au bureau contenait les cassettes mini DV, soigneusement étiquetées. Mais comme Victoire avec les photographies, Eddie s'était montré prolifique dans ses réalisations. Trois bandes de soixante minutes portaient la date du 10 avril 2004.

— J'aurais dû prévoir du café ! soupira-t-elle.

Elle batailla pour parvenir à allumer les deux écrans, puis inséra la première cassette dans le lecteur.

Le visage d'Eddie s'afficha. Il s'était filmé en tournant la caméra vers lui. Elle sursauta en attendant sa voix.

— *Je vais pas donner son nom pour pas lui causer de problèmes, mais une certaine demoiselle a organisé une fête démentielle, et moi, Eddie Arolas, je vais vous entraîner dans les coulisses de ce qui s'annonce comme la soirée de l'année !*

Le sourire du jeune homme emplissait le cadre. Il ne méritait pas une fin si tragique.

Les images défilèrent sous ses yeux. La Victoire de dix-sept ans apparut, le corps serré dans cette robe bustier pour laquelle elle avait économisé pendant des semaines et qu'elle n'avait jamais reportée ensuite, l'abandonnant dans son placard parmi les autres vestiges de son adolescence. Elle semblait à l'aise, enjouée, un peu effrontée. Rares étaient ceux qui auraient pu dire qu'elle brûlait de l'intérieur, qu'elle s'enivrait de fêtes, de vodka et d'interdits pour combattre la tristesse. Elias entra à son tour dans le champ. Il était si jeune ! Presque un enfant, malgré ses épaules de taureau et ses mains assez larges pour enfourner des pizzas. Plus encore que lorsqu'elle avait scruté les photographies la veille, leur juvénilité lui sauta au visage. Ils paraissaient si fiers, les gamins qu'ils étaient, convaincus d'être plus malins que le reste de l'univers, se sentant prêts à affronter la vie et ses vicissitudes. Judith fit son entrée dans la salle, suivie par Fabien. Une semaine plus tard, elle serait morte. La réalité viendrait éclabousser cette innocence, mais il leur faudrait encore longtemps avant de comprendre qu'ils ne seraient jamais les rois du monde, seulement des petits pions tentant de cheminer entre rire et drame. Pour l'heure, leurs rêves étaient faits de paillettes, de carrières prestigieuses, d'histoires d'amour qui dureraient pour l'éternité, d'amitiés indéfectibles et de familles parfaites. Pour l'heure, ils ne pensaient à rien en réalité. Ils étaient venus pour passer une soirée délirante, parce qu'ils avaient dix-sept ans, parce qu'ils étaient en vacances. Parce qu'ils n'étaient que des enfants.

Victoire ne quitta pas la jeune fille des yeux, s'approchant imperceptiblement de l'écran à chaque fois que Judith occupait un plan. « Suis-la ! », avait-elle envie de hurler à Eddie. Mais elle ne pouvait qu'attendre, se raccrocher aux dernières miettes de vie de Judith que le jeune homme avait capturées sans le savoir. Elle dansait, dansait avec Fabien, dansait avec Elias et d'autres camarades de classe. Si Victoire ne l'avait pas invitée, si Judith avait chopé la grippe, si ses parents l'avaient punie, si le proviseur-adjoint avait compris que ses clés avaient été volées et non pas perdues, si, si, si. Si, et Judith danserait encore. Elle serait mariée, aurait des enfants, un chien, une maison, un château en Espagne, le job de ses rêves, de la cellulite, du diabète, un ex-mari pénible, un prêt sur vingt ans, une voiture trop polluante, et des vacances à l'empreinte carbone indécente, des gamins ingrats, un patron colérique, un chat asthmatique, des chenilles processionnaires dans son jardin, elle aurait une vie merveilleuse ou une vie de merde, mais une vie quand même. Elle dansait à l'écran, elle souriait, son existence n'avait pas encore basculé, personne ne lui avait fait du mal, ne lui avait arraché cette part d'elle-même qu'elle ne pourrait jamais retrouver, personne ne l'avait poussée au désespoir, alors elle dansait, dansait, sa robe verte tournoyait, elle avait les bras en l'air et son rire transperçait l'image.

Mais la séquence s'achevait, et Eddie était passé à autre chose. Victoire cria. Où était Judith pendant ce temps ? Elle la cherchait dans chaque image, se rapprochant un peu plus de l'écran, jusqu'à en avoir mal aux yeux. Parfois, elle réapparaissait, fugacement. Jamais assez longtemps pour que Victoire remarque un détail signifiant.

La bande arriva à sa fin et elle passa à la suivante.

Toujours plus de musique, de danse et de rires. Les visages rougissaient, en sueur. La caméra d'Eddie virevoltait entre la salle principale et les recoins du réfectoire, croisant parfois un visage ami qui faisait signe ou lançait une blague. Elle devina Johan, à l'arrière-plan derrière un groupe, cherchant à dissimuler sa présence. Elle fit face à son propre reflet dix fois, vingt fois, à celui de son frère, de Gabriel, mais c'était Judith qu'elle voulait voir, c'était elle qu'Eddie aurait dû suivre et pas cet imbécile de Félix qui insistait pour lui montrer le fonctionnement du tournebroche.

Retour sur la piste de danse. Les rangs s'étaient éclaircis. Elle n'avait aucune idée de l'heure. Elle se regardait onduler au milieu de ses camarades de lycée, mais sans sa garde rapprochée. Elle devait être arrivée à ce moment de la soirée, après sa prise de bec avec Gabriel, où le quatuor avait disparu de son sillage. Ses doutes quant à son ancien amoureux refirent surface. Laura avait laissé Antonin s'époumoner devant sa partie de *beer-pong*, avait rejoint Elias, mais Gabriel, où était-il passé pendant tout ce temps ?

La deuxième cassette s'acheva, et elle n'était pas plus avancée. Elle inséra la dernière bande dans le lecteur, craignant de quitter la maison d'Eddie sans avoir obtenu de réponse. Qu'avait vu Fabien ? Était-elle en train de passer à côté d'un élément tangible ?

Les adolescents paraissaient de plus en plus éméchés, leurs poses se faisaient plus lascives ou survoltées selon leur résistance à la boisson. La main d'Eddie sur la caméra semblait aussi moins ferme tandis qu'il déambulait entre ces corps qui ne lui prêtaient guère d'attention désormais. En dépit des zones d'ombre qui auréolaient la chronologie de la soirée, Victoire calcula qu'ils devaient approcher de la fin. Bientôt, ils entendraient résonner les sirènes des véhicules de la gendarmerie à l'avant du bâtiment et battraient en retraite comme des vendeurs de souvenirs sous la tour Eiffel.

Dans le couloir derrière la cuisine, Eddie interrogeait une jeune fille rousse – Margot ? Mahaut ? Victoire avait oublié – qui riait aux éclats, dévoilant une dentition déjà jaunie par la cigarette. Ces visages l'insupportaient. Elle voulait voir Judith, la trouver parmi la foule, elle se moquait de savoir si Margot Mahaut Malbouffe était déchirée à mort ou de connaître ses pensées éthyliques quant à la fête.

Où es-tu Judith ? À côté de quoi suis-je en train de passer ?

Eddie continua, se frayant un chemin à travers les adolescents qui discutaient ou se roulaient des pelles. Soudain, une porte s'ouvrit sur sa droite. Judith en sortit. Le cœur de Victoire s'emballa. La jeune fille passa une mèche de ses cheveux derrière son oreille, le regard dirigé vers le sol. Elle affichait le même air de faon tétanisé auquel Victoire avait fait face devant les lavabos. C'était ici, dans cette pièce qu'elle venait de quitter, que l'horreur avait eu lieu. Elle n'en avait aucun doute. Elle le sentait dans ses entrailles. Des dizaines de gens se trouvaient à quelques mètres de là, mais personne n'avait pu lui venir en aide. Une ado innocente avait pénétré dans ce local. Une victime brisée venait d'en sortir. Eddie la dépassa sans lui prêter attention. Il avança d'un pas ou deux puis s'arrêta et se retourna alors qu'un bruit de porte que l'on claque se fit entendre dans son dos.

— *Hey, mon pote, ça roule ?* s'exclama le vidéaste.

À l'écran, sortant du même local que Judith quelques instants après elle, elle vit Antonin.

42

VICTOIRE commença à hyperventiler. Elle avait l'impression que ses tempes venaient d'être coincées dans un étau et que sa tête allait imploser sous la pression.

Elle rembobina la vidéo de quelques minutes, repassa la scène, encore et encore.

C'était impossible.

C'était impossible, et pourtant les images étaient là, devant elle, lui imposant cette vérité viciée. Elle avisa la corbeille à papier dans un coin de la pièce, se demandant si elle n'allait pas vomir tant elle avait l'impression que son cœur se déplaçait dans son corps jusqu'à atteindre le bord de ses lèvres.

Elle n'entendit rien des platitudes qu'Antonin débita à Eddie, trois mots, deux phrases, *beer-pong*, perdu, elle n'en savait rien. Elle ne pouvait détacher les yeux de son visage. Il paraissait serein. Normal. Comment parvenait-il à garder pareille contenance après ce qu'il venait de faire subir à Judith ? Elle avait envie de hurler, de frapper dans les murs.

La vidéo continua, Eddie errait dans les couloirs, elle n'y prêta plus attention, jusqu'à ce qu'elle entende les premières notes de *Left Outside Alone*, l'air qui lui était parvenu aux oreilles lorsque le cinéaste amateur avait pénétré dans les toilettes au moment où elle discutait avec une Judith hagarde. Un *cut*. Au plan suivant,

Eddie avait rejoint la piste sur laquelle se trouvaient Elias, Laura et Antonin. L'infime doute teinté d'espoir qui demeurait en elle quant à la chronologie des faits s'évanouit. Pendant que son frère et sa meilleure amie cédaient à leur attirance mutuelle, Antonin violait Judith dans un débarras quelconque, puis revenait danser auprès de sa copine avec un naturel à gerber.

Elle-même entra dans le champ, rejoignant ses amis, les joues rouges et le regard de celle qui n'avait rien compris à ce qui s'était joué quelques minutes auparavant dans les sanitaires. Puis ce fut au tour de Gabriel. Elle ne le vit pas approcher. Il la prit par la taille et embrassa son cou. Il n'avait rien fait, en tout cas pas à Judith, mais elle comprenait désormais combien sa présence à ses côtés l'avait parfois entraînée sur une pente périlleuse. C'était peut-être pour cela qu'elle s'était autant attachée à lui cette année-là, et aussi pour cela qu'elle l'avait quitté d'une manière presque instinctive. Elle aurait aimé avoir fait preuve de la même intuition en ce qui concernait Antonin.

Elle éteignit les écrans avant la fin de la bande. Elle en avait vu assez. Elle avait vu ce qu'avait vu Fabien. Il avait tiré les mêmes conclusions qu'elle. En avait-il fait part à Eddie ? D'après Solange, il avait quitté la maison sans attendre. Avant de partir, elle l'interrogea sur la date à laquelle Bugnoli était venu visionner les vidéos, mais la vieille dame fut incapable de lui répondre avec précision. Elle pensait à la semaine précédente, sans parvenir à lui confirmer le jour exact.

Malgré cela, la chronologie qui avait conduit à la mort de Fabien se dessina dans son esprit. Qu'il ait ou non glané d'autres éléments après sa visite, Bugnoli avait confronté Antonin, et ce dernier l'avait tué. Elle frissonna à l'idée que lorsqu'il les avait rejointes pour dîner, en retard, le soir de son retour à Dorville, il l'avait déjà balancé par-dessus le parapet. Cette fois encore, il avait dissimulé son crime sous le masque du mari aimant et du bon copain. À cette pensée, elle se rendit compte qu'elle aurait probablement la nausée jusqu'à la fin de sa vie. Elle balbutia des mots de remerciements vides et abscons, et quitta la maison d'Eddie.

Une fois dans la rue, elle prit quelques instants pour respirer à pleins poumons. Elle avait l'impression de manquer d'air, plus encore qu'à l'intérieur. L'atmosphère était lourde et moite, le ciel s'était paré de larges nuages gris pendant qu'elle se trouvait dans la maison.

Comment devait-elle procéder désormais ?

La sonnerie de son téléphone portable ne lui laissa pas le temps de réfléchir à la question. Elle hésita à décrocher mais s'exécuta en constatant qu'il s'agissait de Johan. La ligne était mauvaise, elle répéta « allô » plusieurs fois avant d'entendre enfin sa voix.

— Je suis en voiture sur une route paumée à quelques kilomètres de Sète, expliqua-t-il.

— Qu'est-ce que tu fiches là-bas ?

— J'ai eu un tuyau concernant Cécile Blanchard, et j'ai préféré me rendre sur place. Elle s'est installée chez une vieille tante. J'avais peur qu'elle nous file entre les doigts, et j'ai bien fait d'anticiper ! Elle n'était vraiment pas décidée à parler.

— Tu as pu apprendre quelque chose ?

— Cela n'a pas été simple. Elle était sur la défensive, angoissée, et ça se comprend, vu ce qu'elle m'a raconté.

Victoire serra son poing, tentée un instant de le mordre pour ne pas hurler « Abrège, bordel ! » dans le micro.

— Et donc ? se contenta-t-elle de demander.

— Je lui ai expliqué les raisons de ma venue dans les grandes lignes. Je n'ai pas parlé de Judith, seulement de Fabien et du carnet où ses initiales apparaissaient. Elle a paru sonnée, mais elle a fini par se livrer. Elle était harcelée sexuellement par un collègue, depuis des années. La situation a empiré après le départ de Mathilda. Il y a deux mois, alors qu'ils étaient seuls dans un bureau, le type l'a collée contre un mur, et a glissé sa main dans son pantalon. Elle a réussi à se dégager en le frappant. Elle a eu peur que personne ne la croie, que son nom soit traîné dans la boue. Elle a préféré fuir Dorville et essayer de passer à autre chose, ailleurs.

Elle imaginait sans mal tout ce qui avait pu lui passer en tête. *Me Too* avait beau avoir libéré la parole, cela ne signifiait pas qu'elle était mieux accueillie. La France traînait toujours la patte, et les femmes continuaient à devoir prouver qu'elles n'étaient pas des menteuses quand les hommes demeuraient présumés innocents. D'autant que le cas de Cécile Blanchard, une secrétaire de cinquante ans, agressée par un homme de trente-cinq (Victoire n'avait aucun doute quant à l'identité du collègue en question) avait de quoi faire ricaner les bas de plafond qui percevaient les femmes comme des yaourts portant une date de péremption, et donc inconsommables passé un certain âge. Il n'était pourtant jamais question de désir, de passion ou même de misère sexuelle dans ce type d'affaires, mais de pouvoir. Soumettre l'autre, l'annihiler. Judith avait sauté, Cécile Blanchard avait pris la fuite, tandis qu'Antonin rentrait chez lui tous les soirs retrouver sa femme, son fils, ses draps propres, ses chiens baveux et sa vie de mensonges.

Elle chassa Laura de ses pensées le temps de résumer ses dernières découvertes à Johan.

— Antonin Martino… Un mec que je croise depuis mes quinze ans…

Elle revit la cuisine des Martino où ils avaient un jour tenté de faire des crêpes mais oublié les œufs, le canapé en cuir marron sur lequel elle avait passé plusieurs nuits, lovée dans les bras de Gabriel, et la terrasse sur laquelle ils avaient fêté les dix-huit ans d'Antonin, tous ces souvenirs joyeux qui se délitaient les uns après les autres depuis qu'elle avait visionné la vidéo.

— Un criminel est toujours l'ami, le mari, ou le fils de quelqu'un, lança-t-elle pour tout commentaire.

Elle n'avait aucune envie d'ajouter un poncif à la liste des lieux communs énoncés lorsque l'on découvrait que les monstres étaient des hommes ordinaires.

— Cécile Blanchard m'a dit en avoir parlé à Bugnoli, reprit Johan, redevenant factuel, lorsque j'ai mentionné ses initiales dans le carnet. Un jour, juste après un énième assaut d'Antonin. Fabien est passé à la mairie pour lui faire signer un mandat de vente, elle était hors d'elle. Elle s'est confiée à lui, sans lui révéler le nom de son harceleur. Mais il savait. Pas pour l'agression, elle a quitté Dorville juste après, mais il était au courant de ce qu'elle subissait. Il lui avait conseillé de déposer plainte, lui avait assuré qu'il témoignerait de leur conversation au besoin. Elle a été très affectée en apprenant son décès.

Les révélations de Cécile Blanchard avaient pu mettre Fabien sur la piste, ou peut-être s'agissait-il d'une succession de hasards ; quel que soit l'ordre dans lequel il avait fait ces découvertes, Bugnoli avait de quoi incriminer Antonin, avec une victime vivante, et pas seulement des preuves circonstancielles comme la vidéo de la fête. Il était mort pour cela. Tout comme Eddie. Ce dernier décédé, plus personne ne pourrait témoigner de ce qui se trouvait sur les vidéos. Ne restait qu'à les faire disparaître. Antonin avait tenté le coup. La soirée du 14 juillet lui procurait un alibi parfait. Qu'il avait dû être simple de quitter la sardinade sans être vu, compte tenu de la masse de personnes présentes ! Aussi simple que de quitter une partie de *beer-pong*, ou profiter des regards rivés sur un classique du cinéma pour étrangler un camarade de classe. Après avoir commis tant de crimes sans être inquiété, Antonin ne devait pas s'attendre à ce que Solange Arolas l'accueille armée d'un fusil. Peut-être entendait-il revenir dérober les bandes plus tard, lorsque la tension serait retombée. Ou alors l'arrestation d'Elias l'avait fait se sentir intouchable. Elle ne connaissait plus cet homme. Toutes les hypothèses étaient envisageables.

— Victoire, j'ai appris autre chose, continua Johan, dont la voix trahissait l'hésitation malgré la réception hasardeuse.

Que pouvait-il ajouter de pire ?

— Dans un premier temps, Cécile Blanchard avait envisagé de porter l'affaire en justice, après l'agression. Elle était dégoûtée, furieuse aussi. Elle venait de comprendre que cela ne s'arrêterait jamais. Elle est allée voir un des conseillers municipaux et lui a tout déballé. Mais il a réussi à la dissuader. Il a évoqué le scandale pour la mairie, mais aussi pour elle. Son nom dans les journaux, sur Internet, son récit mis en doute, pourquoi elle n'avait pas parlé avant… Et comme elle hésitait encore, il lui a proposé quinze mille euros si elle partait sans faire de vagues. Alors elle a pris l'argent et quitté la ville.

Le silence se fit aux deux extrémités de la ligne.

Puis, Johan ajouta :

— Victoire, le conseiller qui l'a payée, c'est Gabriel Caltorant.

43

Victoire reprit le chemin du domaine, l'esprit bouillonnant de pensées contradictoires. Elle avait l'impression d'avoir vieilli de quinze ou trente ans en l'espace de quelques heures.

Dans un film de quatre-vingt-dix minutes, l'héroïne déballerait tout aux autorités, le tueur se retrouverait avec les menottes aux poignets, générique de fin. Les victimes collatérales et les conséquences sur leurs existences seraient reléguées hors champ. La femme, l'enfant, n'avaient pas de place dans cette narration. C'était pourtant vers eux que les pensées de Victoire se tournaient, au moment d'entrer en action. Sans aveux, sans preuves directes, sans le témoignage de Cécile Blanchard, il faudrait peut-être des jours pour qu'Antonin soit appréhendé ou même interrogé. La justice n'était donc plus à quelques heures près. Judith, Fabien ou Eddie ne reviendraient pas à la vie. Elle pouvait en revanche prendre le temps de révéler la vérité à Laura, avant que la machine judiciaire et les médias viennent broyer son bonheur et ses certitudes.

Comment annoncer à sa meilleure amie que son mari est un violeur et un meurtrier ? Aucune librairie ne possède ce genre de guide. Qu'auraient-ils conseillé, d'ailleurs ? De la faire asseoir, de lui intimer de rester calme, de respirer profondément, de prévoir des mouchoirs, un verre d'eau, un anxiolytique ou des trucs à briser ?

Quelles que soient les précautions prises, le tact, la douceur, Victoire resterait l'oiseau de mauvais augure, celle par qui le scandale arrive. Elle s'était employée à déterrer la vérité, d'abord pour sauver Elias, puis pour rendre justice à Judith. Mais cet altruisme qui visait avant tout à apaiser sa culpabilité allait faire voler en éclats la vie de Laura. Qu'importe qu'Antonin soit le coupable de ces crimes infâmes ; elle ne voyait pas comment leur amitié pourrait survivre à un tel cataclysme.

Elle pénétra dans la maison, espérant y trouver Elias. Elle aurait aimé parler à son frère, qu'il l'aide à prendre la bonne décision, après tant d'années à ne compter que sur elle-même et son jugement. Il suggérerait probablement de se charger d'expliquer les choses à Laura. C'était son côté chevalier blanc. C'était ce qu'elle attendait sans se l'avouer, tout en sachant qu'elle ne devait pas lui imposer une telle mission. Laura aurait besoin d'une épaule et d'une oreille compatissantes après ses révélations. Elle aurait besoin d'Elias, pas d'elle, l'amie qui détruit tout sur son passage. Il ne pouvait pas endosser le rôle du messager à abattre.

Mais Elias était allé inspecter les vignes, et dans la cuisine elle trouva Amélie affairée à remplir le pilulier de leur père. Cette fois, elle ne s'enquit pas de son identité, et lui adressa un sourire bienveillant.

— Votre frère m'a dit que vous restiez quelque temps avec nous.

— Les événements ont pris une tournure inattendue, alors…, laissa Victoire en suspens.

— Il avait l'air d'un enfant qui s'apprête à ouvrir un cadeau d'anniversaire lorsqu'il m'a annoncé que vous étiez installée dans votre ancienne chambre. J'étais heureuse pour lui. Et je suis certaine que votre papa est heureux lui aussi.

— C'est à peine s'il s'est rendu compte de ma présence.

Comme pour la faire mentir, la voix de son père s'éleva depuis le salon :

— Victoire ? C'est toi ?

— Vous voyez ! triompha gentiment Amélie. Allez-y !

Elle quitta la cuisine et le rejoignit.

Son père était installé dans son fauteuil adoré, la télévision en silencieux. Elle vint se placer face à lui, intimidée. Elle craignait toujours qu'il se remette à paniquer à cause d'elle. Il lui faudrait du temps avant de se débarrasser de cette appréhension.

— Il m'avait semblé entendre ta voix.

Il paraissait paisible et elle se détendit.

— C'est bien moi.

— Je suis soulagé que tu sois rentrée ! J'ai... quand j'ai trouvé ta lettre, ça m'a fendu le cœur, vraiment. Et un mois sans nouvelles ! ajouta-t-il, affecté.

Paisible, mais toujours dans le passé. *Un mois. Il pense que je suis partie depuis un mois seulement !*

— Je comprends que tu sois en colère. Je sais que je suis un mauvais père depuis... depuis que...

Sa voix trahissait les larmes contre lesquelles il luttait.

— Mais ton frère...

Il enserra son crâne entre son pouce et son majeur, cachant ainsi ses yeux avec sa main.

— Ton frère t'aime. Tu ne peux pas le laisser comme ça. Il a déjà perdu ta mère. Nous... nous l'avons tous perdue.

La boule dans la gorge de Victoire enfla comme le ballon d'une montgolfière puis éclata, laissant les larmes couler sur son visage. Elle avait passé tant d'années à anticiper, à jouer dans sa tête des scènes avec les répliques dont elle avait besoin mais qu'elle ne pensait jamais entendre. Les personnages se confondaient, les mots se mélangeaient ou se cachaient dans les silences, et ce père qu'elle avait connu et aimé était déjà en train de replonger dans le marasme de sa psyché abîmée par le temps. Pourtant, ces quelques phrases apposèrent un voile sur sa plaie. Elle respirait.

Les secrets, les mensonges et les non-dits devaient cesser.

Elle prit son téléphone et rédigea un SMS à l'attention de Laura. Elle ne pouvait pas se rendre chez elle, au risque de tomber sur Antonin qui n'allait pas tarder à rentrer de son périple espagnol. Elle avait quelques heures devant elle pour préparer Laura. Mais elles devaient se retrouver seules, dans un endroit neutre.

> Il faut vraiment qu'on parle. On peut se rejoindre quelque part ? Maintenant, si tu es dispo.

Elle appuya sur « envoyer », le cœur palpitant.

Laura penserait qu'elle voulait s'excuser après leur dispute, et elle espérait que son amie ne serait pas vindicative au point de la laisser mariner pendant des heures.

L'appareil émit un tintement qui la fit sursauter.

> OK

Les petits points clignotants lui indiquèrent qu'elle rédigeait une suite à son message, sans doute pour lui proposer un lieu de rendez-vous. Sans attendre sa réponse, Victoire gagna l'entrée de la maison et renfila ses baskets. Dans une heure, il n'y aurait plus de secrets entre elles. Et peut-être plus d'amitié non plus.

44

La rubalise qui barrait l'accès aux escaliers avait été arrachée. Soumise aux quatre vents et aux assauts des embruns, la zone avait dû être explorée dans les plus brefs délais, et l'on pouvait compter sur la curiosité malsaine des gens pour ne pas se laisser décourager par une simple bande de plastique, même officielle.

Elle grimpa les marches à la hâte, arriva devant la chapelle, et constata qu'elle était la première. Elle profita de ces minutes de répit avant la tempête annoncée pour renvoyer un SMS à Elias.

J'y suis. Je l'attends.

Elle lui avait téléphoné sur le trajet pour lui faire part de ses découvertes. En apprenant la culpabilité d'Antonin, il était resté sans voix durant de longues secondes. Comme elle s'y attendait, il avait ensuite proposé de mettre Laura au courant, mais avait fini par adhérer aux arguments de sa sœur.

— Dis-lui bien qu'on sera là pour elle, et pour Jules. Et appelle-moi si vous avez besoin de quoi que ce soit. Je vous rejoindrai.

Cette fois, elle avait quitté le domaine en voiture, roulant au pas dans le véhicule que leur père n'utilisait plus depuis des années. Ras-le-bol de courir dans tous les sens comme Forrest

Gump. Au volant, elle avait répété à voix haute des dizaines d'approches différentes, sans parvenir à décider quelle serait la manière adéquate de lâcher cette bombe.

Elle aurait préféré que Laura lui donne rendez-vous ailleurs. Certes, elles s'étaient retrouvées derrière la chapelle abandonnée à de nombreuses reprises au cours de leur adolescence, mais c'était avant que deux personnes y perdent la vie. Au moins, elles n'auraient pas à se soucier d'être dérangées. La majeure partie des habitants de Dorville et la horde de touristes allaient assister à la féerie en mer qui marquait la fin de cette semaine de festivités et avaient déserté cette partie plus reculée de la commune.

Son téléphone tinta.

Courage. Je suis avec toi.

Suivi d'un petit cœur rose.

Ce SMS compensait tous ceux auxquels Elias n'avait pas répondu ces dernières années et la rasséréna.

Pourtant, elle avait la bouche sèche. Par quoi allait-elle commencer ? Judith, les meurtres, Cécile Blanchard… Toutes ces révélations seraient épouvantables, peu importait ce qu'elle déciderait d'évoquer en premier.

Ses yeux se posèrent sur la barrière métallique qui remplaçait le tronçon de balustrade manquant. Le corps de Fabien Bugnoli portait des traces de lutte d'après Johan. Antonin avait-il cassé la rambarde après coup pour tenter de maquiller son crime ?

Elle se refusa à songer aux derniers instants d'Eddie. Fabien savait à qui il avait affaire. Après tant d'années à chercher la vérité, il avait besoin de réponses, de confronter celui qui avait détruit la vie de Judith. Mais il avait pris un risque inconsidéré. Eddie, en revanche, n'avait probablement rien vu venir, et sans doute pas compris pourquoi son ami se déchaînait sur lui. Étant donné la manière affectueuse dont il avait parlé d'Antonin lors de leur dernière conversation, elle était convaincue qu'il ne savait rien. Il n'avait pas fait le lien entre les vidéos que Fabien était venu consulter et le meurtre. Cela rendait sa mort d'autant plus insupportable.

Déjà la foule se massait sur le port, cherchant la meilleure place pour observer le spectacle. Les assassinats ne paraissaient pas avoir entamé l'enthousiasme général. Peu importait la monstruosité du monde tant qu'il y avait de l'alcool et des feux d'artifice.

La dernière fois qu'elle avait assisté à l'événement, sa mère était toujours en vie. Elle était déjà malade ; pourtant, Victoire et Elias avaient préféré passer la soirée avec leurs amis, loin de leurs parents, loin d'elle, à boire de la mauvaise bière presque aussi chaude que de l'urine. Comme elle aurait aimé pouvoir revenir en arrière, jeter ce gobelet en plastique et se ruer dans les bras de sa mère !

Elle entendit des pas fouler les escaliers en pierre, et se retourna, arrachée à ses pensées. Mais ce ne fut pas Laura qu'elle vit apparaître.

Elle se figea.

Sa respiration cessa un instant et elle eut un instinctif mouvement de recul. Tous ses sens hurlaient « danger ».

Le visage d'Antonin était inexpressif, impassible. L'espace d'une seconde, elle envisagea la possibilité qu'il ne sache rien de ce qu'elle avait découvert, que sa présence soit un hasard ou qu'il soit venu pour l'avertir que Laura avait une intoxication alimentaire fulgurante l'empêchant de tenir son engagement, lorsqu'elle avisa dans sa main le téléphone portable de son amie, dont elle reconnut la coque pailletée. Ce n'était pas Laura qui avait répondu à son message. Elle aurait dû prévenir les gendarmes immédiatement au lieu de chercher à tout contrôler et de se précipiter dans un piège aussi grossier.

— Où est Laura ? demanda-t-elle, la voix tremblante.

Antonin ne répondit pas. Il se contenta d'avancer vers elle.

— Où est Laura ? répéta-t-elle avec plus de fermeté.

— Tu ne l'as pas vue pendant des années, et maintenant tu te soucies de son sort.

Il lui avait asséné cette pique sans élever la voix. Sa froideur la médusa. Elle sentit la peur l'envahir, mais tenta de la dissimuler au mieux. Elle devait gagner du temps. Jusqu'à quand, elle n'en savait rien. Elias la croyait avec Laura, et il était suffisamment discret pour ne pas se risquer à les déranger.

— Je pensais que tu étais à Alicante, essaya-t-elle avec une intonation qu'elle espérait naturelle mais qui ne trompait personne.

— Je suis rentré hier soir, après avoir appris par Laura que tu posais des questions à propos de la fête, de Judith, de la mairie… Je suis revenu sans la prévenir et je me suis installé chez ma mère. Je t'ai suivie. Je vous ai vus, Elias et toi, vous rendre chez Clermont, puis aujourd'hui chez la grand-mère d'Eddie.

Elle se sentait stupide. Obnubilée par son enquête, elle ne s'était pas méfiée, n'avait pas une seconde envisagé qu'elle puisse être observée par le coupable. Elle aurait dû écouter Mathilda, Elme, toutes ces personnes qui n'avaient eu de cesse de lui répéter qu'il y avait un tueur en liberté. Elle avait eu beau jeu de critiquer les touristes qui restaient à Dorville en dépit des meurtres et du danger. Elle y avait plongé la tête la première, sans se mouiller la nuque.

Antonin continua :

— T'as couru d'un bout à l'autre de la ville pour grappiller trois racontars à mon sujet et tu penses tout savoir sur tout ?

Il n'avait toujours pas élevé le ton.

— Explique-moi, alors ! Parce que, franchement, Antonin, je ne rêve que d'une chose, c'est de m'être plantée ! Que tout ça ne soit qu'un malentendu ou un foutu cauchemar !

Il demeura silencieux et inexpressif. Son flegme l'épouvantait autant qu'il l'irritait.

— Dis-moi au moins où est Laura ! tenta-t-elle une nouvelle fois.

— Mais arrête avec Laura ! rétorqua-t-il, plus lassé qu'énervé. Elle va bien ! Je ne lui ferai jamais de mal.

L'ironie de ses propos ne parut pas le frapper. Victoire aurait vendu un organe pour savoir ce qui s'était passé chez eux après son SMS.

— C'est toi qui allais lui en faire en lui racontant n'importe quoi à mon sujet ! ajouta-t-il sur un ton doucereux.

Ça va être ma faute, maintenant !

— Tu ne pouvais pas te contenter de signer tes foutus papiers et rentrer en Angleterre ! reprit-il. Il a fallu que tu fouines.

— Je te rappelle que tu as tué un homme dès le soir de mon arrivée. Tu n'avais qu'à t'abstenir ! ne put-elle s'empêcher de rétorquer avec insolence, en dépit de la panique qui l'envahissait.

Son attaque frontale eut le mérite de le faire sortir de son apparente réserve.

— Tu crois peut-être que c'était ce que je voulais ? Tu me prends pour qui ? Un psychopathe ? Tout ça, c'est la faute de Bugnoli ! Déjà, après ta fête, il posait des questions, il insinuait des choses. Je pensais qu'avec les années il aurait lâché l'affaire, mais non. Il était encore à l'affût, au lieu de laisser le passé à sa place. Parce que ça sert à quoi, de remuer la boue, dis-moi ?

— Ça sert à obtenir la vérité.

Il la regarda, presque perplexe.

— La vérité ? Mais tout le monde se fout de la vérité.

Il avait recouvré son calme glaçant. Pas étonnant qu'il ait trompé son monde pendant si longtemps. Il jonglait avec les masques avec une facilité sidérante. Qu'était-il advenu de son ami du lycée ? Cet homme-là avait-il seulement existé ?

— Tout le monde se fout de la vérité, répéta-t-il plus calmement encore. Toi la première. Tu as tout fait pour que Laura t'épargne la vérité, sur ton père, sur Gabriel. Et tu voudrais me donner des leçons maintenant ?

— Tu oses mettre ça sur le même plan qu'un viol et deux meurtres ?

Terminées les périphrases pour évoquer ses crimes. Si elle voulait obtenir des réponses, elle devait le pousser dans ses retranchements. Mais Antonin ne se laissa pas déstabiliser une seconde fois.

— Mais qui a parlé de viol ? demanda-t-il sans hausser la voix. Personne ! Pas même Judith ! Parce que ce n'est pas arrivé.

L'espace d'une fraction de seconde, Victoire douta. Antonin affichait de nouveau une telle assurance. Faisait-elle fausse route ? Il était son ami… Laura n'était pas stupide. Aurait-il pu mener une double vie, agresser des femmes, sans qu'elle s'en aperçoive ? Mais elle revit le regard effaré, la mine défaite de Judith lorsqu'elle avait essayé de se confier à elle devant les lavabos.

— Elle n'en a pas eu le temps. Tu l'as brisée. Elle n'a pas pu le supporter.

Ses mots ne semblèrent pas le toucher, aussi Victoire continua-t-elle. Elle en avait sa claque de le voir jouer au chat et à la souris avec elle.

— Mais il y en a eu d'autres, pas vrai ? Après Judith. Cécile Blanchard, par exemple.

Il ne cilla pas.

— Des femmes bien vivantes, qui pouvaient te dénoncer, elles. Et Fabien le savait.

Il demeura muet et ne la corrigea pas alors qu'elle venait d'utiliser le pluriel. Combien de victimes traînait-il dans son sillage ?

Elle continua, résolue à le faire flancher.

— C'est ce qui l'a remis sur ta piste. Cécile Blanchard ne lui a pas donné ton nom, mais il a fait le rapprochement puisque apparemment il t'avait déjà dans le collimateur. Et lors de la commémoration, en voyant le film monté par Eddie, il s'est rendu compte qu'il existait peut-être un moyen de te confondre.

— Ma « piste » ! ricana Antonin. « Confondre ». Faut vraiment que t'arrêtes les polars ! C'était pas Sherlock Holmes !

— Pourtant, il avait tout découvert, insista-t-elle.

Il balaya sa remarque d'un geste de la main agacé.

— Il avait surtout vu trop de films. Il m'a donné rendez-vous ici pour me faire ses grandes révélations !

Comme toi, songea Victoire qui aurait trouvé l'ironie délicieuse si elle n'avait pas été aussi angoissée.

— Il n'arrêtait pas de me bassiner avec les vidéos de ta soirée. « J'ai enfin une preuve ! », singea-t-il avec une grimace. Il était en boucle. Je lui ai dit qu'il était ridicule. Tout ce qu'il avait contre moi, c'était des bruits de couloirs et une daube tournée au caméscope par un ado bourré ! La vérité, c'est qu'il culpabilisait parce qu'il n'avait pas capté que sa cousine était probablement dépressive et qu'il voulait me mettre sa mort sur le dos ! Quand je lui ai balancé ça, il a vrillé. Il s'est jeté sur moi comme un enragé. J'ai essayé de me dégager, de le repousser, et avant que je pige ce qui se passait, la rambarde avait cédé et il était en bas ! C'était un accident, conclut-il froidement.

La théorie de la bagarre qui dégénère était plausible. Elle pouvait comprendre que Fabien ait vu rouge en entendant Antonin se dédouaner ainsi du sort de Judith. Mais la suite des événements lui paraissait moins fortuite.

— J'ai vu la vidéo. T'aurais pas tenté de la récupérer, le soir de la sardinade, si tu n'avais rien à te reprocher.

Cette fois, les muscles de la mâchoire d'Antonin se contractèrent légèrement, mais assez pour que Victoire le remarque. Elle venait de le mettre face à ses propres contradictions et il n'appréciait pas d'être pris en défaut.

— Peu importe ce qui a été filmé, ça ne prouve rien du tout, dit-il d'une voix atone. Judith est entrée dans une pièce avec moi, et après ? Elle m'a suivi de son plein gré ! Elle me tournait autour depuis des semaines.

— Pourtant tu as tué Eddie. C'était ton ami, et tu l'as étranglé.

La façade policée du gentil mari et du père aimant se craquela à la mention d'Eddie. L'espace d'un instant, elle crut revoir son copain de classe, celui qui la faisait rire à en pleurer avec ses pitreries. Le meurtre du vidéaste le touchait plus personnellement. Elle s'engouffra dans cette brèche.

— Comment as-tu pu lui faire ça ?

Il garda le silence quelques secondes.

— Je… Je n'avais pas prévu de tuer Eddie, admit-il. J'avais espéré ne pas en arriver là. Mais quand Laura m'a écrit avant la séance pour me dire qu'il voulait me parler, j'ai compris que le risque était trop grand. Qui sait ce que Bugnoli lui avait raconté à mon sujet ? C'est lui qui a tout foutu en l'air. J'ai été obligé d'agir.

— Eddie ne savait rien. Il n'était pas là lorsque Fabien a visionné les enregistrements de la fête.

Cette fois encore, elle remarqua un infime tressaillement sur son visage, mais il parvint à dissimuler son trouble. Pourtant, elle en était certaine, ce qu'elle venait de lui annoncer l'avait ébranlé.

— Il ne savait rien, répéta-t-elle.

— On le prenait souvent pour un benêt, pour un doux rêveur, Eddie, mais il avait l'esprit plus affûté qu'on le croyait. Il aurait fini par faire le lien, tenta-t-il de se justifier.

— Il est mort pour rien.

— Je devais penser à mon fils, continua-t-il, comme s'il ne l'entendait pas. Il a besoin de son père. Tu connais autant que moi l'importance de ces choses-là.

Qu'il ose avancer sur un terrain aussi personnel dans de telles circonstances la révulsa.

— Jules a besoin de son père, répéta-t-il. Je ne pouvais pas me retrouver en taule pour les délires de Fabien Bugnoli.

— Enfin, Antonin, tu l'as tué, et tu as tué Eddie ! T'as conscience que ça ne peut pas bien finir ?

Elle comprit que, pour elle aussi, cela pouvait ne pas bien se terminer. Elle en savait trop. Il ne la laisserait jamais partir. Pas après avoir assassiné deux personnes pour protéger ses secrets. Il fallait qu'elle trouve un moyen de lui échapper. Les escaliers n'étaient qu'à quelques mètres. Elle devait détourner son attention, et avancer discrètement vers cette issue. Elle avait peut-être une chance de s'en tirer. Son fils. C'était la seule personne qui comptait vraiment pour Antonin. Comme lui, elle pouvait jouer cette carte.

Elle reprit, plus calmement :

— Mais tu as raison. Il faut penser à Jules. C'est… C'est un petit garçon génial, il mérite d'avoir sa famille.

— Il a besoin de ses deux parents, ajouta-t-il, paraissant soulagé d'avoir trouvé un écho à son système de défense.

— Oui, oui, exactement. C'est tellement important.

Centimètre par centimètre, elle avançait vers les escaliers tout en parlant. Si elle arrivait à s'y engouffrer, si elle parvenait à courir jusqu'à la route, elle pourrait appeler à l'aide ou même rejoindre sa voiture.

— Et tu sais combien je tiens à Laura, continua-t-elle. Je ne veux pas gâcher votre vie. Surtout pour un truc que tu n'as pas vraiment voulu. Cela ne serait pas juste.

Ses propos lui faisaient horreur, mais ils semblaient satisfaire Antonin.

— Je vais rentrer en Angleterre, comme prévu. On oubliera tout ça. Vous reprendrez votre existence, et moi la mienne.

Il continuait à acquiescer, esquissant même un sourire.

Elle n'était plus qu'à deux mètres des escaliers. Elle pouvait s'en sortir.

Mais le sourire se changea en un rictus amusé, et Antonin soupira.

— Tu vois, c'est ça ton problème. Tu as toujours pensé que tu valais mieux que nous, que t'étais plus intelligente.

Il avait joué avec elle, comme un animal avec sa proie. Jamais il n'avait eu l'intention de la laisser s'en tirer, peu importe la soupe complaisante qu'elle lui servirait.

Elle cessa de le caresser dans le sens du poil.

— Mon frère et Johan Clermont connaissent la vérité, dit-elle, la voix chevrotante. Tu dois te rendre aux gendarmes.

— Le temps que quelqu'un percute, j'aurai passé la frontière. Je récupère Jules chez ma sœur, et on disparaît. Tu crois que t'es la seule capable de te tirer d'ici et de commencer une nouvelle vie ? Je n'ai qu'un détail à régler.

Il était resté si maître de lui-même depuis le début de leur échange qu'elle ne s'attendait pas à ce qu'il se rue sur elle avec la vélocité d'un chacal. Il fallut quelques secondes, trop longues, à Victoire pour réagir, si bien qu'il parvint à se saisir d'elle. Elle se débattit avec fureur, envoyant ses coudes dans les côtes de son assaillant. Mais Antonin ne cilla pas, et commença à avancer vers le garde-corps qui surplombait la jetée.

— Je ne voulais pas en arriver là…

Son pouls s'accéléra, les battements de son cœur semblant produire un son ininterrompu. Il allait la jeter par-dessus la balustrade. Elle s'écraserait sur les rochers, comme Judith et Fabien avant elle. Elle tenta de hurler, mais il plaça son avant-bras contre sa trachée, l'étouffant presque.

Elle pria pour qu'Elias arrive, la trouve, la sauve, comme ce jour-là, lorsqu'elle avait neuf ans et s'était tordu la cheville en tombant de vélo dans les vignes. Son petit frère, sagement installé devant la télé, avait su instinctivement qu'elle avait besoin d'aide. Si un tel moment de symbiose devait se reproduire, il ne lui restait plus qu'à espérer que ce soit aujourd'hui.

Elle était terrifiée à l'idée de mourir, mais plus encore à la pensée de périr sans lui avoir dit combien elle l'aimait et combien elle était désolée. Ils avaient au moins eu le temps de se revoir. Mais ils auraient pu partager tant de choses encore. Antonin n'allait pas seulement lui ôter la vie. Il lui volait toute chance de renouer vraiment avec son petit frère. À cette pensée, elle sentit monter un sursaut de rage. Elle ne pouvait pas crever ainsi !

Elle mobilisa tous ses muscles, arqua sa tête vers l'avant, puis envoya un puissant coup de l'occiput dans le crâne d'Antonin. La douleur fut saisissante. Elle sentit tous les os de son visage vibrer sous la force de l'impact. Elle ne s'attendait pas à ce que cela lui fasse aussi mal, à elle. Néanmoins, ce mouvement inattendu le déstabilisa. Il relâcha sa prise en geignant, et elle parvint à s'élancer, haletante, dans la direction des escaliers. Elle pensait réussir à s'échapper, mais Antonin attrapa sa cheville alors qu'elle s'apprêtait à poser le pied sur la première marche, et la fit chuter en avant. Une nouvelle secousse de douleurs frappa son corps, tandis qu'il la traînait vers le précipice.

— Je ne peux pas te laisser partir. Tu vas tout foutre en l'air !

Elle se débattit, cherchant en vain un élément auquel s'accrocher pour le ralentir, mais ses ongles ne rencontraient que la terre et les cailloux. En contrebas, les feux d'artifice et la musique assourdissante de cette foutue paillote masquaient ses hurlements.

Arrivé devant la balustrade, Antonin tenta de la relever. Elle parvint à se retourner et lui envoya un vif coup de pied dans l'estomac. La manœuvre arracha un cri à son assaillant, et elle espéra de tout cœur lui avoir éclaté la rate.

— On aurait pu éviter tout ça, cracha-t-il.

Il lui asséna une violente claque au niveau du maxillaire avant de la saisir par le bras, puis de la bloquer contre son corps. Elle sentit son souffle près de son oreille.

— Ça sera bientôt terminé, murmura-t-il en lui caressant les cheveux.

Elle eut un haut-le-cœur. Hors de question de mourir sans lutter. Elle ne lui faciliterait pas la tâche. Elle planta ses ongles dans son avant-bras et le griffa jusqu'au sang, emportant des bouts de peau avec elle. Voilà pour les traces d'ADN !

La manœuvre arracha un hurlement à Antonin mais parut renforcer sa détermination.

Ils n'étaient plus qu'à quelques dizaines de centimètres du parapet. Au loin, la foule applaudissait les feux d'artifice qui pétaradaient. Dans quelques instants, elle serait en bas elle aussi, ses os éclateraient dans son corps comme des obus lorsqu'elle toucherait le sol. Combien de temps durerait sa chute, et combien lui en faudrait-il pour mourir, pour ne plus éprouver cette douleur lancinante dans chaque parcelle d'elle-même ? Est-ce que sa mère serait là, au moment fatidique, pour lui tenir la main ? Seule cette pensée lui apporta une étincelle de réconfort, tandis qu'elle sentait Antonin la soulever de terre en dépit des coups qu'elle continuait de lui porter. Elle baissa ses paupières.

Elle ne comprit pas tout de suite ce qui se passait. Elle l'entendit crier, tandis qu'il relâchait ostensiblement sa prise, et elle sentit des éclats de verre pleuvoir sur ses cheveux et ses épaules. Elle rouvrit les yeux tout en se dégageant.

Antonin portait sa main à son crâne en grimaçant. Face à eux, Laura se tenait debout, le goulot de la bouteille de vin abandonnée qu'elle venait de briser sur la tête de son mari encore à la main. Son expression était indescriptible, et Victoire resta paralysée quelques secondes à la détailler. Laura. Elle était en vie. Un soulagement profond la traversa.

Au-delà du coup qu'elle venait de lui porter, son arrivée surprit Antonin. Quelles que soient les dispositions qu'il avait prises pour la tenir à l'écart, il ne devait pas s'attendre à la voir surgir. Victoire pensa un instant que sa présence allait changer la donne, qu'elle suffirait à ramener Antonin à une forme de raison. Elle sembla au contraire éteindre la dernière lumière d'humanité qu'il restait en lui. Car le regard que Laura posa sur son mari à ce moment précis n'était pas celui d'une femme qu'il parviendrait à manipuler. Ses propos le confirmèrent :

— Tous ces mensonges… Eddie… Comment tu as pu ?

Le dégoût affiché par son épouse lui arracha un ricanement nerveux.

Sans qu'elles s'y attendent, il revint à la charge, s'avançant vers Victoire, le regard empli d'une folie désespérée. Mais Laura fut plus rapide. Antonin n'anticipa pas son mouvement. Elle se rua vers lui, les mains en avant, et le poussa de toutes ses forces en hurlant. En un instant, il bascula par-dessus le garde-corps, sa bouche grande ouverte sans qu'aucun son n'ait le temps d'en sortir. Victoire le vit disparaître dans le vide. Elles restèrent toutes deux sans bouger, sans oser faire un pas, stupéfaites, les yeux fixés vers l'horizon qui venait d'avaler Antonin.

45

Un nouveau corps disloqué sur la plage.

Ce fut la première pensée qui traversa Victoire.

Il y a un nouveau corps disloqué sur la plage.

Elle chassa de son esprit le fait qu'il s'en était fallu de très peu pour que ce corps soit le sien.

Les deux jeunes femmes restèrent quelques instants figées. Le bouquet final du feu d'artifice venait de s'achever sur la baie illuminée, accompagné par les clameurs des spectateurs. Pourtant autour d'elles, sur cette falaise, le temps semblait suspendu. Elles se regardèrent soudain, se précipitèrent dans les bras l'une de l'autre, et éclatèrent en sanglots.

— Il ne voulait pas me dire ce qu'il avait fait de toi, pleura Victoire. J'ai cru…

Elle fut incapable de terminer sa phrase.

Elle aurait tant aimé lui exprimer combien elle était désolée, à quel point elle avait eu peur, peur de ne jamais la revoir, peur de ne jamais revoir Elias, peur de mourir, aussi. Mais déjà elles entendaient les sirènes des véhicules de gendarmerie qui se garaient le long de la corniche.

— Je les ai appelés du fixe lorsque j'ai réussi à me libérer, expliqua Laura. Il m'avait enfermée dans le placard de notre chambre.

La panique se lisait encore dans son regard. Elle se rendait tout juste compte que son existence avait basculé une heure plus tôt. Naïvement, quand le message de Victoire était arrivé sur son téléphone portable, elle l'avait lu à haute voix devant lui, convaincue que son amie désirait lui parler à propos de leur dispute. Le visage d'Antonin avait changé dans l'instant. Elle ne l'avait jamais vu ainsi. Il lui avait envoyé une puissante gifle, avant de la traîner, sonnée, vers leur chambre à coucher, l'avait ficelée comme un rôti tout en débitant des insultes à l'endroit de Victoire, de Bugnoli, de tous ces fouineurs qui refusaient de laisser le passé à sa place.

— On aurait dit que je n'étais même pas là.

Elle avait compris, dans les grandes lignes. L'hébétude avait laissé place à la terreur, mais dès qu'elle avait entendu la porte de la maison se refermer, elle avait lutté comme un fauve pour se libérer.

— J'avais tellement peur d'arriver trop tard !

— J'ai été contente de te revoir il y a cinq jours, mais là, je l'étais encore plus ! plaisanta Victoire.

Elle préférait faire une blague médiocre que continuer à pleurer.

Laura laissa échapper un éclat de rire qui se mêla à ses sanglots.

— Tu crois qu'il est…

Victoire n'osa pas tourner la tête vers la falaise.

— Il faut qu'on descende.

Un nouveau corps disloqué sur la plage.

Cependant, contre toute attente, celui-ci survivrait.

Une fois en bas, elles conduisirent les gendarmes à l'endroit où Antonin avait atterri. Ce dernier bougeait encore, des râles pathétiques et glaçants émanant de sa bouche dont s'écoulait un filet de sang et de bave. Laura détourna les yeux. Victoire, elle, continua à le fixer tandis qu'Elme et ses collègues approchaient du blessé.

— Il a tué Fabien Bugnoli et Eddie Arolas, dit-elle, sans le lâcher du regard.

Les secours arrivèrent peu de temps après.

Victoire refusa de monter dans le camion des pompiers. Hors de question de s'allonger sur un brancard. Elle voulait être libre de ses mouvements. Enroulée dans la couverture qu'ils lui avaient donnée après qu'elle les avait laissés, devant leur insistance, désinfecter ses plaies et égratignures, elle observait la plage, le défilé des secours et des autorités. Il lui semblait que la scène se déroulait au ralenti. Elle ferma les yeux un instant, mais derrière ses paupières closes, elle revit la chute d'Antonin, son air hébété lorsque ses pieds avaient décollé du sol. Mieux valait encore le ballet des uniformes et des véhicules.

Il survivrait. Contrairement à Judith et Fabien, il n'était pas tombé sur les rochers, mais sur le sable. En kit, en chaise roulante, paraplégique, il survivrait. Cette pensée la soulagea. Elle n'éprouvait aucune pitié pour lui. Sans l'intervention de Laura, elle aurait été son troisième cadavre. Il ne méritait pas qu'elle s'apitoie sur son sort.

Lorsque le capitaine Elme revint à sa rencontre, elle lui résuma ce qu'elle avait découvert ces derniers jours.

— Tu as pris des risques inutiles, grogna-t-il.

Il n'était pas au bout de ses surprises. Elle le vit ronger son frein lorsqu'elle lui parla du carton qu'elle avait récupéré à l'agence immobilière. Son journal, Judith, les vidéos d'Eddie, le rapport d'autopsie, Cécile Blanchard. Elle n'omit aucun détail.

Elle devrait évidemment se rendre à la gendarmerie pour faire une déposition en bonne et due forme, mais elle ne voulait pas quitter la plage avant d'avoir livré ces informations. Elles contribueraient à ce qu'Antonin paie.

Elme doucha ses espoirs. La réalité était moins évidente.

Judith et Fabien avaient emporté la vérité dans leurs tombes. Antonin ne comparaîtrait sans doute pas pour le viol de la jeune fille, faute de preuves ou de témoins.

— J'en suis désolé, Victoire. Je crois tout ce que tu viens de me rapporter, mais je sais aussi comment fonctionne le système judiciaire… et son absurdité.

Le suicide de l'adolescente avait marqué sa carrière. Il avait été un des premiers dépêchés sur place.

— Ses parents auront des réponses, grâce à toi. Grâce à Fabien Bugnoli. Crois-moi, cela va faire une différence, après dix-sept ans de brouillard.

Elle y vit une consolation bien maigre.

Elle laissa échapper un sanglot de rage, sans que ses larmes parviennent à couler. Elle aurait volontiers hurlé, mais les pompiers risquaient de penser qu'elle décompensait et de l'embarquer.

Elle avait mal pour Judith. Elle aurait tant voulu lui rendre enfin justice, qu'Antonin se retrouve devant un tribunal pour avoir brisé son existence.

Pourtant, à la colère vint se mêler un étrange sentiment de soulagement. De quelle peine aurait écopé Antonin après toutes ces années ? Combien valait la vie de Judith, la vie d'une femme, surtout quand elle n'était plus là pour faire entendre sa voix ? Pas grand-chose. C'est la première réponse qui lui vint en tête, et elle était convaincue que celle des tribunaux aurait été peu ou prou similaire. Une part d'elle-même préférait ne pas en avoir la confirmation officielle. Elle y aurait vu un dernier outrage fait à Judith.

Pour les meurtres de Fabien et d'Eddie, en revanche, il prendrait certainement le maximum. Sans compter qu'il avait essayé de la tuer, elle aussi. Elle lui ferait face lors du procès. Il ne pourrait pas se dérober à son regard.

Restaient Cécile Blanchard et les potentielles autres victimes d'Antonin dans le cadre professionnel. C'était à ces femmes que Victoire pensait lorsqu'elle vit Gabriel avancer vers elle.

— Oh mon Dieu, Vic ! s'écria-t-il, portant une main à sa bouche.

Elle comprit qu'elle devait avoir vraiment une sale tête, enroulée dans la couverture que lui avaient donnée les pompiers, et surtout, après tous les coups qu'Antonin lui avait portés. Malgré le sang, les coupures, les égratignures, elle ne sentait rien, seulement un grand vide au fond des tripes, et une forme de soulagement aussi. La vérité avait enfin éclaté. La douleur se réveillerait plus tard, lorsque l'adrénaline serait retombée. Le Doliprane serait son meilleur ami dans les jours à venir.

— Ça ? C'est le dernier chic à Londres en matière de make-up ! railla-t-elle en haussant les épaules.

— Je suis tellement désolé !

Il amorça un mouvement vers elle, comptant sans doute la prendre dans ses bras. Elle recula. Elle ne voulait pas qu'il la touche. Pas lui. Plus jamais.

— Je sais pour Cécile Blanchard.

Il ne répondit pas, alors elle continua sur sa lancée. Ce soir, tous les comptes devaient être soldés. Il n'y aurait plus de mensonges, plus de silences corrompus.

— Je sais que tu l'as payée pour qu'elle se taise.

— Ce n'est pas ce que tu imagines…

— Non ? Tu ne l'as pas incitée à abandonner son boulot et sa vie en appuyant sur les leviers les plus dégueulasses qui soient ?

— Tu ne comprends pas, je lui ai rendu service ! Personne n'aurait cru à son histoire ! Elle n'aurait jamais retrouvé de job avec ce genre de casseroles !

— Saint Gabriel ! Quelle bonté d'âme !

— Il ne s'était rien passé de si dramatique... Il ne l'a pas... Antonin peut se montrer hyper lourd, c'est vrai, il ne fait pas toujours dans la dentelle avec les femmes, mais bon... Tu sais comment sont certains mecs !

Elle émit un borborygme rageur. Elle n'en revenait pas qu'après tout ce qui s'était produit il parvienne encore à minimiser les actes d'Antonin.

— Je voulais préserver l'héritage de ma grand-mère, s'enfonça-t-il. Elle n'y était pour rien. Si un scandale avait éclaté, cela aurait entaché tout ce qu'elle a fait pour la commune depuis des décennies.

— Je connais assez Mathilda pour savoir qu'elle possède un sens des valeurs plus aigu que toi. Jamais elle n'aurait accepté qu'un agresseur sexuel s'en tire à bon compte, même si cela avait égratigné son mandat. Regarde où ton silence a mené ! l'invectiva-t-elle.

Il baissa les yeux comme un enfant rabroué.

— Entre un meurtre et une connerie un soir de fête, il y a un monde ! lâcha-t-il. Je ne pouvais pas imaginer qu'il irait tuer deux personnes !

Un frisson lui parcourut la colonne vertébrale. Le peu de couleurs qui demeuraient sur son visage s'affadirent. Ce dont elle prit conscience la glaça, et elle serra un peu plus la couverture sur ses épaules.

— Tu savais… Nom de Dieu, tu savais, pas seulement pour ce qui se passait à la mairie ! Tu savais pour Judith !

— Je…

La voix de Gabriel se brisa dans sa gorge.

Leur dispute avec Bugnoli sur la plage, quelques semaines après la mort de Judith, lui frappa l'encéphale.

« *Celui-là, on le dégage ! C'est un malade, on l'invite plus aux soirées !* » Fabien et Gabriel se faisant face, et Antonin, juste à côté, ses yeux fixés sur l'adolescent débraillé comme si c'était un insecte à écraser.

Victoire reprit, le souffle court :

— Il insinuait déjà des choses, c'est ce qu'Antonin a balancé tout à l'heure ! Et tu n'as jamais voulu me dire pourquoi vous en étiez venus aux mains ce jour-là ! Parce que tu savais que ce n'était pas que des allégations. Tu étais au courant !

— Mais non ! Je…

Il passa une main dans ses cheveux, comme s'il comptait s'en arracher une poignée. Toutes les choses sur lesquelles il avait déposé un voile pendant des années lui explosaient au visage.

— Je sais pas exactement ce qui s'est passé durant la fête. J'ai vu Antonin se glisser dans le local de stockage avec Judith. Rien de plus. Qu'il trompe Laura, je trouvais ça pas cool, mais c'était pas mon problème. Quand on en a parlé, plus tard dans la soirée, il m'a sorti un truc du genre « Judith ne savait pas ce qu'elle voulait, mais je lui ai fait comprendre que quand on suivait un mec de terminale dans une pièce, c'était pas pour jouer les saintes-nitouches ensuite ! ». J'ai pas… Enfin, j'ai pas cherché à comprendre ! Et puis, je les avais vus entrer ensemble, il n'était pas en train de la tirer par le bras !

Victoire se retourna un instant pour respirer. Elle arrivait à peine à le regarder. Le film qui se déroulait dans sa tête la dégoûtait.

— Et après ?

Autant qu'ils en finissent.

— Quand une semaine plus tard elle s'est tuée, j'ai eu des doutes, continua Gabriel. Mais qu'est-ce que tu voulais que je fasse ? J'allais tout de même pas lui poser la question !

— Tu aurais pu m'en parler, à moi !

— Et te dire quoi ? « Chérie, je sais pas si notre pote n'a pas déconné avec Judith ? »

— « Déconné » ? éructa-t-elle. C'est comme ça que t'appelles un viol, Gabriel ?

— Mais on était si jeunes ! J'ai... Encore une fois, j'étais pas sûr ! On était tous tellement imbibés ce soir-là... En plus, elle craquait pour lui. C'était peut-être un malentendu, il n'a pas compris les signaux... J'ai voulu y voir une erreur de discernement !

Victoire laissa échapper un ricanement dédaigneux. Combien d'« erreurs de discernement » Gabriel avait-il étouffées au fil des années ?

— C'était mon ami...

— Tu me donnes envie de gerber...

— Ton ami..., insista-t-il, suppliant.

— Et Judith était une personne ! cria-t-elle, laissant tomber la couverture qui n'avait plus besoin de la réchauffer tant elle enrageait.

— Qu'est-ce que je pouvais y changer ? s'emporta-t-il, à bout d'arguments. Elle était morte, de toute façon !

Sa tête de gamin pris en faute acheva de l'écœurer. Dix-sept années s'étaient écoulées, mais il était toujours cet adolescent effronté au sourire enjôleur qui se défaussait de ses méfaits comme on enlève ses chaussettes à la fin de la journée. Peu importe où elles retombaient ou sur qui.

— On a toujours le choix, Gabriel. Mais toi, tu te complais à faire les mauvais parce que c'est plus simple. Parce que cela t'évite de prendre de vraies décisions. Parce que tu es un lâche. Tu l'as toujours été.

Son regard se perdit un instant au loin, vers la plage des rafiots et les vestiges de l'incendie.

— Toujours, oui, répéta-t-elle doucement.

Et elle l'avait également toujours su, au fond.

Elle se demanda comment il pourrait désormais se regarder dans un miroir, avant de se souvenir qu'Antonin y était parvenu pendant dix-sept ans sans sourciller. Lorsqu'ils s'y trouvent confrontés, les animaux ont peur de leur reflet. Pas les hommes. Qu'importent les horreurs auxquelles ils se sont livrés.

Gabriel ouvrit la bouche, mais se ravisa. Victoire fit volte-face et s'éloigna sans un mot. Il n'y avait plus rien à ajouter. Leur sort avait été scellé il y a bien longtemps déjà, et ces derniers jours sonnaient comme une coda tardive et pathétique, mais nécessaire avant que les solistes se séparent. Ce n'était pas lui qu'elle était venue retrouver à Dorville.

Dans la foule qui tentait de se frayer un chemin vers la scène de crime, elle vit Elias. Ou plutôt le fantôme d'Elias. Il était plus blanc qu'un morceau de sucre. Lorsqu'il l'aperçut enfin, il poussa sans ménagement tous les badauds qui lui entravaient la route et courut vers elle. C'était de cette étreinte-là dont elle avait besoin.

— Aïe ! se ravisa-t-elle tant Elias la serrait.

— Oh ! Pardon ! Tu as quelque chose de cassé peut-être ? Et pourquoi tu n'es pas sur un brancard, d'ailleurs ! Je vais aller leur dire deux mots à ces fichus secouristes !

— Elias ! Calme-toi ! Tout va bien. Je vais bien.

— T'as vu ta tronche ? On dirait que t'as été torturée par Jack Bauer !

— Si tu voyais l'autre type ! plaisanta-t-elle, espérant dédramatiser cette situation démentielle.

— Il est…

— Non ! Mais je peux te dire qu'il douille plus que moi !

— Quand je pense que je culpabilisais pour ma relation avec Laura ! Je me disais que j'étais un sale type de faire un coup pareil à un pote… Alors que lui… Et il m'aurait laissé moisir en prison à sa place sans une once de remords !

Elle lui décrivit la froideur avec laquelle il avait évoqué ses crimes et son plan de fuite avec Jules.

— J'avais l'impression d'être face à une autre personne. Si Laura n'était pas arrivée à temps…

— Elle va bien ? demanda Elias du tac au tac.

— Comme quelqu'un qui vient d'apprendre que son mari est un violeur et un tueur, mais physiquement, ça va.

Elle lui indiqua la jeune femme, en pleine discussion avec le capitaine Elme. Laura paraissait calme, digne, mais Victoire n'avait aucun doute quant à la tempête émotionnelle qui devait faire rage en elle et dont les ressacs la frapperaient pendant des années. Cette fois-ci, elle serait là pour elle. Tout comme Elias.

— Elle m'a téléphoné depuis sa ligne fixe, lorsqu'elle a réussi à se libérer, expliqua-t-il. Mais j'étais en train de coucher papa avec Amélie, je n'ai pas pu prendre l'appel tout de suite. Je suis tellement désolé.

— Elias, tout va bien. Ne te flagelle pas. Nous sommes en vie, toutes les deux.

Elle lui prit la main. Les yeux d'Elias étaient baignés de larmes. Il la serra de nouveau contre lui.

— Aie ! répéta-t-elle. Tu as la délicatesse d'un tank !

— C'est pour ça que tu m'aimes !

— Ça et le reste… Surtout le reste. Parce que, cette fois, crois-moi, c'est toi qui vas devoir te ruiner en meringues de chez Lorca ! Il paraît qu'elles sont excellentes pour récupérer plus vite de ses blessures !

Après avoir obtenu l'autorisation du capitaine, Victoire et Elias prirent la direction de la voiture. Ils proposèrent de ramener Laura, mais en dépit des circonstances, elle était l'épouse d'Antonin et devait se rendre à l'hôpital où il avait été conduit afin de signer certains documents, accompagnée par Elme. Ils ne furent pas en mesure d'échanger avec elle avant de quitter la plage, ce qui les frustra autant l'un que l'autre.

Victoire aperçut Johan au loin, en pleine discussion avec un gendarme qui tentait en vain de le faire s'éloigner de la zone. Même s'il ne savait pas comment les événements s'étaient déroulés sur la falaise, il avait en sa possession suffisamment d'éléments pour écrire un article bien plus fouillé que ceux de ses confrères. Elle lui adressa un signe de la main pour lui signifier qu'ils se parleraient demain. Ce soir, elle était épuisée. Elle voulait juste rentrer chez elle. Au domaine. Avec son petit frère. Et dormir.

5 juillet 2004

Je pars.

Ce ne sont plus des paroles en l'air. Je quitte Dorville dans quelques heures.

L'incendie a été le détonateur, ce qui est ironique dit comme ça. Mais entre l'incident en lui-même et le passage dans le bureau de Elme, j'ai compris que si je reste, c'est moi qui vais tout brûler, et ma vie la première. Je retomberai dans les bras de Gabriel en un claquement d'allumettes, et surtout, j'aurai toujours cette foutue colère au fond du bide. Les conneries, les limites, les relations malsaines ; il faut que ça cesse, et je n'y parviendrai pas ici. À Dorville, mes dés sont pipés. J'ai l'impression de jouer sans fin aux chaises musicales sans jamais réussir à m'asseoir. Alors je dois courir. Loin, et sans attendre.

J'ai écrit une lettre à papa. Je me fiche de sa réaction, je veux juste qu'il sache pour que personne ne l'incite à appeler les flics. Et que c'est sa faute. Je ne lui pardonnerai jamais de nous avoir abandonnés, Elias et moi. Ce soir de novembre, nous avons perdu nos deux parents.

Elias… ça me déchire de partir sans lui. Mais ses rêves sont ici. Je ne peux pas lui demander de me suivre, et je ne peux pas rester. La situation est inextricable. Je lui ai laissé une lettre à lui aussi, mais je sais qu'il en fera des confettis. Il va me manquer à en crever. Mais si je reste pour lui, je finirai par lui en vouloir, par le lui faire payer. Je préfère encaisser l'addition. Je préfère qu'il me blâme, moi, plutôt que le contraire. Je suis sa grande sœur, après tout. C'est mon rôle de le protéger.

Je laisse ce carnet derrière moi.

Je n'écrirai plus rien désormais.

Je dois vivre.

Épilogue

« Les enfants commencent par aimer leurs parents ;
en grandissant, ils les jugent ; quelquefois,
ils leur pardonnent. »

Oscar Wilde

Dix-sept mois plus tard…

— Elias, tu pourrais y mettre du tien, bon sang ! Tu es plus raide qu'un piquet !

— Je vends du vin, pas du parfum ! Tu m'as pris pour Bradley Cooper ou quoi ? Et puis elle me gratte, ta chemise en lin durable de mes fesses ! Qui porte du lin en décembre ?

— Il fait vingt-quatre degrés, tu ne vas pas pleurnicher !

Même sous l'objectif de sa sœur, Elias était aussi à l'aise et coopératif qu'un gamin de trois ans. À chaque fois, il fallait un temps considérable à Victoire pour trouver des clichés à publier sur leur site Internet et leurs réseaux sociaux où il ne faisait pas la tête d'un type qui va subir une urétéroscopie.

Ce n'était vraiment pas ce qu'elle avait prévu en revenant à Dorville, et si le fantôme du Noël futur était apparu pour lui dévoiler les projets qu'elle mènerait quelques mois plus tard, avec son frère de surcroît, elle aurait ri sardoniquement.

Ils ne s'étaient jamais rendus chez le notaire.

Au-delà des actes ignobles commis par Antonin, apprendre que Gabriel était au courant du viol de Judith avait été très difficile à encaisser. Qu'il ait pu, pendant les semaines qui avaient suivi, l'embrasser, la toucher, tout en sachant ce qui avait poussé la jeune fille au suicide, lui inspirait un tel dégoût qu'elle n'en avait pas fermé l'œil de plusieurs nuits, et se réveillait parfois encore dans un sursaut d'effroi. « Une erreur de discernement. » Était-ce aussi comme cela qu'il justifiait les agissements d'Antonin à la mairie, quand il jouait au tennis avec lui le mercredi soir ?

Impensable dans ces conditions de se retrouver quelques jours après ces révélations dans le bureau de Me Grillon pour lui céder ses terres. Elle préférait encore vendre à un promoteur immobilier et voir pousser un immeuble ou une usine de suppositoires que savoir leurs vignes entre les mains de Gabriel Caltorant. Elle n'avait jamais repris rendez-vous, soutenue par un Elias aussi sonné qu'elle. Tous deux s'étaient laissé le temps de la réflexion.

Le frère et la sœur avaient mis cette pause à profit pour discuter de la situation de l'entreprise. Sans être experte en marketing ou en compta, Victoire avait vite réalisé que les choses n'étaient pas aussi désespérées qu'Elias le pensait. Son frère était surtout épuisé par des années à jouer les superhéros, et peu habitué à déléguer. Ne manquait qu'un petit coup de pouce pour le remettre sur les rails. Comme l'aide d'une grande sœur aimante, par exemple…

Ils ne s'étaient pas rendus chez le notaire, et n'avaient pas vendu leurs terres.

Au contraire, Victoire avait pris une décision qui la surprit elle-même, tout en lui apparaissant comme la plus naturelle qui soit. Elle avait investi une partie de l'argent qu'elle avait économisé ces dernières années dans l'entreprise familiale, et déployé une énergie folle, un peu déconcertante au départ pour Elias, à redynamiser l'image du domaine Valéjane. Étiquettes, logo, site Internet, communication, campagne de *crowdfunding* pour impliquer les clients… Le frère et la sœur s'étaient souvent disputés. Elias éprouvait des difficultés à faire entrer la modernité dans son quotidien ankylosé, mais avait fini par reconnaître que sa sœur, aussi pénible qu'elle était, n'œuvrait que pour le bien de l'exploitation, et avec succès.

— Lève-la un peu, j'ai un reflet sur l'étiquette.

Même si elle l'entraînait dans d'interminables séances photo avec des fringues de premier de la classe.

Il souffla mais s'exécuta, présentant avec une fierté maladroite la première bouteille de la cuvée Rose et César.

Leur père avait rendu son dernier souffle un dimanche après-midi où ils marchaient tous les trois au milieu des vignes. Son décès avait été aussi soudain que paisible. C'était en tout cas ainsi que Victoire avait vécu les événements, les mois précédant sa mort ayant permis de lisser leur relation et de le laisser s'en aller sans regrets ni amertume. Au fil des moments passés à Dorville, ses craintes s'étaient dissipées, et César s'était habitué à sa présence. Victoire était ainsi parvenue à profiter des petits instants fugaces où il se montrait communicatif pour réapprendre à connaître son père comme une adulte, et à porter un regard différent sur la manière dont il avait appréhendé la mort de sa femme. Il ne s'était pas occupé d'eux, mais elle avait pris conscience que personne ne s'était occupé de lui non plus.

Même les colosses peuvent faire une dépression et les pères ne sont pas insubmersibles. Elle ne savait dire si elle lui avait pardonné. Mais elle avait compris. C'était déjà beaucoup. Il n'avait plus jamais évoqué sa lettre ou son départ depuis leur courte conversation dans le salon quelques mois plus tôt. La majeure partie du temps, leur père les croyait encore lycéens, s'enquérait de leur journée et demandait pourquoi sa femme n'était pas encore revenue de l'école primaire où elle enseignait. Comme son frère, Victoire avait accepté d'entrer dans son jeu. Ces années-là avaient été belles. Dans ses rares moments de lucidité, lorsqu'il parvenait à s'ancrer dans le présent, il manifestait une joie pudique à la voir, n'abordant jamais sa fuite de la maison. Derrière ses silences se dissimulait, elle le savait désormais, une culpabilité plus accrue qu'elle ne l'avait imaginée.

Un soir où elle l'avait senti plus alerte que d'ordinaire, elle lui avait montré, quelque peu intimidée, ses guides de voyage. Il avait tourné les pages sans rien dire pendant de longues minutes, avant de relever son visage vers elle avec un sourire enfantin.

— Tu as vu toutes ces villes ?

— Oui, papa.

— Et tu as pris toutes ces photos ?

Elle avait acquiescé de nouveau.

Il s'était tu un moment, et avait continué à feuilleter l'ouvrage consacré à Oslo, lui qui n'avait pas été plus loin que l'Espagne à moins de cinquante kilomètres du domaine, et n'avait jamais mis les pieds à Paris.

— Ta mère aurait été si fière…

La gorge de Victoire s'était serrée. Il n'y avait pour elle pas de plus bel adoubement.

— Elle me manque tellement, avait-il alors soupiré, les yeux nacrés de larmes.

Il s'était tourné et avait laissé son regard se perdre par la fenêtre en direction de la glycine.

Elle ne s'y attendait pas, et s'était mise à pleurer à son tour, sans bruit, en lui prenant la main.

Ils n'avaient rien dit de plus.

Victoire était apaisée désormais. Ses plaies seraient toujours présentes. On ne guérit pas de cette douleur. Mais elles n'étaient plus à vif, comme autrefois. Une pellicule s'était formée à leur surface, fine, mais suffisamment solide pour lui permettre d'avancer sans rancœur chevillée au corps, et de tenir la main de son père sans que la sienne tremble ou que son cœur s'emballe. Et d'apprécier ce moment si simple.

Elle avait fui, Elias s'était donné comme mission de faire perdurer l'entreprise, et leur père avait noyé son chagrin dans la bière et l'apathie. Il n'y avait pas de bonne ou de mauvaise manière de gérer un deuil. Il n'y avait que des personnes qui faisaient de leur mieux pour survivre. Certaines se perdaient en route, certaines cheminaient seules, et certaines se retrouvaient parfois, lorsque l'amour préservait quelques fils que le temps et la patience permettaient de retisser.

Lorsque César s'était effondré, terrassé par une crise cardiaque, il avait regardé ses deux enfants, accroupis de part et d'autre de son corps, qui tentaient vainement de le relever, et leur avait souri. Il semblait si serein que Victoire s'était convaincue qu'il voyait Rose, l'attendant au bout de l'allée. Cette pensée l'avait apaisée elle aussi, conjuguée à celle de les savoir enfin ensemble après tant d'années de séparation. Elle avait songé qu'un jour elle les apercevrait à son tour, lui tendant les bras, et que lorsque ce moment arriverait, toutes les blessures seraient oubliées et les fautes pardonnées.

La cuvée Rose et César serait la première du domaine Valéjane version 2.0, comme se plaisait à le renommer Victoire pour faire enrager son frère.

— On est vignerons depuis 1912, alors ton langage bionique, tu oublies ! Et je veux pas voir ma tête sur ton TikTok ! On n'est pas des vendeurs de sèche-cheveux ou d'éponges !

Il y avait encore un peu de boulot avant qu'Elias prenne pleinement le virage de la modernité. Mais Victoire ne comptait pas lui lâcher la grappe de sitôt. D'autant que les précommandes pour cette nouvelle cuvée affluaient, ce qui la rendait plus fière qu'elle l'aurait imaginé.

Après la visite de Johan et l'arrestation d'Antonin, Cécile Blanchard s'était résolue à sortir de l'ombre et à révéler la vérité quant à ses agissements. Elle avait ainsi ouvert la voie à quatre autres femmes. L'enquête avait révélé qu'une d'entre elles avait également été incitée par Gabriel à garder le silence. Il devrait à son tour répondre de ses actes devant la justice, et son image de *golden boy* de Dorville en avait pris un coup. Mathilda refusait désormais de lui adresser la parole. Elle culpabilisait de ne pas avoir vu ce qui se passait à la mairie du temps où elle était en poste, mais la traîtrise de son petit-fils était plus difficile à avaler encore.

Johan avait profité de l'émulation autour des meurtres pour dégoter un poste dans un journal régional. Il envisageait désormais d'écrire un livre sur toute l'affaire. Si Victoire ne s'était pas montrée très emballée lorsqu'il lui avait fait part de son projet, elle avait ensuite compris que c'était peut-être le meilleur moyen de redonner une voix à Judith. La jeune fille méritait plus qu'une plaque commémorative et des souvenirs éthérés sur une piste de danse. Elle avait une histoire, une famille, des rêves, un cousin qui ne l'avait jamais oubliée et qui était mort en cherchant à lui rendre justice. Ce récit-là prendrait le pas sur le fait divers. Johan s'y était engagé.

Quant à Laura et son petit Jules, ils avaient quitté Dorville quelques semaines après l'incarcération d'Antonin. Impensable pour elle de rester, affublée à jamais de l'étiquette de « femme de violeur et d'assassin », qui collerait aussi à son fils. Près de deux décennies s'étaient écoulées, et Victoire était toujours la pyromane de Dorville. Le droit à l'oubli n'existait pas dans leur bourgade, et c'était bien ce dont Laura et le garçonnet avaient besoin pour se reconstruire.

Elle avait donc démissionné de son poste, mis leur villa en vente et pris la route en direction d'un minuscule village où une maison d'hôtes proposait des chambres dans un cadre idyllique. Après l'arrestation d'Antonin, Victoire et Elias avaient fait en sorte d'entourer Laura et Jules de toute l'affection possible. Cependant, Victoire avait vite réalisé que son amie avait avant tout besoin de temps et d'espace pour digérer des années de mensonges. Depuis son départ, elles avaient échangé quelques SMS. Laura remontait doucement la pente. Les Bergeronnettes paraissaient être l'endroit idéal pour se reconstruire, et les propriétaires étaient selon elle des gens charmants. Victoire était rassurée de la savoir choyée, même si ce n'était pas par elle. Quoi qu'il advienne, elle répondrait présente lorsque Laura le souhaiterait. Elle était vraiment fière de son amie. Qui aurait imaginé que Laura Delair prendrait un jour la tangente ?

Elias avait eu plus de difficulté à accepter sa décision. Même des mois après son départ, il lui arrivait encore d'y faire référence avec nostalgie. C'était presque devenu une blague entre eux.

Il en usa une nouvelle fois lorsque Victoire menaça de le planter au milieu des vignes s'il ne se décidait pas à sourire pour cette fichue photo.

— Toutes les femmes de ma vie finissent par me quitter, soupira-t-il, feignant une moue affectée qui ne trompa pas sa sœur.

Victoire fut tentée de lui répéter que ce n'était jamais lui qu'elles quittaient, qu'elles cherchaient en premier lieu à se trouver, elles, mais s'abstint. Il le savait. Mais Laura hors champ, c'était toute sa vie sentimentale qu'Elias devait repenser. Il avait le droit de maugréer de temps en temps.

— Je suis bien revenue, moi, fit-elle néanmoins remarquer. Ce n'était pourtant pas gagné.

— Oui, mais tu vas encore partir après les fêtes, ronchonna-t-il.

Depuis leurs retrouvailles, dès que Victoire devait se rendre à Paris pour le tournage de ses chroniques ou ses rendez-vous professionnels, elle en profitait pour faire un crochet à Dorville et passer quelques jours avec son frère. Elle préparait d'ailleurs un nouveau guide consacré à la région de son enfance, et anticipait avec malice la tête que ferait Fernand lorsqu'elle lui proposerait d'organiser la soirée de lancement du livre dans son bar !

Le temps perdu ne se rattraperait pas, mais elle était heureuse d'avoir désormais une place dans le quotidien d'Elias, et elle comptait bien l'enquiquiner avec ses idées saugrenues pendant encore très, très longtemps.

— Je reviendrai.

— Tu te rends compte que c'est une phrase que dit Terminator ? nota-t-il.

— Ben quoi ? Il tient parole, il y a eu je ne sais combien de suites !

— Et il crame tout sur son passage. Remarque, ça te ressemble bien !

Victoire lui donna un coup de coude et se mit à le chatouiller sous les côtes, là où elle savait qu'il était le plus sensible, comme lorsqu'ils étaient enfants. Elias partit d'un éclat de rire incontrôlable tout en se tortillant comme un ver.

— Arrête ! Pouce, je me rends !

Elle continua quelques instants. Après tout, c'était son petit frère. Elle avait bien le droit de le torturer un peu. Il lui avait tellement manqué.

Remerciements

Aux équipes d'Eyrolles, qui m'offrent la chance de continuer à écrire mon rêve.

À Nolwenn Tréhondart, que j'ai été si heureuse de retrouver pour ce roman et avec qui le travail éditorial est toujours un plaisir. Merci pour nos longues discussions qui m'ont permis d'arrondir mes angles.

À mon père, qui oublie simplement que je n'aime pas le piment, mais jamais de me ramener des boules Lindor.

À ma sœur Marie-Lys. J'espère que cela valait le coup d'attendre aussi longtemps. Merci de supporter que je te bassine avec mes arcs narratifs même quand tu te laves les dents.

À Mélanie Taquet pour nos échanges de vocaux interminables qui ont nourri ma réflexion. Tes suggestions m'ont été d'une grande aide, tout comme les babillages de Baby Finan en fond sonore. Je suis certaine que ses idées étaient excellentes également !

À Élisabeth Segard, la *hotline* la plus efficace de France. Merci de toujours répondre présente, quand je suis en panique ou quand j'ai un méga potin à partager (situations d'une importance équivalente, évidemment).

À mes copinautrices Cynthia Raymond, Véronique Maciejak et Fanny Gayral, pour leur écoute et leurs conseils durant l'automne 2023. Vos paroles, si positives, ont fait une vraie différence.

À Mickaël, le plus grand *dealer* de romans (d'accord, surtout les miens). Je vais suggérer à Eyrolles de te faire une carte de fidélité.

À Daphné, qui sait trouver les bons mots.

À mes adorables Instafriends qui sont toujours au rendez-vous et enthousiastes quand je leur dévoile un nouveau projet. Votre soutien me touche à chaque fois.

Aux libraires et salons qui ont la gentillesse de m'accueillir et me permettent de partager de jolis moments avec mes lectrices et lecteurs.

À vous qui me lisez, peut-être pour la première fois, un grand merci également. Bienvenue dans mon univers !

N'hésitez pas à venir me retrouver sur mon compte Instagram @bouquinsetbiquettes ! Buzz, mon chat, en prend souvent le contrôle, mais il m'arrive d'y écrire quelques bêtises quand il me laisse la main !

Merci d'avoir choisi ce livre Eyrolles.
Nous espérons que sa lecture vous a intéressé(e) et inspiré(e).

Nous serions ravis de rester en contact avec vous
et de pouvoir vous proposer d'autres idées de livres
à découvrir, des nouveautés, des conseils, des événements
avec nos auteurs ou des jeux-concours.

Intéressé(e) ? Inscrivez-vous à notre lettre d'information.

Pour cela, rendez-vous à l'adresse go.eyrolles.com/newsletter
ou flashez ce QR code (votre adresse électronique sera
à l'usage unique des Éditions Eyrolles pour vous envoyer
les informations demandées) :

Vous êtes présent(e) sur les réseaux sociaux ?
Rejoignez-nous pour suivre d'encore plus près nos actualités :

Eyrolles Bien-être

eyrolles_romans

Merci pour votre confiance.
L'équipe Eyrolles

Achevé d'imprimer en juin 2024
Imprimé en France par Normandie Roto Impression s.a.s.
N° d'impression : 2402615
Dépôt légal : juin 2024

Cet ouvrage a été imprimé sur du papier bouffant Enso Classic 65 g.